月圆月缺

月の満ち欠け

〔日〕佐藤正午 著

陆晓霞 译

人民文学出版社

著作权合同登记号　图字 01-2017-8943
TSUKI NO MICHIKAKE
by Shogo Sato
© 2017 by Shogo Sato
Originally published 2017 by Iwanami Shoten, Publishers, Tokyo.
This simplified Chinese edition Published 2019
by People's Literature Publishing House, Beijing
by arrangement with Iwanami Shoten, Publishers, Tokyo

图书在版编目(CIP)数据

月圆月缺/(日)佐藤正午著;陆晚霞译.—北京:人民文学出版社,2020
ISBN 978-7-02-014786-1

Ⅰ.①月… Ⅱ.①佐…②陆… Ⅲ.①长篇小说—日本—现代 Ⅳ.①I313.45

中国版本图书馆 CIP 数据核字(2018)第 290444 号

责任编辑	陈　旻
装帧设计	陶　雷
责任印制	徐　冉

出版发行	人民文学出版社
社　　址	北京市朝内大街 166 号
邮政编码	100705
网　　址	http://www.rw-cn.com
印　　刷	中煤(北京)印务有限公司
经　　销	全国新华书店等
字　　数	185 千字
开　　本	850 毫米×1168 毫米　1/32
印　　张	9.5　插页 1
印　　数	1—10000
版　　次	2020 年 4 月北京第 1 版
印　　次	2020 年 4 月第 1 次印刷
书　　号	978-7-02-014786-1
定　　价	48.00 元

如有印装质量问题,请与本社图书销售中心调换。电话:010-65233595

1
10

2
19

3
38

5
57

6
61

7
68

8
69

9
155

10
166

11
185

1

52

144

234

264

12
245

13
291

上午十一时
ごぜんじゅういちじ

飞隼号列车的下车地点是第二十一号站台史阶段,从那里穿过新干线的检票口,他一边看着路线指示牌,混杂在一群拖着箱包的旅客、身穿职业装的男男女女以及外国游客当中,在车站大厅转悠了大约半个小时才到达目的地。

那里是东京站酒店二层。

他把九之内南口和中央口这两个检票口搞错了,以至于一度跑到车站大楼外面去问了警察才找到地方。派出所的警官面对眼前这个胳膊下夹着个包袱的乡下人,用手指了指他的身后说:"你看,酒店在那儿呢!"

在东京站下车之前,他以为自己会比约定的时间早到二十分钟,还大致想象了一下自己孤零零地在约好的咖啡馆边喝咖啡边等对方到来,但一切还保持着平常的节奏。一个花白头发的男人得体地穿着一件考究的西服(一般只在公司成立纪念大会等特殊场合才穿），从容地看了一眼手表。他设想着对方看到自己的情景时应该是这样的。然而他的预设场面完全落空了。

酒店二楼是中空式设计，四周有一条回廊，从上面能看到左侧的丸之内南口。当他穿过回廊来到电话中指定的那家咖啡馆门前时，手表的时针正好指向了十一点。

自己指定的时间是十一点。

跟店里的领座人说了声自己在店里跟人有约，便进到店内，一下子就明白对方比自己早到店了。

她们早早地坐在座位上等待见面。这个座位是事先预约好的，在店内右侧比较靠里的位置，母女两人背靠墙壁并排坐着。她们对面的两把椅子都空着。

也来不及调整一下呼吸，当他跟那位母亲的目光相接时，便朝着其中一把空着的椅子走去。

母亲的手在女儿肩上轻轻碰了一下，随后就笑眯眯地站了起来。

刚刚还一直埋头玩手机的女儿抬头看了一眼面前的男人，桌下跷着的腿并没有放下来。

这女孩儿是在用怎样的眼神抬头看自己呢？他很想从正面对视过去，然而却抑制住了这一内心的冲动，在母亲对面的位子上落了座。女儿的视线这下从左前方执拗地追了过来，似乎牢牢地贴在了他这一侧的脸颊上。他心想：我又没迟到，没理由受指责吧；但却从那视线中感受到了挑衅的意味。他迟疑着该把带来的东西放在哪里，就看了看旁边的空座，刚想问，"三角君呢？"这时那母亲就开口了。

"三角先生呢,他说今天早上有一个不能缺席的会议,他让我们先跟您见面。"

"他不来吗?"

"不,应该会来吧。他并没有明说不来呀。"

母亲稍稍有点在意女儿的样子,她接着说:

"他说是会抽空从公司溜出来,也不是那么好脱身的吧。更何况他平常就是个大忙人,而我们这件事又是临时决定的。"

女儿在母亲旁边重重地点了两下头,似乎在说"对,就是这样的"。这是个小小的女孩子。是个小学生,矮小的个子几乎让人担心她背着沉重的书包能否自己走到学校去。

店里的女招待过来了,问要点什么。

他把手里的东西放在了给三角准备的那张椅子上。

这是一件方方正正又扁平的东西。用一块淡粉色的包袱布包着,这布还是参加别人的喜事得来的还礼之物。他把包袱结朝上平放到椅子上,然后就打开饮料单,对店员说:"一杯咖啡。"

没想到那女儿几乎同时就插了一句嘴,她说:"这儿的铜锣烧很好吃的哦!"

"应该点一份煎茶和铜锣烧的套餐。"女孩儿一本正经地劝他,一边注意着他的视线。

"你应该不讨厌铜锣烧吧。我可是看到过的,你吃铜锣烧的样子。我们还一起吃过呢,家里的三人一起。"

包括店员在内,大人们一时惊呆了。

那女儿把手中的手机放在桌子的边上。这时候他才听到了店内流淌着的背景音乐。他感到这音乐的选曲对于这样一家供应煎茶和铜锣烧套餐的咖啡馆而言,有点新潮了。

紧接着母亲回过神来了,但这经过的时间比起现实仿佛要长好几倍,她刚刚似乎在琢磨女儿那句话的意味;她慌不迭地说:"啊!这个……"

"要一杯咖啡。"他重又对店员说了一遍。

"我还没好好介绍一下呢,真是对不住了。这孩子是我女儿,名字叫琉璃。"

正如听说的一样,这女儿长得聪明伶俐,这也跟自己想象的差不多。他听着店内播放的新潮爵士乐,心里这样想着。一个七岁的小学生坐在椅子上,跷着二郎腿上身前倾的姿势看起来有点成年女性的味道,但表情却十足是孩子的,是一个还没完全变声的孩子。她的眼睛里充满了好奇心,看起来十分机灵。那两颗眼珠子紧盯着他,毫无羞怯的样子。

"琉璃,跟小山内先生问好啊!"母亲催促她说。

"你好!"这个老成的小学生开口了,"今天很高兴见到您,小山内先生。"

小山内坚,这是他的全名。他没开口,只是隔着桌子看看下面女孩儿的一条腿角度优美地架在另一条上面,从连衣裙的下摆处还能隐隐约约看到膝盖。

"谢谢你过来跟我们见面。我真是打心眼里感到高兴。"她说完这句话就换了条腿架着,小山内就把视线移开了。

对方咔咔地笑起来了。

4

"小山内先生,你好好看看我呀。你现在心里很乱,这连我都看出来了。可是,今天你专程来到东京,不就是为了见我吗?这是你考虑了很久得出的结论,难道不是你自己做出的决定吗?干吗到这会儿还那么紧张呢?"

"琉璃!"母亲斥责了女儿一声,看看小山内说,"实在对不起!这孩子说话没大没小。"

这时,身穿白衬衫黑围裙的店员又来了。

小山内点的咖啡端上来被放到了一块木制餐垫上。那餐垫说白了就是一块四方的木板,每张桌子上都摆着。那母女两人面前也有。现在摆放到小山内面前木板上的是一个装满了咖啡的陶杯和一个同色系的杯托,另外还有一片密封的湿纸巾、冷水杯以及一个小的玻璃容器,里面装了四分之一左右的牛奶。

"咖啡只喝清咖啡。"女儿紧跟着说了一句。

看到店员有点不知所措的样子,小山内就对她笑着点了点头。店员瞥了一眼旁边母亲的侧脸,就退下了。

小山内并不着急。

他把两块方糖和一半牛奶加进杯子里搅拌了几下,然后喝了一口,又喝一口,尽量做出一副从容自得的态度。

他对于自己能摆出这样的态度感到很满意。实际上,昨晚在床上,还有今天上午的飞隼号车厢内,他都充分预想到了可能会碰到这样的局面。关于铜锣烧的意见也好,对咖啡的建议也罢,他认为并不算什么。

"还真是这样吗?"这个小个子少女毫不在意地说,"上了年纪后,你的口味也变了吧?是不是呀,小山内先生?活过六十岁,人的口味爱好真的会改变吗?"

"琉璃!跟大人说话不要这样没礼貌!"

"不要紧。"小山内对母亲说,"的确如小姑娘说的那样,我以前是喝清咖的。大概十五年前吧,的确是的。"

"你看,就是的嘛。"少女吐了吐舌头。

"那接下来怎么办呢?"小山内直接就问母亲,"三角君还没来,要不我们先把事情解决一下怎么样呢?"

其实光说"事情"一个词,大家也都明白的,小山内还是把手放到了身旁的包袱上。

母亲没说话,只是将脸转向了女儿那边,并侧了一下脑袋似乎在询问。

这时候,小山内似乎看到了孩子的眼睛里一下子迸发出了亮光。那不单单是被称作好奇心的东西。那里同时还流露出一种成年女性的是非判断能力,似乎在努力掩饰着自己的某种贪婪。那深邃的眼神总让人觉得跟她的年龄不相符,不过那表情也只是短暂的一瞬间,眼前的女孩儿很快恢复了天真无邪的孩子脸。一定是我走神了,他尽量让自己这样去想。

女孩儿架着的腿放了下来,她向小山内这边伸出手来,手伸得老长。小山内犹豫了。但是结果他并没有理睬这只小小的手掌,他把从八户大老远带来的东西往身边移了移,开始自己动手去解包袱结。

"那可是我的哟!"很快听到了女孩儿的不满。

这个陌生的少女坦然宣称了自己的所有权,她的语调里没有一点儿怯生生的感觉。

到了这一步可不能再受她的挑衅。哪怕稍微有一点儿当真,自己就会被这个初次见面的少女牵着鼻子走,把持不住自己。他很清楚这一点,然而这个瞬间,他却很难保持沉默。

当他想到不该这样说时,话语已经脱口而出了。

"这不是你的,小姑娘。"

"什么?"伸着左臂的女孩儿吃了一惊,"你说不是我的?"

"不是你的。这是我女儿的。"

"所以嘛,从一开始就这样对你说的呀。你都听说了吧?从我妈妈那里。"

小山内把视线转向了被她称作妈妈的女人那边。那母亲有点不好意思,她微微点了点头,并没有说话。

"我可是知道的哦。"反倒是女孩儿开口了,"这是谁的东西,我很清楚啊。过去的事情,我也差不多都知道。比起小山内先生你,我可是知道得更清楚。你想想,我是谁啊。"

小山内能够猜到她后面想说的话,而且他也不希望从女孩儿的口中直接听到。

"的确,过去我咖啡是喜欢喝清咖啡。"他说。

"是啊,那又怎么样?"

"不是怎么样,而是说可惜呢。"

"可惜什么呀?"

"可惜你编的那个铜锣烧的谎话对我不起作用。"

"你说我编谎话?"

"小姑娘,我想说的是,我从来没在你面前吃过铜锣烧。

7

我不记得有这样的事。"

"噢,原来是这事。你说没有这样的事?有的。你忘了吧?"

"我不可能忘记的。"

"这可是你自家人的事,三人一起吃的。"

"是啊,就是我家里人的事。小姑娘,我怎么可能忘记自家人的事呢?"

"哼,实际上已经忘记了的。"

"我说我没忘记呢。"小山内认真起来了。

"你绝对忘记了。要不然就是在撒谎。不如说,编谎话的正是你自己。我可不吃你这一套。铜锣烧,你绝对吃过的。"

"我不记得吃过这种东西。"

"算了。你干吗非要坚持说谎呢?"

"我没说谎。"

"你确定吗?"

"是啊。"

"真的确定?小山内先生,你年纪大了,有点糊涂了吧,说话怎么还能那么肯定呢?"

小山内被这个叫做琉璃的女孩儿紧紧盯着,并不断被挑衅,他已经找不到反击的言辞了。

这到底是什么意思呢。一家三口一起吃过铜锣烧这件事忘了又怎样?就算现在还记得,那又能怎样?什么时候跟什么人一起吃过铜锣烧,这种日常琐碎的一个场面,难道有人会记住吗？如果这样的话，一家子一起围吃火锅的情景难道还能记忆一辈子？被鱼的细刺扎了喉咙，吃油炸虾饼弄破了舌头，被溅起来的番茄沙司弄脏了衣服等等，这些都是什么时候发生的事，难道有人会像纪念日一样把它们一直记住不忘吗？

两人在争论不休时，那母亲一直在边上仔细地听着。她腰背挺得很直，一副饶有兴致的样子看着眼前的两人。

小山内注意到了这母亲的姿势一直很端正。

等他觉察到这一点时，发现自己对她那张总是很认真的脸以及她的后背描画出的优美曲线都有点讨厌了。小山内不由得叹了一口气。

1

小山内的人生中自然也有忘不了的事。

这一点他跟常人一样,说不定还在常人之上。

小山内坚出生在青森县八户市。

父母给他取名叫"坚",说是希望他活成一个坚强的人。

他在家乡八户上完高中后就考到了东京的一所私立大学,在上大学的四年间一直住在杉并区阿佐谷的一间小公寓里。毕业时并没那么积极地找工作,却在一次面试中轻轻松松地捡了个便宜,四年级的下学期就拿到了公司的录取内定通知。

他的工作单位是一家批发石油的重点企业。

作为公司的新进人员,小山内被分到了位于四谷的东京分公司上班,于是他搬离了阿佐谷的小公寓,住进了公司的单身宿舍。单身宿舍在小平市。

他在炼油厂、加油站等部门经过实习期后,在东京分公司干了三年,努力从事商品销售,到了第四年就调动到了九州。主要负责九州北部地区的销售工作,上班地点在福冈。他在福冈分公司待了五年,一直干到三十岁,其间他结了婚。结婚对象是一个同乡的女子。跟他毕业于同一所八户高中,是低他两级的学妹。

妻子结婚前的名字叫做藤宫梢。

不过,上高中时小山内与低年级的藤宫梢并没讲过话。脸也不认识,连名字都没听说过。两人相识是在离开八户以后了。

他上大学时参加的一个学生社团中还有一个内部小团体，其中的成员搞笑自称"南部班"，在南部班的例会上两人初次相遇。

南部班其实就是"南部藩"的谐音，南部藩指的是江户时期的南部藩，领有从今天的岩手县到青森县东部的一片地方；不过他们的社团活动与史实并没有特别的关联性。首先，他们南部班隶属的那个社团本身就是一个随意组合的群体，基本上由几个合得来的人彼此召集起来，在不同季节一起踢踢足球、赏花喝酒，或者去海边游泳去滑雪什么的，所谓社团也只是借个名头而已，成员们并不受什么约束。而在这个社团内部还存在着一个由使用南部方言或者会说南部方言的学生组成的小团体，这些人大都来自于旧南部藩地区。不过，他们并不排斥其他地区出身的学生，大家也不总是用南部方言交谈。总之是来者不拒，只是一旦他们这个团体的发起人喝醉，他就会一个劲儿地说南部方言，还把其他县称作"他藩"，南部班就是这么个组织松散的团体。

小山内读到大三时，藤宫梢就以女子大学的大一新生身份加入到了南部班。是女子大学的高年级学生拉她入伙的，除了她还有几名新生。在社团的传统活动保龄球大赛中，因为是高中的校友，她和小山内被分到了一组。从那以后不管参加什么活动，她总是跟着小山内行动。小山内并没有对她展开攻势，起初只不过是一个不怕生的学妹敬慕一个同乡学长，没过多久很快就跟他混熟了。而小山内对她，也自然而然地以学长的面孔慢慢地多加照顾疼爱起来了。

"说是南部出身,实际上都是盛冈人呢。"

"是啊。"

"比我高一级的学长是会津的,她好像在跟一个津轻人交往呢。"

"这些都无所谓啦,藤宫。别想太多。下次一起看电影去吧?"

"是《出租车司机》吗?"

"行啊,看《出租车司机》也行。"

"我要看。这个周末我有时间。"

就这样,二人急速地靠近,而他们与南部班的其他人则慢慢地疏远了。本来小山内对于团体活动也不是很积极,说是疏远,他认为自己并没有采取什么特别明显的动作。只是知道他情况的那些人批评他不像话,把他的做法视为了"脱藩"。

二人的交往在小山内工作后也一直持续着。

两年后藤宫梢从女子大学毕业,在东京找了份工作,第二年由于小山内工作调动到了福冈,二人的异地恋还持续着。

几乎每隔一天东京就要给福冈那边打电话。一年当中二人见面也就是三到四次,而且四次中有三次都是藤宫梢坐新干线到福冈来。剩下的一次便是新年休假,二人在老家八户见面。

在大学的社团中相识以来已有七年了。如果一直这样的话,这春天就太漫长了。小山内决定与藤宫梢结婚。为此她必须辞掉工作跟他到福冈来。然而像这样附带条件的求婚她会接受吗?

从结果而言,小山内并没有机会对藤宫梢说出求婚的话。附带条件的求婚让他说不出口,正当他还在犹豫不决的某个夜晚,藤宫梢自己毫无预告地突然出现在了福冈他的家中,扔给他一个"炸弹"。这与其说让小山内吃了一惊,不如说更令他宽慰感动,两人的关系到了该确定的时候自然就会确定下来。藤宫梢是临时坐上最后一班新干线来的,她说今天在医院确诊了,她不想在电话说而是要当面告诉他,所以就赶来福冈了。

福冈的公司宿舍是按照家属同住型设计的,本来一个人住就感到房间太多,这下好了,不用另外再找房子,这宿舍直接就成了小山内夫妇的新房。

过年后他们举行了婚礼,之后不久妻子便临产了。

三月份,他们的女儿在福冈市的医院呱呱坠地,妻子根据自己的愿望,为她取名叫琉璃。

女儿出生后过了一年,夫妇俩就搬离了福冈。

小山内新调任的工作地点在千叶县市原市。

市原一个叫五井的地方有他们公司的一个炼油厂。调令上写的是调任至总务部。工作内容小到办公用品备件的补充清点,厂里职工的福利保障、劳务管理等,大到年度预算的编制等繁琐的文件制作和整理,这些主要是案头工作;除此之外还要承担厂内设施绿化等的管理及维护,来了参观团队还要接待参观,甚至还要处理职工的投诉。但凡其他部门无法处理的业务都由总务部来解决。所以这个部门在公司内人称"杂活铺"。

在那里干满五年后,小山内被调到了东京总公司的总务部,享受科长待遇。这在同期进公司的人当中属于晋升较快的了。

尽管上班在东京,但公司提供的宿舍却在千叶县的稻毛。

从此他开始了从稻毛到东京的电车(轨道交通)通勤生活。通勤时间包含换乘在内大约五十分钟。早上八点之前出门坐上电车,晚上如果不加班,在六点到六点半之间就能回到家。这种有规律的通勤生活也前后持续了五年。

小山内的人生还算一帆风顺。他自己在当时从来没想过这一点,后来回顾过去才发现生活在五井、稻毛那段时光其实挺顺心的。工作上也好,家庭生活中也好,没有任何不满意的地方。非要举出一点缺憾的话,那就是夫妻两人没能再生第二个孩子。但是小山内并没因此不满意。夫妻感情并没因此冷淡下来,事实上恰恰相反,他在琐碎日常的很多瞬间能切身感受到妻子的爱,同时他也处处感到妻子对他的感情是放心的。学生时代那种学长与学妹的关系在他们结为夫妇之后似乎还留有影响,小山内从妻子注视自己的亲昵眼光里,有时候能看出一种稍不同于情爱的东西,那是敬爱。

他的妻子阿梢对于因结婚生育辞掉了工作,还一心一意地相夫教子这些事,从未说过一句怨言。不如说家庭主妇这项工作,有人适合有人不适合——小山内每次拿自己的母亲作比较,就会深刻地体会到这一点——的话,妻子是适合做的,她自己也明白这一点,有时候小山内甚至能看到她从家务中体会到了喜悦。她若是对养不出第二个孩子说出哪怕一句不满的话,小山内就打算好好地来劝解她,比如说孩子是上天赐予的,关键不在于结果而是过程,重要的并不是生儿育女而是夫妻之间天长地久的爱情,不管怎样咱们还有很多时间,没必要着急等等;这样的话他都准备了好几套,不过都没用上。自己考虑的东西想必妻子也同样在考虑,自己的心思她早就理解了;明白了这一点后,小山内慢慢地就把之前准备好的套话都忘记了。

结婚之后两人开始了共同生活,他这才注意到的,阿梢对自己的丈夫除了一些必需的最小限度的问话,一般都不怎么询问调查。也就是说她回避了一般夫妻之间那些无聊的对话,比如问一些毫无意义的问题,得到的又是一个没边没谱的回答。

阿梢决不会拿事来麻烦丈夫。家里的一切都按照她独自的意思安排好了,但小山内对此没有丝毫的不满。比如家具的配置、橱柜整理、摆放日用品的地方、换购新的电饭煲、送修吸尘器、衣服换季、安排礼品、为女儿选择医院、购买新的餐具、给花瓶的插花换水、咖啡豆的品牌、晚饭的菜单等等,都由她一手操持。若用社会上一般的眼光来看,这些也许都很正常不算什么。但小山内不这么认为。因为他自己在八户的母亲做法跟阿梢是正相反的。

小山内都还记着。母亲会问父亲说:下午看起来要下雨,洗好的衣服是不是不要晾到外面了呢？父亲休息日在家里，她会问：是不是该把电饭煲插上了呢？这提问简直太无聊了。米淘三升够不够吃呢？传阅通知板今天要不要送到隔壁那家去呢？熟人中的某某人今年还要不要给他寄贺年卡呢？牙刷是不是该换一把了，盐烤秋刀鱼要不要配上萝卜泥，札幌奥运会有没有很多人去呢，长屿引退之后会不会去当巨人队的教练呢……对于母亲的提问，父亲一般只回答一声"嗯"。即便如此，母亲还是不厌其烦地不停地问他各种无聊琐碎的事。

大概因为在身边看过这样的夫妇，小山内一旦接触到阿梢的态度，马上就感到了它的可贵。没有啰里啰唆的问话、干脆利索地处理家务，有时候甚至在丈夫不得知的情况下就把家里的大事给做好了；这就是妻子的办事方式，在小山内看来是极为新鲜难得的。

此外，结婚之后他才发现妻子还有令人意外的一面。

妻子喜欢驾车。在福冈的时候因为要照顾婴儿，家里没能购置私家车。可能是出于反弹作用，搬家到五井后不久，阿梢马上就买了一辆丰田卡罗拉，开着车在乡下郊区的公路上尽情奔驰。小山内自己曾经因为工作需要开过一段时间的公司车，仅此而已，本来他对驾驶以及车辆的装置都完全不感兴趣，所以在他看来，妻子操控方向盘的手法真正称得上熟练轻松了。

搬家到公司的稻毛宿舍时，阿梢的爱车已经换成了一辆本田思域，这是贷款买的新车。出去买东西也好，孩子上幼儿园的接送也好,无论到哪里她都开着这辆思域出去。一到放假,就把女儿放在儿童座椅上,三人一起开车兜风成了家里的固定节目。由她开着车,他们一起到木更津的海滩赶过潮,夏天当然是下海游泳了。小山内通常坐在副驾驶座上,主要监督她不要超速。注意前方红灯!这一类固定的警告不知喊过多少遍了。

"看着点儿,黄灯呢。"

"我看着呢。"

"跟前车的距离还可以更大一些。"

"琉璃,你跟爸爸说,妈妈开车时不要插嘴。自己还是个本本司机呢!"

"不要插嘴,爸爸。"

的确,在稻毛生活的那段时间,小山内自己不开车了。既然工作上不需要开车,管它是本本司机还是什么,他都不在乎。

从这种意味上说,作为经营石油进口、炼制、销售企业的一名员工,小山内从刚进公司那会儿起就稍稍显得与众不同。当他知道跟自己同期入职的那些人几乎无一例外是汽车发烧友、都喜欢驾车时,他着实吃了一惊。只要一放下工作,那些人热衷谈论的汽车话题他就搞不懂了。他也没想要去搞懂。而那些人倒也无所谓,并不理会身边有这个不懂汽车的小山内。

可能因为这个原因,虽说进公司已经有十多年了,不要说跟他同期入职的人当中,就是整个公司里他也没有一个可以

17

称得上朋友的伙伴,也没有在私下里交往密切的同事。穿凿一点来考虑,当初他从销售部门被调任到总务部门,这其中说不定也有上述原因的微妙影响吧。小山内现在依然认为自己在就职面试中是被侥幸录取的,如今自己有这样的生活完全拜机缘巧合所赐,他之所以能像看待别人的事一样分析自己,想来也是跟他这种性格有关了。小山内有时不由得会这样思考:自己是被一只看不见的手带到这里来的,从故乡八户到千叶的稻毛。当然,这种无根无据的瞎想他是不会告诉妻子的。

2

福冈出生的女儿到稻毛时已经七岁了，上小学二年级。

她身上出现异常正是在这年秋天。

一开始是发烧。

女儿从放学回来时已经摇摇晃晃脚步不稳了，开车带她去医院的自然还是妻子阿梢，他们的家庭医生诊断发烧的原因是由季节性感冒引起的。小山内从东京下班回到家里，女儿正在自己的卧室躺着。妻子说刚吃了药睡着了。在医院里还打了补充营养的针，医生说回家好好调养热度就会退下。

可是，一时退下的热度第二天又上升了。

高烧持续了一星期。这期间有好几次女儿都烧得神志不清。小山内晚上回到家，还听到女儿在床上发出呻吟，好像被噩梦魇着了一般。半夜里女儿大声喊叫着醒来也不止一次。醒来时总是大汗淋漓，剪成娃娃头的短发就好像从水里捞起的一样，嘴里还说着胡话。小山内很难相信这只是单纯的感冒症状，但是照看女儿的事都交给妻子了，妻子对家庭医生的诊断好像也没有怀疑，所以他没有急着采取轻率的行动。他心想再熬一个星期，如果女儿还继续做噩梦出大汗，就只能跟公司请假，说服妻子带着去大医院看了；正当他这么打定主意，也正好到了第八天早上，女儿的高烧一下子退了。身体恢复之后，她看起来食欲很旺盛。

那以后的几天之内，小山内的家里相安无事。

到了周末,星期五傍晚小山内准时离开了公司,坐上了比平时更早一班电车回到家里。妻子闷闷不乐地来到他面前,跟他说:"我说呀,琉璃的样子有一点点怪呢。"

"有一点点是什么意思?又发烧了吗?"

"不是,没发烧。一直是正常体温,这方面倒不让人担心。她好像一下子……"

"到底怎么了?"

"嗯……好像,这琉璃似乎一下子安静起来了。"

"你是说她没精神不活泼了吗?"

"也不是。也不是说她没精神。不是安静吧,怎么说好呢?大概是,成熟了?"

也可能因为妻子说话太拐弯抹角,此时小山内的脑子里最初浮现的一个词是"月事"。他想起住在八户的母亲曾用过这个词。妻子该不会想用"成熟"这样委婉的说法告诉自己女儿开始来例假了吧。

然而,她说出的话跟自己的预料相反。

"她居然给布玩具取名叫'小哲君'呢!"

"什么?"

"你还记得吧,住在五井那会儿,过生日时给她买的泰迪熊?就是那个,她管它叫'小哲君'呢"。

"什么时候?"

"就是今天呀。我今天才注意到这个的。"

小山内感到脑子有点混乱,他看了看妻子的脸。

"你是说琉璃吗,她把布玩具叫做'小哲君'?"

"是呀。"

"就这个,哪里看出她变成熟了呢?"

"可是,"妻子刚说出几个字,似乎对丈夫直视的视线感到害怕了,她没有说下去。

也许她改变想法了,觉得站在玄关门口说这些事不合适吧。她从丈夫手中抓过上班的公文包,又替自己辩解了一句:"所以我说嘛,有一点点,就是感到有一点点奇怪。"

"琉璃在哪儿呢?"

"在自己的屋里玩儿呢。跟小哲君。"

他没敲门直接推开了孩子的房门,女儿正坐在床上跟一只琥珀色的毛熊面对面,一听到开门声,马上就仰起头来翘着下巴,叫了声"啊,爸爸!"这灿烂的笑脸足以打消小山内的疑虑不安,而且活泼响亮的声音也不像是刚生过病的人。

他蹲下身去放低了视线,试探性地问道:"这是小哲君吗?"只见女儿一本正经地点了点头。

此时小山内断定是妻子想多了。

比方说,要是琉璃把自己——她父亲称作了"小哲君",这就不止一点点而是相当不正常了;可实际上她称呼的对象就是个玩具熊。这跟给喜爱的宠物取名没什么两样。不要说她成熟了,其实正相反,准确地说从一个小学二年级的孩子水平看,她的这种做法是极为幼稚的,如果说担心,难道不该担心这一点吗?

"让小哲君在这儿等着,你跟爸爸妈妈吃晚饭吧!"小山内向女儿伸出手去。女儿顺从地答应了,牵住父亲的手。

夜里叫女儿洗过澡睡下之后,妻子又一次提起"小哲君"的事来。的确像你说的,给玩具熊取名字可能就像给宠物取名字一样吧。这件事本身可能并不需要担心。阿梢做了一些让步。可就算是这样,小哲君又是谁呢?琉璃从哪里知道这样一个名字的呢?小哲君是什么时候又怎样进入到琉璃的头脑中的呢?

妻子说这些的时候,小山内正盘腿坐在客厅的沙发上,喝着威士忌看着电视上的《新闻播报站》节目。女儿既然已经不再发烧,身体恢复了,至于这个"小哲君"名字的来历问题,他感到并没有像妻子说的那样严重。

可是,妻子在小山内身边坐了下来,开始小声说:

"我呀,去查了下学校的名单。发现她们班上并没有叫'小哲君'的男孩子呢。"

"隔壁班呢,有吗?"

"估计隔壁班也没有。凭我的直觉啊。"

"那不就好了吗。"

"……好什么好啊?"

"你不是怀疑那是她的初恋对象才担心的吗?你说琉璃突然变成熟了难道不是因为这个?她还是个孩子呢。"

"不对。"阿梢非常明确地否定了,"我说的不是这个意思。"

"那你说的是什么呢?"小山内语气也强硬起来,"你说的变成熟,这到底是什么意思吗?"

妻子没有马上回答,小山内悻悻地拿起了遥控器。播音员久米宏的声音中断了。二极管电视机发出一阵细微的窸窣声之后就安静下来了,从宿舍大楼的后院传来了蟋蟀的叫声。

"我其实也说不清楚。可是,琉璃她的眼神还是……"

"眼神怎么了?"

"跟过去还是有点儿不一样,我感觉。"

"怎么个不一样法?"

"是啊,"妻子斟酌了一下用词,"比过去深邃了,好像心里有事似的。说得好听一点的话。"

"我怎么看不出来呢。"

"今天你不在的时候,就有那么一次,她是用那种眼神看我的。完全是大人的眼光,看得人毛骨悚然。我只是问了她一句,问她小哲君是从哪儿来的。结果呢,琉璃转过头来,她什么都没说,只是直直地盯住我看。好像是在察言观色似的,又好像要看透别人心思的那种眼神。似乎在说,我该跟这个人说什么呢?说得难听一点,就是观察陌生人的那种眼神。……唉,我还是说不明白。总之,跟以前不一样了。这一点是肯定的。"

"只有一次吗?琉璃露出那种眼神。"

"今天呢,就只一次。"

"就那么一次,你就……"

小山内重重地吐了一口气。

"可是……"跟傍晚时候一样妻子的眼光畏缩了,"明天也许还会出现同样的眼神,说不定还会有第二次。有了一次,说不定就会有第二、第三甚至很多次吧。"

"琉璃这是像我吧。"小山内说,"我小时候也因为眼神的问题被人说过。说我没有可爱劲儿,眼神冰冷,还说这小孩就会看父母做事的好坏等等,被说过很多。"

"是被你妈妈说的吗?"

"嗯。琉璃毫不含糊就是我的孩子。她那眼睛不是在看陌生人,她是在你身上寻找自己将来的样子呢。因为是自己的亲人,她才会用那样的眼神看。所以说嘛。"

所以,做父母的就要行事端正坚强,才能经得起孩子的观察。这句话小山内说了个开头就打住了。因为他很快就自我反省了,无须回顾自己的经历,他也知道自己不是说这种大道理的人。他心里暗自思忖,自己是被一只看不见的手带到这里的,自己的一切用这一句话就能概括了。他的坏癖性此时又抬头了。

"所以说嘛,不要把这事看得太严重。"

"可是,你说。"

"就像你说的,琉璃可能与以前有点不一样了。你看,她在开始懂事的时候生了这么一场大病。不去上学在家躺着的这段时间里,她说不定考虑了连我们都想不到的事呢。就算是这样,想一想以前从未想过的事,这也不是坏事啊。无论是谁都要经过这个阶段才长大的吧。你说她目光深邃心里有事?这也没什么啊。小孩子也有她的心思,她用她那深邃的眼睛观察各种各样的事物,每次学到一点东西,这样不就一步步地变成大人了?你今天突然感到了这一点,那是因为这是最初的一步吧。孩子在一瞬间显露出一个成长的前兆而已。现实当中,琉璃今后是要慢慢地一步一步地成长起来的,就像小时候的你和我一样。"

"也许是这样吧。"妻子应答道。她默默地听着丈夫的分析,承认他说得还是有道理的。

"可是,这小哲君是谁呢?他到底是哪儿来的呢?你一点儿都不觉得奇怪吗?"

"我没这么说。"

"这样的话,还是得查一查吧……"妻子双腿并拢坐着,左手放在两腿上,右手不停地搓着左手的手背。她一直重复着这个动作。

"……作为父母,能做的事还是做一做吧。"

深邃的眼神,这是妻子刚才说过的话,现在自己也开始提到了;小山内在脑子里想象女儿琉璃配上这样的眼睛会是什么样的,但是始终无法描画出具体清晰的样子。小哲君一定在某个地方,因为他,琉璃才有了深邃的眼神。妻子当时想说的应该是这个意思,但小山内并没有深入考虑这一点。

"以后会明白的吧。"他随口回答道。

"以后是什么时候呀?"

"过后她自己一定会说出来的。不然,就说明小哲君是个虚构的人物,连她自己都会忘记。随着她慢慢地长大。"

"那你认为这个人是琉璃想象出来的?"

"当然啦。"

"那我明天去学校问问。就算隔壁班没有这样的学生,也许有老师名字中带'哲'也说不定。"

你爱查就去查吧,要是你觉得这样能安心的话。小山内心里这样想着,他已经不想再纠结此事了。他想,随你去把学校的课本、图画书、漫画、动漫节目里的所有出场人物的姓名查个遍好了。

但从他嘴里说出来的却是一句平淡无奇的劝解话:总之琉璃的病好了,一家三人又能像从前那样过日子就比什么都强。随后,妻子起身去看女儿的情况,他就趁机又调了一杯兑水威士忌,继续看《新闻报道站》了。

然而,异常变化刚由此开始。

几个星期相安无事地过去了,两个月后小山内几乎早把小哲君忘得一干二净了。这时候妻子又向他报告了一桩奇妙的事。

这天晚上,小山内上面穿件厚毛衣下面是运动裤,一身不伦不类的打扮,正准备在家看电影。这是一部老电影续篇的续篇。他已经从租录像带的店里租来了带子。正篇和续篇记得以前跟阿梢二人在电影院看过。

阿梢从厨房里出来坐到了沙发上,看到小山内正在将VHS带子插入播放机,就从他身后叫了他一声:"阿坚。"

转过头去,他看到桌上摆好了咖啡杯,旁边放着阿梢在收拾屋子的间隙喝过的兑水威士忌酒杯、大水杯、三得利威士忌酒瓶和装着花生的果盘,而咖啡正冒着热气。

"噢,多谢了。"小山内对细心体贴的妻子道了谢,坐到她的身边,视线开始寻找遥控器。结果发现遥控器被抓在妻子手里。而且很快被放到了桌子边上小山内伸手够不到的位置。

这一来丈夫终于明白了妻子的用意。她并不是为了看电影给他准备的咖啡。

"你也想看的对吧?"

"嗯,对不起哈。"

"干吗呢?"

阿梢回答说想跟他好好聊一聊。

听她这么一说,小山内心里就想:是关于我老娘吗?还是关于将来买房子的事?不管哪一个,她要是说想好好聊一聊,就说明是个麻烦事。周末夜晚夫妻二人的休闲时光就要泡汤了。

"要是关于我老娘的事……"小山内刚开口。

"不是这件事。"

"那……是什么事?"

"琉璃的事。"

小山内担心的有关母亲的事归纳起来就是如下。住在八户的母亲有时候打电话过来,絮絮叨叨的家常闲话中必定会拐弯抹角地、偶尔会直截了当地问到阿坚将来有没有打算回老家来啊?每次回答都要搪塞糊弄,这让阿梢觉得无比难受。而且自从小山内的妹妹嫁到盛冈以后的这几年,母亲的来电越来越频繁了。现在是工作最起劲的时期,压根儿没想过回老家；即便替将来作打算，也没想过要在八户和父母一起生活。这些情况理应从儿子口中明确地告诉给母亲，但小山内也是，毕竟是亲生儿子，他总觉得这么绝情的话说不出口。因此，情况一直处在不明不白之中，从小山内决定在东京工作的那会儿以来没有丝毫进展，难道一直可以拖下去吗？简单来说就是这么回事。

而且这事到此还没完结，如果不打算回八户，那么人生的后半截将在哪里度过呢？也就是说这还牵扯到夫妻两人将来会选择哪里作为自己的终老之地。他考虑到跟阿梢两人的老年生活，就产生了盖房子的想法，或者计划买一套公寓，他甚至想过可以把母亲从八户叫来同住——假定将来父亲先去世了，这种可能性还是较高的。可是现在，这些计划还都属于梦想，首先房子价格那么高，其次小山内的工作问题也需要考虑。今后的一段时期内，一家人还得随着他的岗位调动辗转到别的地方生活吧。因此，与其急着不自量力地购房置产，不如现在就住在公司宿舍里努力存钱更好。这是他最后得出的一个合理可靠的结论。

可是阿梢说想聊的不是上面这些事，而是关于琉璃。

如果不是上面这些事，剩下最麻烦的就是公司宿舍楼内那些太太们相互之间的排挤争斗了，这种诉苦堪比公司的员工因搞不好人际关系跑到总务部来投诉，小山内对此做好了思想准备；所以当他听说是琉璃的事，心情反倒轻松了，竟催妻子快说。

"先喝咖啡吧。"阿梢开口了，"你不要装喝醉，你得跟我保证要认真把话听完。"

小山内低头喝了口咖啡。他感到妻子在边上看着自己,所以喝一口是不够的,便喝了第二口。

妻子开始说起详情。

"那个布玩具的泰迪熊,琉璃已经不再叫它小哲君了。"

"……是吗?什么时候开始?"

"好些时候了。我也不是很清楚,我注意到是在两星期以前了。"

"这是说?"小山内小心翼翼地问。

没想到妻子反而抛给他一个问题。

"阿坚,你用过都彭打火机吗?比如说在跟我结婚以前买的,到现在还在用?"

"哪会有啊,这种高级东西。"

"是哦。那么,你知道《黑猫的探戈舞》这首歌吗?这个总该知道吧?"

"算是知道吧。是小孩唱红的歌吧?"

"你对琉璃唱过这首歌吗?"

"《黑猫的探戈舞》?我吗?我想没唱过。"

"那——黛纯的歌呢?"

"你怎么又说出这种古老的名字来呢!"

"《天使的诱惑》《我想驾云》之类的歌名你知道吗?"

"这些听是听过的,要说知道呢,是知道的……哎,我说,你问这些干吗呢?"

"听说琉璃唱了《黑猫的探戈舞》这首歌呢,在纱英家里。"

"谁是纱英啊？"

"跟她一个幼儿园的孩子呀。纱英的爸爸是内藤儿科医院的院长,专门给琉璃看病的,以前跟你说过吧。琉璃去参加纱英的生日庆祝会时,说是表演了唱歌。内藤太太特地来告诉我的。"

"哼,是么？"

"你哼什么嘛！"

"不过,那本来就是一首儿歌呀。"

"那不是儿歌,是因为小孩唱了才走红的。这些都无所谓啦,我不是想跟你讨论歌词内容。你说,这难道不奇怪吗？这可是二十年前的老歌呢,《黑猫的探戈舞》！"

"是哦,有这么古老了啊。"

"……你不觉得这不正常吗？"

小山内想象了一下琉璃左右晃动着身子演唱那支著名歌曲的副歌部分的样子……不过他没觉得有什么不自然。

"琉璃连黛纯的歌都会唱吗？"

"就是说嘛。"

"她是在生日庆祝会上唱的吗？"

"不,这首是在学校里。说是上体育课时出了教室来到校园里,她一个人在唱。正好被田代老师听到了,就打电话到家里。她问我,你们家里爸爸妈妈是不是经常听过去流行的老歌？"

"她是在哪里学会这些老歌的呢？"

"所以嘛,"妻子压低了声音,显得有点不耐烦,"现在我正在跟你说这事呢!"

"在哪儿学会的,你能想到什么线索吗?"

妻子看起来都懒得回答了。

一只手不停地摩挲着放在腿上的另一只手的手背。要是能想到一点线索的话,就不会这么伤脑筋了,也不会来问你烦你了。妻子心里想的话小山内也是能读懂的。

"我说过的,你不许装喝醉。"

"那是。我没喝那么多,醉不了。这会儿真是抓不住你话里的意思。那个玩具熊,琉璃不再叫它小哲君,然后呢,她又开始唱起流行老歌来。然后呢?这些到底是怎么回事啊?"

"这些到底是怎么回事,我也搞不懂呢。"妻子回答说,"要说还有呢,只是……"话了一半,她就拿起了小山内放在桌上的烟盒。看起来她是感到手上闲得慌才这么做的,但还是顺着动作的势头,从盒子里抽出一根叼在唇边,用芝宝打火机点上了。这是小山内第二次看到阿梢抽烟。他记得上大学时,自己的任何一个动作她都要模仿,曾经玩着抽过一根烟。阿梢学着丈夫平常的做法,用手指夹着香烟,看着烟头一端升起的青白色烟气,似乎在等待心情的平复。

"怎么啦?"

"只是,我即便把自己的想法说出来,你也未必会认真对待。"

"哪能呢。我认真听就是了。"

"你能接受我说的话?"

"嗯。"

"那我说了哈。我感觉到的,我总觉得小哲君还是有这么个人的,在某个地方呢。"

小山内心想,又是小哲君,怎么着都要回到这个话题上去么?

"之前好像说过学校里没有叫这个名字的人吧?"

"对。一个都没有。"

"那他会在哪儿呢?难道你在咱家附近看到过什么可疑人物?"

"一次都没有。"

"最关键的是琉璃已经不再提到小哲君的名字了吧?"

"是呀。"

"所以嘛,我说阿梢啊……"

"你别着急,先听我把话说完。"

"我在听呢。"

"还有刚才说到的都彭打火机。"

妻子愣是把话头掉转回去了。

"琉璃去原先生家玩儿时,男主人的桌上放着这么一个打火机,她一眼就认出来了。据说这是原先生的老丈人送给他的礼物,可是本来用的人自己都不清楚这个打火机有多贵,所以原太太跟我开玩笑说,我们宿舍里居然还有一个识货的人。这种东西,稍微看一眼是不懂的,这到底是都彭打火机还是别的。我当时不在场,不过我即便看了恐怕也不知道的。

但琉璃居然认识。琉璃知道有种打火机叫都彭。你不觉得奇怪吗?"

"的确奇怪。"

"就是怪呀。"妻子没抽几口就把烟给掐灭了,"让人害怕呢。"

"不过,其他没有奇怪的地方吧,琉璃身上?我想你要是觉得十分奇怪的话,也不会一直瞒着不说吧,你有没有亲眼看到过琉璃不正常的样子呢?你前面说的这些话好像都是从别人那儿听来的吧。"

"从别人那儿听来的又怎么啦?难道你是说原太太她们在跟我开玩笑?"

"我没说哈。我说的不是这个意思。"

"那你说说看,你想说什么。"

"在我看来,"他直话直说,"也就是说,作为父亲,我看琉璃觉得她很平常啊。"

"平常?"妻子的口气中包含着讥讽。

"是啊,平常的七岁女童。"

"那是因为,我认为琉璃装得像个平常女孩罢了。她在演戏,尤其在阿坚你面前。"

妻子的语气不重,但说得很肯定。

小山内有点惊愕,一时说不出话来。

"你想,只能这样来理解啊。"妻子脸上浮起一层浅笑。

"我在按照顺序跟你讲发生的怪事呢。最初是上个月都彭打火机的事。我从原太太那儿听说后感到很惊讶,直接问了琉璃。但琉璃却一脸懵懂的样子装糊涂,那表情好像说不懂妈妈在说什么。所以,那时候我只想原太太可能搞错了,这事也没必要大惊小怪。然后这一星期内接二连三有人告诉我琉璃唱流行老歌的事。这一点我也问琉璃自己了。但她还是那样什么都不说,只是歪着脑袋看着我,一副不解的样子。不过,我不会再被她蒙骗了。我突然想到了另一件事。琉璃在家里有时也哼曲子,我听到过的,那时候并没有太在意,只是心想这首歌我也知道呢;但仔细一想就觉得不对劲儿了。因为琉璃唱的那首歌是黛纯的《夕月》。这也是一个证据了。"

小山内还是默不作声地看着妻子。他没觉得妻子说的是多大的问题,反倒有点好笑,但他却笑不出来。他感到脸部肌肉有点紧张,唇角和脸颊无法自然上扬,表情大概是扭曲的。

"你看,果然摆出这副样子了吧?我早就想到了,阿坚听我说完一定会用这副表情看我。所以我一直都没跟你说,直到今天。"

小山内依然蹙着眉,好半天才说出话来。

"那么,琉璃干吗要在自己的父母跟前演戏呢?有必要吗?"

"这我也不明白了。但是,这孩子连不可能知道的过去她都知道,她还想隐瞒这一点。你看这个。"

这时候妻子的表情半笑不笑,这跟他们正在交谈的内容有点不符,让小山内感到怪异,他垂下了眼帘。在他的视线前方是一个《星球大战》录像带的盒子。难得的周末夜晚泡汤已成定局。

"你刚才保证过会认真听我说,是吧？你要好好听我说完啊。"

妻子继续提供着证据。

"你来看,"她拉了拉小山内毛衣的袖子,上胳膊这边都已经疲沓下垂了,"这是我今天在她书包里找到的。这可是琉璃写的呢!"

妻子拿出来的是一本汉字抄写簿。

差不多当中的一页翻开着,右侧写着几行字。可以确定是琉璃的笔迹。那歪歪扭扭的铅笔字自己是有印象的。由于笔画太多,有的汉字都从田字格溢出来了。然而一笔一画都写得正确无误。小山内看了看这行字,读了两三遍才读懂了它的意思。

为君起盟誓,阿苏烟绝万叶朽,永不相与别

"怎么样?"妻子有种炫耀胜利的感觉。

她的语气在小山内听来是这样的。上面这句话的确不是小学生会在练习簿上抄写的东西。然而那又怎么样呢？这一句话用旧体假名抄写,像是古代的和歌,就算是琉璃自己写在本子上的,这又能说明什么事实呢？

"这是什么呀?"

"你也不懂吧?"

"是啊。"

"这是短歌。大概是哪个有名的歌人写的。"

"就这个吗?"

"这可是很好的证据了。我是这样理解的,琉璃正在不断增长知识。这也只能说神奇了,她正用一种我们无法理解的方法,在获得自己出生以前的过去的知识。"

"你说这些都是认真的吗?"

"是啊,当然认真的。一开始是小哲君的名字。要说小哲君是从哪里进入到琉璃的意识中的,我想一定是来自琉璃生前的记忆。"

小山内只能感到无语了。

"所以,我现在担心的是……"

"我说阿梢……"

"阿坚,你听着。我现在担心的是琉璃会不会哪天就找小哲君去了。她一直在等机会,她在我们面前演戏也是为了不被我们看破吧。"

"你没发昏吧。她怎么去找小哲君呢?如果真像你说的那样,小哲君是活在过去的人咯?"

"嗯,你说得不对。我说的不是这个意思。这个小哲君有可能还活着。根据我的推测,是一个跟我们差不多年代出生的男人。"

这时妻子说得太忘乎所以了,声调也渐渐大起来。

"行了,别说了。"小山内这样斥责妻子的时候已经晚了。

客厅靠走廊一侧的拉门被打开了。

"可这就是现实啊。怎么想它都是现实中发生的事。阿坚就你看不见现实。我们要是不接受这个现实的话,对琉璃也……"

妻子话说到一半,觉察到小山内给她使眼色了。她放在腿上搓个不停的手被丈夫按住了,于是用扭曲的姿势向门口回过头去。

琉璃正站在灯光昏暗的走廊里。

身穿睡衣的女儿正眯着惺忪的睡眼呆呆地看着自己的父母。

3

这一夜的这一幕光景,日后小山内会无数次地回想起来。

站在走廊边上的琉璃听到了多少他们说话的内容呢?

那个瞬间妻子的精神不正常到了什么地步呢?

或者自己的头脑当时究竟处于怎样的状态呢?妻子拿出来的每一个证据,自己真的有把握把它合理地推翻吗?她所说的那个现实,自己能够肯定是无法接受的吗?

当时是小山内向琉璃走去,把她抱起来带回了孩子房间的。他说着哄孩子的话,"没事没事,有爸爸呢,你只是做了个梦。"女儿很快就睡着了,但比起女儿,他感到妻子的精神状态更令人担心。

关了孩子房间的灯回到客厅,他发现桌上的烟灰缸换了,冰块盒里又加了些冰。妻子在厨房里洗咖啡杯,看到他回来,就用平常的声调弱弱地问:"琉璃睡下了?"小山内应答了一声,便站在边上想等着妻子说出下一句:"接着说刚才那件事。"然而妻子一直背对着他,没完没了地洗手中的一只杯子。

"阿梢,你没事吧?"小山内喊了她一声。

"没事。收拾完了我就去洗澡。"她说。

看她拒绝继续谈论,这时他就不想再刺激她,免得搞不好又发展成两人的口角,于是步履沉重地回到了客厅。这种局面恐怕还会反复出现吧。今晚就算收场了,妻子早晚还会找出其他新的证据来跟他说这是新发现的证据,而且她会十分确信那是表明女儿身上出现异常的证据。他一边听着厨房里传来的水声,突然产生了这样一种预感,一种让人乏力的预感。

但是经过一段时间后,小山内甚至连自己都不确定当时是否真有过这样一种预感。

那是因为就那一夜,妻子显得有点特别,到了第二天早上,她的言谈当中看不到有任何的不正常。跟往常的假日一样,她开着她的本田车,带女儿丈夫出去兜风了。到了公路的服务区,她就像任何一个母亲那样照顾着女儿,女儿也乖乖地听母亲的话。两人就好像前一天晚上什么都没发生一样,这是小山内在旁边自然感受到的。且不说一个七岁的孩子睡上一晚,早就把昨晚睡得迷迷糊糊中站在父母跟前这件事忘记了;就连妻子阿梢的一举一动好像也完全忘了自己昨晚说了什么话。

不过,这也只是他的感受而已,并不能确切地证明就是事实。妻子说琉璃在父母跟前装作平常,而说出此话的妻子自己说不定自那晚以来也在丈夫女儿面前装起平常来了吧,这并非没有可能;甚至也可以说前面那些都是不真实的,都是自己的瞎想罢了。妻子也许真的忘记了头天晚上说的话。也许她的精神刚刚出现一点不正常,但因为琉璃睡眼惺忪地出现在走廊上,这让她顿时恢复了理性,没有完全离开现实世界一侧,尽管已经到了临界线。她跟丈夫说过的种种超乎常理的话,也许在一夜之间已从她的记忆中抹去了。

39

哪一点都是不确定的。那时默默站在走廊里的女儿,她脸上真的是孩子睡意蒙眬中的表情吗?就连这一点,你都可以无限地怀疑自己的记忆。说不定那时琉璃一直竖起耳朵在偷听父母的对话,她眯起双眼、用妻子曾经描述过的那种深邃的眼神一直观察着他们两人呢。还有,那时妻子最后说了句"就你看不见现实",后来就没下文了;但这一句里说不定就包藏了对丈夫的指责和不满,这不只是针对琉璃的问题,背后还指向了八户他母亲的事,跟父母同住的事早晚都会成为现实问题,而他却始终不能面对现实只是整天混日子。不管自己怎么费尽口舌地劝说,丈夫就是不愿醒悟,就是不愿面对现实接受现实;因此说不定那一晚妻子已经绝望死心,她已打定主意要凭一己之力来解决琉璃的问题了吧,就像她总是通过自己的努力来操持家务一样。正因为这样,自那以后不久琉璃的行为越来越让大人费解,而妻子一开始也只是隐瞒事实不再提及。这样一想,当时让他觉得根本解释不通的事也都对上号了。

然而,小山内是在过了很久以后才开始这样思考的;那时妻子和女儿都离去了,只留下他孤零零的一个人,时间多余了却没有别的事可做,只得用来思考过去。

进入十二月又过了二十来天,这一天妻子打电话到小山内的单位,说是琉璃找不到了。这天是学校第二学期的休学仪式,仪式结束后她跟同学在半路道别,可直到这个时间还没回家里。小山内接到电话时,总务部办公室窗外已是一片暮色苍茫。

妻子打电话过来时并未显得慌乱。说话也没有语无伦次,只是语速比平常快,一上来就排山倒海地说了一通。她提到了琉璃好朋友的名字,说是听纱英讲,琉璃跟她分手时是朝着跟家里相反方向的电车车站那边走的。妻子自己先是在车站周围找了,可是没找到;于是跟车站工作人员说明了情况,让他们帮忙与东京方面的各车站取得了联系;当然也向警察求助寻找了,如果孩子自己坐电车走的,那一定能在东京的某个车站找到,等等。她的这些分析在小山内听来显得过于乐观了。

妻子在电话里说个不停,她的声音里还夹带着周围的各种杂音以及旁人的说笑声。

"跟同学分手时,琉璃是一个人走的吗?"

"是的。"

"你确定吗?还有没有别的人看到过她?比方说她跟陌生人在一起,有人看到吗?"

"我肯定啊。琉璃是独自坐上电车的。"

她凭什么能这么肯定?!小山内一下子热血冲上了头脑。

"你在哪儿打电话?"

"车站的公用电话。"

"你赶紧回家守在电话机旁,我现在就回家。"

"有消息的话他们马上会联系到这儿。然后就要你去接她回来了。"

"接回来?"

"琉璃一旦找到,他们马上会联系这儿的车站工作人员。"

"这、这……"他咽了一口唾液,"也得确定琉璃坐上了电车才行啊。"

"可是我跟你说……"妻子刚说了半句,他已经没有心情再听下去了。

要是她一个人没坐电车那可怎么办,小山内不耐烦再跟妻子理论,就撂下了电话。然后他走到上司身边跟他耳语说明了情况,上司允许了他早退。

谁料刚把包抓在手里准备离开公司时,又有第二个电话打来找小山内。离他前面挂下电话还不到五分钟。

大概因为结果被自己猜中了,妻子的语气有点兴奋。

"是在高田马场吗? 琉璃在高田马场车站找到了吗?"

"是的。"

"怎么会到高田马场去呢?"

"不知道。不过多亏他们这么快就找到了人,比我们预计的快。真是太好了。不然要是等到末班电车结束也没有消息的话,可不要急死人了。阿坚,你现在就去高田马场把她接来吧。"

"……噢,好的。"

"你要告诉她,回家来,妈妈不会骂她的。"

小山内只感到幸运,他只是一心感谢这一份幸运了;实际上是因为琉璃在高田马场车站向工作人员问路,人家就把她交给其他手头空闲的同事,再由同事转交给派出所的巡警,这样警察便找到了这名身背书包的小学生。

接待小山内的是一名比他年长十来岁的巡警,四十多岁,他面对离家出走的少女的父亲,依然说话不紧不慢,不像是刚处理完一桩重大案件的样子。他首先让填表,小山内在填写时他就在旁边把事情的经过简略又不乏主观臆断地陈述了一遍。

"你女儿找的那家录像带租借店以前的确是在这附近。说不定你也知道吧,就是一楼开着荞麦面馆和香烟店的那幢楼,租录像带的店在地下。那家店是去年关闭的吧,不对应该是今年,那地方后来就有一家居酒屋进去了。刚才你女儿非要去看,我就带她到店前去了一下,总算知道我没骗她。看她现在垂头丧气的,可这也没法子。那家租录像带的店里,是不是有她很喜欢的电影呢?那种让小孩子忘不掉的、还想再看一遍的电影?她自己不说,那就搞不清为啥要这样做了?不过呢,想看电影的话,也可以到别的店里去租录像带来看,你这个当爸爸的也要把这些道理好好讲给她听呢。"

这内容简化得太厉害,到底是怎么回事,小山内还是不得要领。

巡警继续对他说。

"听你家那边的警察说,你女儿可是以前就想到这边来的。哦不,是孩子的班主任打电话过来,孩子自己不想接电话,我就代她接了,然后跟那边派出所的人聊了几句。听说她之前就有两次离家出走未遂。不,这个我懂。我说的未遂,也不是指有多严重。是说她擅自离开学校,在那边的车站因为不会买票结果被人送回学校的事。只是像这一类情况,一般是有征兆的。这一点也需要你们做父母的记住,多加注意才行。"

这些情况小山内还是第一次听说。

他手里握着笔,抬眼看了看旁边的折叠椅子,只见琉璃坐在上面双手抓着坐垫的左右两端,两条手臂绷得笔直,低垂着脑袋。从小山内匆匆赶到派出所时起,她一次都没敢抬头看父亲的脸。

手续办好,起身回去之前,那个中年巡警这样教育女孩说:

"小姑娘,你叫琉璃是吧?多好的名字啊。你还会用汉字写哪,了不起,叔叔很吃惊呢。你爸爸妈妈给你取了这么好的名字,要感谢他们才对。千万别做这种事让他们担心啊。下次你想看电影应该先跟爸爸说。不要自己一个人就去坐电车往外跑啊。"

女儿听着警察的说教脸上毫无反应。巡警大方地笑了笑,把书包递给父亲,并小声说:"里面装着好像是换洗的衣物。这是孩子的想法。你也许要说搞不懂她在想什么,不过这属于一时兴起的离家出走。在其他地方,光拿着一点坐电车的车钱稀里糊涂就出走的孩子并不少见。总之,回去你们父母跟孩子好好沟通一下,防止以后再发生同样的事。"

在换乘去稻毛的总武快速线之前,琉璃一句话也没讲。小山内也无意跟她说什么。

他想问问清楚的话其实不断涌到了嘴边,可是从高田马场到换乘站的电车一路上都是站着的,再说女儿愣是一言不发,他也就不想在大庭广众之下去撬开她的嘴了。他打算回到家后跟妻子一起与女儿好好做一次亲子对话,所以此时小山内只是独自默默地想心事。

他模模糊糊想起几年前的事,那会儿琉璃甚至还不会用假名写自己的名字。有一次好像是一家人回八户探亲,要说交通工具琉璃只坐过母亲驾驶的本田车,所以当她看到电车驶入站台时,便又跳又叫"电车来了!电车来了!"兴奋极了。

他一路上在搜索着这样的记忆,而当电车到达离稻毛还有几站路的某个车站时,车上的乘客一下子减少了,并排坐着的这对父女旁边的空座也多了起来。这一来,膝盖上放着孩子书包的小山内要是再不开口就有点难堪了。

为了吸引女儿的注意力,他把书包从腿上拿开放到了旁边的座位上,身子靠到座椅背上,轻轻地吐了口气。

"肚子饿了呢。"

"……"

"到家后让妈妈叫个比萨饼吧。"

"……"

"妈妈在电话里说了——"

这时琉璃把脑袋靠在座椅背上,似乎学着父亲的样子,她也轻轻地吐了口气。她的侧脸看起来比小山内记忆中女儿的印象要老成得多。

"妈妈要甩手不管了吧?"她说,"这是我第三次被人遣送回家了。"

从一个小孩嘴里说出了"甩手不管"这个常用俗语,还有她过去竟然两次被遣送回家而妻子却瞒着自己,对于这些小山内并没有深究。

倒是有一件最让他在意的事此时脱口而出了。

"你是去找小哲君了吗?"

女儿的视线转向了小山内,眼神里明显地写着一个"烦"字。

"你到高田马场是去找小哲君的吧。"

女儿的脑袋依然靠在座椅背上,下巴往左右大大地晃了晃。

"是这样啊。"他相信了女儿的表示,"原来是爸爸误会了。这样最好。"

那么琉璃究竟是出于什么目的到高田马场的录像带出租店去的呢?听了巡警的那番话,小山内最初联想到的是《星球大战》的录像带,琉璃半醒半梦中站在走廊的那天晚上,夫妇二人本来准备看的。但这跟高田马场的那家录像带出租店好像联系不起来。首先一点,自己甚至都不知道那里有这样一家录像带出租店。

"人家不叫小哲君。"

"……嗯?!"

"他的真名是……"

"真名？谁的？"

女儿把头紧靠在椅背上,注视着小山内。

"你是说那个玩具熊吗？"

女儿也不顾头发会弄乱,她的脑袋紧靠着座椅背移动了一下。她歪着脑袋,看起来在犹豫要不要说出自己的秘密。她也就犹豫了几秒钟,然后无精打采地上下晃了晃下巴。

"是吧。他的名字已经不叫小哲君了吧。"小山内说,"那,你告诉爸爸,他现在的真名叫什么呢？"

女儿移开了视线,看着前方。二人的对话中断了几秒钟。

"妈妈可担心了呢。"小山内狠了狠心说了出来,"她说琉璃会唱很多老歌,还会写很难的汉字,她怀疑这些都是小哲君教你的吧？"

"根本不是。"

"我就说不是嘛。"

"妈妈她明明知道的。"

"是吗？"

"是我自己会的。全部都是我自己学会的。"

"那都彭打火机呢？你早就知道的吗？"

"嗯。我还会换打火石呢。"

"这些,你都在哪儿学会的呀？"

琉璃再次无精打采地转过脸来对小山内说：

"爸爸。"

"嗯。"

"你说,我到底长大到几岁就可以了呢？"

"可以什么?"

"琉璃要到几岁才可以一个人坐电车去别的地方呢,不管到哪儿?"

"一个人坐着电车,琉璃想去哪儿呢?"

"我说了嘛,不管到哪儿。"

"你想一个人去旅行吗?"

"是的。"

"这样的话,你要毕了业才行。"

"小学吗?"

"大学。"

"大学?我可不想上大学。"

"为啥呀?爸爸妈妈可都上过大学的。"

"高中毕业不行吗?"

"也不是说不行……"

"那我要是高中毕了业,就可以一个人旅行了是不是?你们同意?"

"……就算同意吧,要是你高中毕业了的话。"

这事属于遥远的未来,而且还只是个假设的未来,小山内对自己这样说。

"你好好读书毕业以后,找一份工作,赚了钱不就能去旅行了?去干别的也行啊。"

"你说话算数?"

"嗯,当然了。所以,在那之前可不能再偷偷地一个人去坐电车。琉璃你还才是个二年级的小学生呢。"

"是的呢。"

"一个小学生要是独自去别的地方,那肯定要被遣送回家的。不管你到哪里,不管多少次都会被逮住。这一点你明白吧?"

"明白啦。"

"今天尝到苦头了吧?"

"嗯,尝到了。"

"所以呀,以后不要再做这种傻事。这只会给很多人添麻烦。即使你很想去什么地方,也要先忍着,等到高中毕业才行。你能保证吗?"

琉璃在回答之前稍稍闭了下眼,然后拿后脑勺在座椅背上敲了一下、两下。

"知道了。还要等十一年吧。"

"到家后,跟妈妈也要保证哦。"

"嗯。我会的。"

"好孩子。"

高田马场的录像带出租店是怎么回事,都彭打火机是怎么回事,这些都还没交代清楚,但这时小山内没再去刨根究底。父女二人的对话出现了一个意想不到的结果,他居然成功地让女儿发誓在接下来的十一年间、也就是在高中毕业之前不再独自往外跑——实际上这个保证还是琉璃自己提起的——不过,他认为得到女儿的承诺才是关键,尽管这比他预想的容易得多。电车到达稻毛时,身为父亲的小山内体会到了心头的重压一时卸下的感觉。

4

后来，琉璃的确遵守了她的承诺。

自那天以后，直到到她十八岁高中毕业，她再也没有背着父母做什么离奇的事，一次都没有。

由于琉璃不再离家出走了，那么她去高田马场录像带出租店究竟是为了什么、宣称会给打火机换打火石到底是真还是假，结果这些问题都不了了之。小山内认为哪一个问题都没必要仔细追究。你要是再去提它，等于是自揭伤疤了接下来又麻烦了。这并不是夫妇二人商量后的决定，不过妻子对这一点好像也没有异议。从那以后，妻子也再没有因为女儿的问题提出要跟他商量什么。

因此，琉璃的这一次离家出走，与小山内怀疑妻子精神不正常的那天晚上一样，都属于这家人平和安宁的五井、稻毛生活中发生的个别事件——也就是说，与一家人吃火锅、吃铜锣烧的记忆有着不同的含义——是人生中难以忘怀的一个场面，小山内把它们放进了记忆的抽屉中。并且很长时间都封存了这段记忆，直到某个时候的到来。

小山内再次回忆起这些事还是在过了很久很久以后。

过了十一年以后。

这一年是女儿的保证期满的一年。然而刚参加完高中毕业仪式的女儿却不幸遭遇了交通事故。开车的是妻子阿梢，二人当场就死亡了。

从那以后,小山内只剩了孤苦伶仃的自己,他开始爱思前想后了。

上午十一时半
ごぜんじゅういちじはん

　　小山内重重叹了一口气，然后为了调整情绪他端起了咖啡杯，喝着加了很多糖奶的咖啡，为自己争取一点时间。

　　然后他开口了。

　　"别再说铜锣烧的事了。一家人吃过也好没吃过也罢，到现在我也没办法确认了。为这种小事跟你争论也没意义，何况你又不是我的家人。"

　　"就是嘛。现在也没法确认了呢。"这个叫琉璃的孩子认同了他的说法，"你要是坚持说不记得的话，那我也没办法。实际上肯定吃过的。"

　　孩子说的后半句抢白小山内装作没听见，他拿起了那个包袱，推开旁边座位上原本给三角用的餐垫，直接把包袱放在了桌上。他解开了两个打得很牢的结头，包袱布往四周一散开，便露出了一块大致呈正方形的画布，画布用图钉钉在一块廉价的画框内。

　　小山内抬起脸来，正好跟少女的

眼光相遇了。少女的眼睛里充满了真诚,这与她说话时讽刺挖苦的腔调完全不符。

小山内把视线又收回到了陈旧的画布上面。

"这幅画是我女儿上高中时画的。"

"嗯,我知道的。"

"这可是她的遗物。遗物的意思是……"

"我懂的。"

话音刚落,少女就把左手伸了过来。

这次小山内没有制止她。

死去的女儿画的油画拿在了少女的手上。

这个和女儿有着相同名字的少女把画捧在胸前,仔细地端详着。

虽说这是女儿的遗物,但也是到了最近小山内才发现的。女儿在交通事故中死去,至今已经有十五年了。在这十五年当中,他并不知道有这幅画。或者也可以这么说,他辞去工作决定回八户老家时,是自己把一件件物品打包装箱的,所以当时理应看到过这幅画,只是在后来的十五年间——琉璃上高中时说起过是美术部的成员,找到画的同时,这一点也想起来了——彻底忘记了而已。

这样一想,面对这名少女,自己还郑重其事地宣称这是女儿的遗物,内心不免有点忸怩。

更何况从壁橱的旧纸板箱里找出这幅油画的还是小山内的母亲。当时他母亲说:"这儿有你一幅老早的画,这也不要了吧?"乍一听,不知道她指的是"你老早画的画",还是"老早的这幅画上画着你",但小山内只看了一眼就明白哪个都不是了。那画面上画的不是小山内,而是一张青年的脸,画布的右下角有琉璃的署名,用黑色英文字母写的。

渐渐地,入神地看着这肖像画的少女脸上泛起了红晕。

少女的母亲坐在旁边瞥见了画面的内容,她不由得吃了一惊,先是瞪圆了双眼,然后不停地眨眼,她的手捂在胸前,那姿势似乎是想把自己的突突心跳强压下去。她的职业习惯令她做这种夸张的动作也只是信手拈来。她是一名专业演员。她恐怕也跟小山内一样,看了第一眼就知道这是谁的肖像画了。

母亲从肖像画上抬起眼睛时,她的嘴唇张着似乎想说什么,她想礼节性地跟小山内表达一下观画的感想。然而,眼前看着这幅画,是很难说出什么合适的感想的。这一点,少女的母亲和小山内心里都很清楚。她只是转过脸来注视着小山内,眼眶略带潮湿。小山内在这演技过剩的视线下感到有些不自在,他再一次端起杯子喝咖啡,然后看了看的手表。十一点三十分,三角还不来。

小山内想了想回程的新干线时间。

来东京这件事无论跟同住的母亲还是跟工作单位的人,他跟谁都没说。如果想把今天一天的行踪藏在心里就当没发生,那么他应该在与平常的工作日相同的时间回到八户的家中。为此必须坐上下午一点二十分从东京发车的飞隼号。这样下午四点十三分就能到八户。

到八户车站后,稍稍调整一下时间就可以坐上平时坐的那趟公交车。在那之前也许清美会打电话过来。还是她会下班后直接开车到小山内家里去讨好他的母亲呢?这是她最近逐渐养成的一个习惯。

前两年父亲还在时,母亲对四十多岁的荒谷清美没有好感,把她叫做"拖油瓶"的中年女人,不让她进家门。不过现在情况完全变了。

父亲过世后,母亲成了一个自己什么都干不了的人。她发现儿子跟丈夫完全不同,他对自己的问话总是爱搭不理——这问话自然也是从早到晚问淘多少米合适,问洗衣液是不是该买带香味的之类——于是难免发脾气,变成一个见人就要哭诉的老太婆。父亲去世一周年时要举办法事,简易保险的手续需要更新,这事那事都由清美耐心地听她唠叨帮她处理,如果没有这个拖油瓶的荒谷清美来帮她,母亲恐怕连父亲的遗物都一直整理不清了吧。

母亲靠自己的想法做不了任何事,她却能完全依赖两个非亲非故的人——清美和她上中学的女儿,由此慢慢地恢复了自己本来的状态。母亲今年变样了。从一个极端到另一个极端。她接受荒谷母女的建议,开始扔掉父亲遗物里面甚至家里面那些无用的东西了。这个还要吗?这个还能用吗?这都是她的口头禅,只要有人在身边,她就会这样问人家。她在旧纸板箱里发现琉璃的油画时,在她身边的碰巧就是小山内自己。

"小山内先生!"

少女的母亲唤了她一声。

从回程的新干线引出的思绪断开了,小山内从八户重又回到了东京的现实中。

十一点半,三角还不来。

看到他脸上表情暧昧,少女的母亲便又唤了他一声:

"小山内先生。"

不过小山内已经猜到对方接下来会说什么。

果然她问的跟自己的猜测差不多。

"小山内先生,你跟三角先生是见过一面的吧?"

是的,小山内重重地点了点头。

严格来说,小山内与三角见过两次。

5

最初是在十五年前。

小山内当时工作的地方,仙台,三月份。

在妻子和女儿的葬礼上,有很多不认识的人来向小山内表示吊唁。有远房亲戚、妻子的朋友、女儿的同学、学校的相关人员,还有官方、警察以及媒体方面的来人。这一日,有不计其数的人走到小山内的身边来安慰他,这其中就有三角。

"我是三角典子的弟弟,三角哲彦。"三角这样介绍了自己。

而且他还十分关切地向小山内提出,如果有时间的话,想跟您稍微聊一聊您太太以及女儿的事。那是在火葬场等待的时候。

然而这份关切没得到小山内的回应。当时作为丧主的他要面对妻子女儿的死,甚至连惨不忍睹的遗体都要作为现实接受下来,悲痛万分中能保持正常头脑对他来说已属不易;至于三角说了什么,其实并没有真正进入他的耳朵。谁在跟他说话,都说了些什么,这些都无关紧要了。无论什么人说了什么样的悼念之词,在小山内听来都是空洞的套话,只从一个耳朵进一个耳朵出罢了。那一整天他始终处于这样一种发呆的状态。三角看出没法跟他交谈,就走开了,很快又有别的人走过来对小山内说些悼念安慰的话。

后来,季节交替到了夏末,小山内向公司提出了辞职,决定回八户老家。

那时他的手上还留有三角的名片。

这张名片和另外还有几张都不知道是什么人的名片放在一起。三角名片的背面用英文字母标注着名字的读音,即便如此,小山内也已经想不起来这个人长得什么样子。参加葬礼的所有来客在他的记忆中都只是模模糊糊的印象。

小山内把他今后的人生中没有用的名片都处理掉了。

没有用的记忆也扔掉了。

到了十五年后。

今年七月。

三角再次出现在小山内的面前。

把三角带到小山内跟前的是荒谷清美的女儿。

那一天正可以说是梅雨季节里偶尔放晴的日子,小山内按时从公司下班回家,他看到家里佛堂朝向院子一侧的窗户全都打开着,里面坐着一个身穿夏装西服的男子。小山内的母亲、荒谷清美的女儿和这名男子三人围坐在桌子边上拉家常,看起来他们在等小山内回家。

这男子一接触到小山内的目光,就特地从坐垫上下来换成正坐的姿势,深深地低下头去。小山内带着询问的眼光看了看旁边,而母亲正为客人规规矩矩的叙礼方式感动发呆。

反倒是荒谷瑞木摊开手掌指了指客人,介绍说,"这是三角先生。"

小山内站在走廊里只是顺势点了下头,说了声"你好",

就直接上二楼自己的房间去了。一回到家就直奔自己的房间,放下包换好衣服再到楼下,然后听母亲絮絮叨叨地问这问那。这是他平常的习惯。

正当他走到楼梯的一半,瑞木追上来了。

"人家是来上坟的呢,这个三角先生。"她说。

小山内没有止步,而是问道:"上坟?上我家的吗?"

"我在你家墓前跟他聊起来的。他问能不能见到小山内先生呢?似乎很想跟你见面,我就把他带来了。"

"干吗去的坟前?"

"……你说我吗?"

走完楼梯,小山内回过头来。

只见身穿学校制服的瑞木在下面很夸张地做出不满的样子,一侧的眉毛高高扬起。

"干吗去?去问候一下咯。虽说你不如我妈,说这话也够雷人的了,阿坚!你这话要对奶奶说了,她又该哭了。"

"上坟的话,等御盆节①去就好了呀。"

"可是,今天是她们去世的日子啊,每个月的忌辰。"

小山内一只手解开了领带结。从一个中学生的嘴里说出"每个月的忌辰"这样的话让他感到沉闷。这女孩儿说她放学回来时顺道去小山内家的墓地上坟了。该不会是清美让她这么做来博得奶奶的好感的吧?

"那,这个三角先生是什么人啊?"

---

① 源于盂兰盆节的日本传统节日,以上坟扫墓为习俗。

"说是三角典子的弟弟。原本是八户人,现在东京,所以看起来不那么土气呢。"

"你觉得他不土吗?"

"嗯,跟你比起来的话。体格也壮。"

"三角典子是谁啊?"

"你见过的呀,忘掉了吗?她们去世十三周年的时候。那个住在札幌的好朋友。"

"哦,我忘了。"

"你下去好好跟他聊聊吧,我都带人家过来了,也给我点儿面子。我这会儿回家去,等一下要跟妈妈会合。"

过了五分钟他下楼时,母亲正在楼梯边上等,她小声问他:客人待的时间会长吗?他好像是一家大公司的领导,是不是叫一份寿司招待一下比较好?荣记寿司和姬屋寿司,叫哪一家的好呢?

每次叫寿司外卖她总会问这些。小山内回答说给他换杯茶就行了,便走进了佛堂,隔着黑漆茶几和不速之客面对面坐下了。

对方递过来一张名片,正如母亲所说,上面印着的是一家有名的大型建筑施工承包公司的名称和总公司总务部部长的头衔。客人的全名叫三角哲彦,他再次自我介绍说,自己是三角典子的弟弟。

这个叫三角典子的女子是十五年前死去的妻子阿梢的朋友,据说是从中学高中以来的朋友,她结婚后一直住在札幌。小山内见她的弟弟此时出现在自己的面前,不由得讶异他究竟为何事而来,于是就等着三角开口。

6

"好久不见了。"

三角的这一句开场白让小山内感到意外,而他后来谈话的时间更长,远远超过了母亲的估计。

大约过了一小时,荒谷清美下班回来露了下脸,她的女儿瑞木过来跟她会合,此时三角的话还没完。后来姬屋寿司也送到了。叫荣记寿司还是叫姬屋寿司,针对这一愚蠢问题最后做出决断的一定是清美。客厅里开着电视,小山内的母亲和清美、瑞木有说有笑地在吃饭,在佛堂里有时能听到她们的声音。一到夜里气温就下降了,佛堂朝向院子的窗户早已经关上。

至此为止,三角所说的大致内容小山内也还听得明白。

首先一点,这是两人的第二次见面。

以前在仙台跟您见过一次面,是在您太太和女儿的葬礼上。三角说话很直率。不用说,十五年前那一天的情况以及自己后来把人家的名片扔掉的事,小山内全都不记得了。不过,对方自己说火葬场也去了,那大概是真的了。

其次,三角还告诉他今天白天去了小山内上班的水产品加工公司。向办公室的女事务员打听到小山内在哪里,"所以我也到图书室去看了看。"三角说这话时脸上浮现了一丝微笑,有点像坏笑。那口气似乎示意着图书室三个字上应加着重号。

他们公司里有一个小房间,是公司老板自己想出来把一个储物间改装成的图书室。就在办公楼一层的一个角落里,很不起眼。老板手下包括罐头加工车间、干货加工车间的员工一百多号几乎无人会到那里去。然而当有人打听小山内时,事务员大概是这样回答的吧:小山内啊,他午休时总在图书室看书的。

其实他并非总在看书,不如说更多的时间是面前摊着一本书在发呆,而别人则把他看作书虫了。不过这一天的午休,小山内过得与平常不同。吃过面包加牛奶的午餐后,在久违了的初夏阳光的招引下他到海边堤岸上散了会儿步。所以当三角按照事务员的指点推开贴有"图书室"标牌的门时,发现里面空无一人。

小山内也没有出声应和,他只是静静地听着。

三角的声音十分通透。他说话时尽量不用模棱两可的措辞,处处显示出一种领导者的自信。口齿也很清楚流利。小山内在听他说话的间隙只是微微地点点头,也没解释中午去港口散步的事。归纳起来就是说,这个人大老远地从东京来到八户,找到了自己工作的办公楼,甚至还推开了图书室的门。他这么不辞辛苦地来找自己,到底有什么缘由吗?小山内有点惶惑,但依然没作声。

三角似乎觉察到了他的疑惑,这样解释道:

"昨天我为了参加我父亲过世三周年的法事回了趟老家。于是今天就顺带多请了一天假,想借这个难得的机会,跟您好好见上一面。"

小山内看了一眼佛龛。三角刚才上的香烛已燃尽了,但周围还萦绕着一缕余香。小山内注视着佛龛里的牌位,正打算说几句感谢的话"听说您去给我妻子上坟了"之类,但没想到一开口说的却是无关紧要的寒暄话,这连他自己都感到意外。

"你姐姐典子小姐她还好吗?"

"是的,她在札幌过得还好。"

然而小山内其实连这女人长得什么样都没有印象。

"这真是太好了。"

"我姐姐也向您问好。"

"是吗。"

"她因为要照顾孩子们上班什么的,今天早上就回札幌去了。"

"三角先生。"

"什么事? 您说。"

"你也一定是我高中的校友吧,学年比我低?"

"是的。"

三角的笑容比较自然了。在小山内看来,这笑容显得年轻,跟他名片上的头衔不太相配。如果要说不显土气,这笑容大概也属于不显土气的那一种了。

"我比您要低八年,是您的学弟。"

"这么说,你跟你姐姐要相差六岁吗?"

"是的。"

"那,她怎么说呢?"

"您说的'她'是……"

"找我有什么事? 是跟你姐姐有关的吧?"

"不,这件事跟我姐姐没关系。"

"这件事?"

小山内自言自语了一句,这时三角并拢双膝,坐正了姿势。

"我要说的这件事跟您过世了的女儿,还有您太太有关。说起来话有点长,不知您愿不愿意听。我这样毫无顾忌地跑到您单位还有家里来找您,我知道这是很不礼貌的。可是,今天我去上坟时,看到刻着她们二人名字的墓碑,还是想到不能错过这个机会。碰巧有个认识您的中学生跟我打了招呼,这恐怕也是一种因缘了。我是有一些话很想告诉您的。"

小山内的脸上露出一丝不悦。

您认识的中学生。三角恐怕已经看出这个中学生及其母亲和小山内的关系了吧。

"人都死了,到现在你再来提她们的旧事。"这是小山内平日里厌烦他母亲时常说的话,此时也脱口而出了半句,停顿了一下,他又说:"再回忆过去,又有什么用呢?"

三角应声答道:"我接下来要说的话不只是回忆往事。我并不是一时伤感来找您的。"

"好吧,我想也不会吧。"

首先,如果说这个叫做三角的男子他记得一些跟十五年前死去的二人相关的往事,而且必须要来告诉自己,这反倒就奇怪了。小山内刚这么一转念,就听见三角那通透明亮的声音在说:"以前有过一次。"

小山内用眼光四处找了找烟灰缸,发现被收拾到壁龛的角落里去了,于是正要起身去拿。

"就一次,我们说过话的。"

"是吗?你姐姐也在场吧?"

"不,我姐姐不知道这件事。"

"绕过了你姐姐?你是说你跟我妻子曾经见过面说过话?"

"不,我现在说的是您女儿。十五年前,我跟她通过一次电话。"

小山内刚要起身又落回了坐垫上。

"你是说……跟琉璃吗?"

"对。琉璃小姐的生前,就一次。当时我在东京总公司上班,电话是夜里打到我家的。电话号码是我姐姐告诉她的。而问我姐姐要到我电话号码的据说就是您的太太。"

小山内没听懂是怎么回事。只是他明白刚才三角提到的"这件事"已经在开始讲述了。

"不过,这些情况我也是后来才知道的。我刚才已经说了,我姐姐跟这件事没有直接关系。在这里想强调的一点是,帮助琉璃小姐找到我的地址和电话号码的是小山内先生您的太太。"

小山内一语不发。

他从烟盒里取出一根烟叼到嘴里,用之宝打火机点上之后才想起来,这便起身去拿烟灰缸。等他低着头回到座位上,三角问他:"我可以说下去吗?"

"说就说吧……"

小山内感到自己的声音细弱无力,便清了清嗓子加了一句。

"究竟是怎么个来龙去脉,我完全读不懂。"

"正题还在后面,我接下来要讲的。"

"不,你先告诉我,琉璃为什么要查你的联系方法呢?"

"所以说,这是下面我要讲的。"

"你说我妻子帮她查了?"

"是的。"

"那就是说……"

"就是说,"三角轻轻地加了一句,"那次事故怎么会发生了。"

他说的是十五年前小山内的妻子和女儿不幸被卷入了一场数车相撞的车祸中。对于三角的回答,小山内并不满意。他的眼神传达了这一讯息。

"发生事故的那天。"三角一反常态,有点吞吞吐吐的样子,他迟疑了良久又说。

"她们二人开车外出去干什么,这个小山内先生您知道吗?"

小山内依然是无言以对。

这也无须回想。那一日小山内跟往常一样在仙台的分店上班。自己不在家时妻子和女儿都说些什么,他从未关心过。女儿下个月就要上大学了,她和母亲开车出去的理由那可是太多了。她们开车出去是要办什么事情?即便没什么事要办,喜欢开车的阿梢也会带上琉璃去兜风吧。

"也就是说。"三角重新说了一遍。

他看到小山内答不上来,似乎就明确了讲述的方向。

"她们二人当时是为了跟我见面,开车去东京的路上遭遇那场事故的。"

再往下三角的谈话便转入了正题。

这正题的内容小山内基本上也理解了。

不过,理解是理解了,他也没把三角的话囫囵吞枣全部接受下来。这种感觉正与二十五年前的那个夜晚,当他看到妻子的精神开始不正常时的反应十分相似;他在听三角讲述时,注意到那种熟悉的感觉此刻复苏了。记得过去还住在稻毛宿舍的那个晚上,妻子阿梢对自己讲述七岁的女儿身上发生的种种怪事,而自己怀疑女儿站在昏暗的走廊里偷听了这一切;这一段记忆从那以后小山内不知道从头至尾回想过多少遍,至今还梗在心里——在家里也好,在单位的图书室也好——时不时地会在脑海里重现。所以,不妨说三角的这些话带给小山内的这种心无着落的感觉对于他其实并不陌生了。

三角说的话里有些地方让人一下子难以置信,这一点上,它与妻子曾经说过的话具有相同的性质。而且,他讲的是一个从过去到现在沿着时间轴线展开的故事,其中还包含有一部分与妻子的话相重合的内容。所不同的是,妻子只不过瞥见了其中一部分而已。而三角则把握了整个故事的全貌,他能够对小山内讲述这一切。

这是一个长达三十多年的故事。

7

三角哲彦出生在青森县八户市。

他跟小山内一样也是在家乡读到高中毕业,然后考上东京的私立大学,毕业后在一家大型建筑施工承包公司入职了。

他进公司是在二十世纪八十年代的后半期。第一年被分配到了东北分公司的经理部工作。

在东北分公司的三年间,因工作能力强,深得上司的赏识,进入九十年代后便调任至动工不久的东京湾跨海公路的施工现场。在那里,三角作为公司的青年员工也发挥了出色的业务能力,一直干到公路开通,后来作为有培养前途的人才被调进了总公司的总务部。他由此走上了公司内部所谓步步高升的轨道。

那年正值新世纪开始的二〇〇〇年,不多久他就升任为人事部副科长。

后来一度被调到名古屋分公司担任总务科长,地震灾后的次年重又被调回了总公司。这一次的头衔是秘书室副部长。

然后到了今年春天,他接到了升任总公司总务部部长的任职通知。

他的简历大致追溯一下便是这样,他与小山内的不同之处只有一个。

三角哲彦大学毕业花了五年时间。这个男人的半辈子就好像一叠四角对得整整齐齐的文件纸一样,看不到任何越出规范的部分,实际上也只有一年是荒废了的。

8

大学二年级的时候,一个相识的同年级学生给三角介绍了一份兼职。这份兼职本来是这个同学从一个学长那里接过来的,但他自己由于成绩好,考取了海外留学的奖学金,结果就把兼职的机会让给了三角。他说,这份打工的活儿简单轻松,即便是三角形你也做得了。这同学有个坏毛病,说话时总带点小瞧人的口气。"三角形"是三角的绰号,从小学开始就有。

兼职工作的地点在高田马场。

这是一家录像带出租店,全年无休,营业时间是上午十一点至次日凌晨一点。

当时三角住在中野区沼袋的一个小公寓,每天要乘坐西武新宿线,再换山手线到池袋来上学。高田马场正好是他的换乘站。上班的交通方面没有问题。对七百五十日元的计时工资也没有不满。只是因为没有交通补贴,他就怕赶不上末班电车,所以尽量不做晚班。由于还要兼顾大学的上课时间,所以三角选择了以周末为主一周四天左右的出勤方式,他的班次是从十一点到十八点的早班。

录像带出租店在一座写字楼的地下一层。

要上班的日子他每天早上会比开门时间提前十分钟到,然后走下一段狭窄的楼梯。很多情况下,在他还没打开店门之前里面的电话开始响了。店内柜台上的电话不停地响着。他一接起来,肯定就是那个迟到惯犯的兼职店员打来的,电话那头会说:"三角形,对不起啊,我要晚到。"然后还不给三角一点说话的空隙,继续说:"你就说我到银行换钱去了。齐木先生要是来了,你就帮我圆一下。"

他提到的这个齐木先生相当于这家店的店长,此人一般不在录像带出租店,而在事务所里专门负责复制录像带,所谓事务所也无非租用了公寓楼的一个房间而已。店里干活的说起来大部分是兼职店员,所以万一老板突然来店,他们总会相互统一口径为迟到的店员打掩护。

那个被视为迟到惯犯的同事叫中西,比三角年长,是千叶县某所大学的学生。他虽说经常迟到,但不管早班晚班几乎天天来上班;三角奇怪他怎么不用去上学?替他担心,问起他时,他回答说:"上学?学校可是在千叶呢!千叶,你知道吗?去了鞋子会弄脏,我才不去呢。"三角也就不再问什么。

和他搭档的同事就是这么个老油条,而三角自己还是个新手店员,对待店里的活儿十分认真。

有一次,三角来上班时看到店门前站着一个陌生女子。时值七月上旬梅雨季节的正当中,这一天从一大早开始就下着大雨。沿楼梯走到地下一层的三角,还有站在店门口的这名女子,手上都拎着湿淋淋的雨伞。

他并没有马上和这名女子交谈。

三角只是吃了一惊,发现本来不会有人的地方站着个人;于是他一边掩饰着惊讶,仍旧像往常那样把雨伞插进伞架,从牛仔裤口袋里取出了店门钥匙。对方觉察到他要开门,就往旁边靠了靠,所以他就微微鞠了个躬,其实也没必要,然后打开了店门。从头到尾两人都没有说话。她向旁边靠时,他低头鞠躬时,从两人的嘴里都默默地舒了一口气,似乎淡淡地笑了一下。

他开始把店内的灯都打开,又做了几样常规的准备工作,看了一下表,还差五分钟到十一点。

他向外看了看,那女子还站在刚才那个位置。隔着玻璃能看到她暗绿色雨衣的一角。三角想,她大概是因为店门上标明了营业时间才不敢进店吧。还有五分钟,她难道就要老老实实地在外面等吗?

他三步两步走向门口,一把推开了店门。店内比较拥挤的时间主要在夜里,而且在深夜。上午一般只有零星几个顾客来还录像带。就像给他介绍这份兼职的同学所言,这是份简单轻松的活儿。

女人面朝楼梯口站着。

三角对着她的背影随口招呼了一声,"请进。"

但她并没有立刻而是过了数秒钟才转过头来。

估计她并不在意店门什么时候开,而在想别的事情吧。她用询问的眼神看着三角,似乎在问,"我吗?"你在跟我说话吗?这个表情在三角眼里显得比她的实际年龄年轻得多,就像一个不怕生人的少女一样。他记得上高中时坐在斜前方的女孩曾经用这种表情回头看过自己。

刚才走下楼梯刚碰到时,一瞬间他就觉得这个人长得漂亮,但还没有正面看到过她的脸。所以这时候才看到。三角看到了她的脸,还注视了她的眼睛。对方也自然而然地对视过来。他感到自己过了好长时间才说出第二句话来。

"您可以还录像带。"三角好容易说出来,"里面请吧。"

噢,她应了一声表示理解了,然后眼角浮现了笑意。

我不是来店的,不好意思让你误会了。我是来躲雨的,好奇地下是什么样的就从楼梯下来瞧了瞧。可是下了一层楼,就懒得再爬上去了。这楼梯还挺陡的呢。

"是这样啊?"

"不是么?"她反问了一声,同时转过身来面对这个店员。

三角说,"是这样啊?"意思自然是指"你原来不是来还录像带的啊",但她的思路似乎还在停留在楼梯陡不陡的问题上。

就是这样啊,到了我这把年纪的话……这次她故意做出比实际年龄老很多的声音对着三角笑了。你看,这段楼梯不光陡,中间还拐了个弯,从下面看上去都望不到出口呢。走下来是带着冒险的劲头下来的,要回去可就吃力了。

"你几岁呢?"三角很想问问她,但还是控制住自己没问出口。

正当他手还扶在门上犹豫下一步该怎么办时,没想到女人看到他围裙前面别着的胸卡,就先问他了:"你多大了?三角君。"三角据实回答了她。她又用一种"果然如此"的语调嘟哝了一句是吗,接着问道,你是大学生吗?

"是的。"

你很忙呢。要上学又要打工,要不停地在这楼梯上爬上爬下呢。

"是啊,还好吧。"

你在大学里学的是什么?

"算是经济吧,我在经济学系。"

算是吗?

"不,不是算,就是经济学系的,不过你要问我在学什么嘛……"

就是哦。问了估计我也听不懂的呢。

这个人尽管是第一次碰上,她居然吐吐舌头做了个鬼脸。或许是三角记错了,实际上她也许只是挤了挤眼睛而已吧;不过她的确是冲着自己笑了,那活泼可亲的笑容是三角后来一直难以忘怀的,而当时她很快朝楼梯那边扭过头去了。

啊!又打雷了。很响呢,在下面都听得到呢。

三角一步跨到店门外,跟她并排站了。身后的店门关上了。

这时候才注意到这个人被雨淋透了。长发的发梢湿漉漉的,一绺一绺就像细长的尖叶子一样贴在肩膀上。雨衣的肩头还有下摆部分更是沾满了雨水,暗绿的颜色显得更深了。她大概是从附近走过来的,光脚穿一双凉鞋,凉鞋的皮面和白瘦的双脚全部湿透了。

三角心想,这要是在自己的公寓里,马上就能拿一条毛巾给她,可这会儿牛仔裤的兜里连一块手帕都没有。随身带的背包里倒是有一件必要时可以替换的T恤衫,叠得小小的装在里面,然而这也派不上用场。这个人接过T恤衫打开一看,脸上会有什么样的反应呢?她还会露出刚才那样的笑脸对我道谢,并且拿它来擦干淋湿的头发么?

他沉浸在这些幻想中,听得上面又传来了雷声……我说,三角君!这个年龄不详的女子又开口了。三角一刹那间有一

种预感:接下来她是不是要告诉我什么重要的事,决定我人生的大事?然而其实她的问题是这样的:

三角君是东京人吗?你父母都在吗?

"啊?啊,父母在的。"

家就在附近吗?

"不,我老家在八户,青森县的。"

"真的吗!"这个不知名的女子转过头时提高了声音。

在此之前她的声音是沉静的,就好像在室内安静地朗读一本书的声音,而三角站到她身边正是为了侧耳倾听,所以她刚才的这一声欢呼,听起来就是她真实的声音了。三角甚至在耳边感受到了她的呼吸。

"怎么了?"

"我也是青森出生的呢。"她的声调明显变了,语速也加快了,"中学以后就不在那儿了。"

"你在青森的哪儿啊?"

"津轻那边。"

"噢——"

"噢——什么呀,就津轻啊。你心里是这么想的吧?"

"没有啊,怎么会……"

"八户可是南部地区了吧。"

"咳,算是吧。"

"那儿的煮草莓很有名的吧?"

"这你都知道啊!"

"那可是我出生地的著名特产呢。"

"你的出生地不是津轻么?"

"你看!你还是这样说了是不是?把津轻的人区别对待,南部人总爱这样。"

三角知道她并非真心这样说的,所以笑得就比较自然了。

"没这种事的。怎么会区别对待呢。"

"是吗?"她故意做出不信的表情。

"不都是青森县的老乡吗?有困难时应该帮忙的。你不介意的话,现在借一条毛巾给你吧?"

"什么?"

"你头发还滴着水呢。还是擦一擦的好。"

"……是哈。全湿了呢。"

三角一转念就跑进了店里。拿出背包里的东西很快又回来了。

倒是在回来之后他心里犹豫了。他有点担心,把这件卷成小小的圆筒状的黄色T恤衫递给人家,他的这份好意对方说不定还不领情呢。她打开来一看发现是件T恤衫,说不定会感到不快呢。

"谢谢啦。"她接住了卷成圆筒的T恤衫那端,"从刚才就觉得脖子后面湿嗒嗒的很不舒服呢。"

三角抓着另一端的手并没有松开。他说:

"这个,不好意思哈。这不是毛巾。是一件棉T恤衫。不过这是干净的。"

"是这样啊,"她点了点头,"那还能用吗?"

"你用吧。实在不好意思,我只带了这东西。"

这东西结果就交到了她手里,而三角则接过了她的雨伞。她把这件已经洗得褪了色的 T 恤衫打开来折成四折,伸进头发下面擦了擦脖子。然后又拿它包住发梢好吸干水分,这时她歪着脑袋斜视过来跟三角说话,语气十分爽直。

"我本来是想去看电影的呢。"

"……看电影?"

"嗯。在家待着也没事做。我想这点雨打着伞总是能走的。看来还是低估了这雨。"

"你要去车站那边吗?"

三角之所以这样问她,是因为当时高田马场站前的综合商务楼内有一家电影院东映剧场。

"唔嗯,不是那儿。那儿前天去看过了。今天想到别的地方看。"

"在放什么电影呢?"

"不太清楚。我只查了下时间……啊呀不好,不该在录像带出租店前聊这些吧。"

"没事儿。"

他摇了摇头,示意对方不必多虑。她说的别的地方,他猜想大概是早稻田松竹剧场;然后又在脑子里大致描画了一张她打着伞走过的线路,也就是她家所在位置的地图。这时又听到她突然叫自己。

"哎,我说三角君。"

"什么事?"

"还是刚才说的事。你吃过煮草莓吗?"

"吃过呀。"

"什么味道？"

"你不知道吗？"

"我跟你说啊，"三角记得这时她再次吐舌头笑了，"我跟你说吧，其实我不知道煮草莓是什么样的。我刚才是不懂装懂呢。对不起哈。要不你给我介绍一下吧？"

"是吗？"

"嗯。你现在是不是在想，津轻人还是不可信，对吧？"

"我没想啊。"

"还把我的T恤衫当作毛巾用，我这是亏了。"

"我说了我没这么想啊。"

"那好，你跟我说说，煮草莓到底是什么。"

"好啊。"

"我老早就想知道的。"

"这个煮草莓吧，它是……"

这时听到有人从楼梯那边下来的脚步声。

很快一个人影晃了出来，地下响起了一个快活的声音。

"喂，三角形！"

大声喊叫的是中西。

"一大早就是讨厌的雨。照这个下法，千叶肯定一片泥泞了。我还需要一双长筒雨靴呢，挖莲藕用的那种。"

三角停住不说了，看了看边上的人。

不知道她是怎样解读"喂！三角形""千叶一片泥泞""需要长筒雨靴"这些话的，只见她脸上是一副忍俊不禁的表情。

"咦？这谁啊？"中西说，"不会是来找我的？"

"那，下次再见吧。"

"你看，可是……"

"我得走了。这个，谢谢你。"

她又恢复了沉静柔和的声音，说着就把 T 恤衫还给三角，拿了自己的雨伞朝楼梯走去。不知道她是要回家，还是因为在家也无事可做继续要冒雨去电影院呢。

脚步声远去了，中西一把抓过 T 恤衫往三角的胳膊上拍打。

"'下次再见吧'，这是什么意思啊？"

三角答不上来。

"你不把她追回来吗？外面可是倾盆大雨哦。"

三角呆呆地站着，中西在他边上两手擎着 T 恤衫像是在检查似的，他盯着上面印着的一行英文字，还读出声来：I have a dream…that one day…？

"这是什么玩意儿？路德金牧师的演讲吗！不过，这 T 恤衫的气味很好闻啊，好闻得不得了，我说。"他说着就用 T 恤衫蒙住三角的脑袋，给了他一个摔跤的夹头招式。

中西逼着三角说出了事情的经过，他就好像这事发生在自己身上一样懊悔不已。根据中西分析，接待一个初次见面而且比自己年长的美女,三角的做法上有两点致命的失误。换句话说,他两次错过了好机会。

一次是打雷的时候,一次是递毛巾给人家的时候。

哪一次都是把她请进店的好机会。明明有这样的良机,你却主动跑到店外,站在旁边陪她听打雷。完了还自己跑进店里,拿了卷好的T恤衫又颠儿颠儿地跑出去。你这家伙笨啊!

"你听好了,三角形!你看看自己的身边啊。看到什么了?是的,录像带啊。这里是录像带出租店,国产电影、外国电影的录像带多得像山一样呢。你家伙也爱看电影吧。你在老家时肯定看过不少吧。不晓得你到底怎么看的电影。你没看到你眼前有女主角在躲雨吗?你不知道这个女主角正想去看电影吗?可是你呢,你怎么做的?你也跟她一起站到外面,还跟她说'啊,打雷了'。你见过这样的台词吗?没有的。这是多好的一个机会啊!可你……你身边不是有正合适的地方吗,把她带进来呀。你说这个男人啊,大家这么努力就是为了把外面的女人带到屋里来啊。在屋里才能使出真本事。就说你吧三角形,你是录像带出租店的店员,你只要说一句'快请进',这就是你的关键台词啊。她只要进了店,就会看看周围架子上的带子吧,就可以聊聊电影吧,瞅准时机你可以劝她入会成为我们店的会员嘛,可以让她填一下入会申请单嘛,这样你不就有了她的地址和电话号码了么?我说得对吗?可是你呢,你就陪着被雨淋湿的美女听打雷啊,只会拿着路德金牧师的演讲稿T恤衫在店里店外跑进跑出吗?你傻呀你!"

在二十岁的三角听来,中西说得很有道理。

那时的确是有机会把她让进店内的；先不说是否要在屋里使出真本事,同情一个被雨淋湿的人去关心她一下也无可厚非,但如果把她叫到店里,再递过去代替毛巾的 T 恤衫,这样的关心岂不是更加周到？要是自己说了一声"请进",那等中西来上班时三人之间的气氛也许就大不一样了。说不定三人会在店里围绕煮草莓的话题聊个没完直到雨止。

中西说得没错。就那么简单的一句话,自己怎么就想不到呢？就是要头脑灵活,这种头脑灵活又毫不做作的应变能力正是自己缺乏的,这当然是针对处理异性关系方面而言,说白了就是经验不足。此时的三角是一个跟任何人都还没深入交往过的青年,他从很早就明白作为男人自己有哪些弱点。

"下次再见吧。"中西故意模仿那女人的腔调,然后对这个后生又一阵穷追猛打。

"她那样说了,你或许还指望着什么吧,我告诉你那可是连一丝希望都没的。说是下次,那是不可能有的。她若是我们的会员,那还好说,可她只是来躲雨的,下次不会再来了。三角形,我说你吧,把刚进网的大鱼给放跑了呢。"

不过,管它是大鱼还是美女,中西这种夸张的瞎说八道毕竟让人很难赞同。

首先因为,那女人长得什么样,三角其实只有模模糊糊的印象,无论是她严肃认真的时候还是和蔼可亲的时候。

三角每每想记起她的长相,奇怪的是最后浮现出来的总是一幅黑白照片。就好像报纸的消息文章旁边附有的一张小小的不太清晰的头像照片。

那是一张女人的脸,嘴唇紧闭眼睛直视前方。

黑发从额头的中央向左右两侧平分,头顶向后延伸着一条微白的发缝。

浓密的黑发从发梢部分开始卷曲,呈扇形披在细长的脖颈两侧和肩膀后面。细长的脖子和漂亮的鹅蛋脸,所有的皮肤雪白一片。脸上两条黑眉毛和眼睛左右对称,鼻梁几乎看不清。还有薄薄的嘴唇像一段似有似无的线条。这张脸给人的整体印象只有一个字:"淡"。

不过,从那注视相机镜头的眼神里能读到一种意念。也就是说,站在相机一侧的人如果留意观察的话,便能感受到那眼神里包含的一种近似于枯木止水般的宁静。

而且还有一点奇怪的是,三角对女人这张脸的印象到后来都没改变过。

跟她再次相遇以后,自己第一次跟她有了亲密关系以后,再到后来接受两人无法再见的命运安排之后,她的脸留给自己的印象总是那张黑白照片上的淡淡的样子。

之所以会这样,其中的一个理由是因为典型的一见钟情,这一般容易发生在较为晚熟的年轻人身上。平生第一次恋爱,而且是成年男女之间伴随性行为的恋爱,这让他沉迷恍惚,飘飘欲仙,眼里看不到周围的一切现实了。两人见面的次数越多,他便越发地沉湎其中,即使不见面的时候他都无法让自己看清现实了。女人的容颜在他的眼里被百般地美化,真实的相貌则淡出到了视线以外。她的鼻梁很挺吗?即使在脑子里想刻画一下恐怕也抓不住实物特征,只会让人着急。她的印象就是这么模糊,就像报纸上的黑白照片一样。

还有一个理由,三角自身也很清楚。

那是因为后来真的见到她的头像照片登在报纸上了。因为看到照片时对他的打击实在太大,以至于他把照片上的样子牢牢记成是她的本来面目了。

顺便要提及的是,从那条报纸的消息中青年三角才知道了她的全名和真实年龄——正木琉璃,二十七岁。

不过这已经是初次相遇几个月以后的事了。

七月上旬的一个雨天,三角被一起打工的一个大哥中西狠狠教导了一番,说他不该那样接待一名素昧平生的大姐;对于自己笨拙的做法三角已是十分懊悔。当时他也只能这样做了。

梅雨季节还没结束。

从第二天开始,三角的习惯改变了。

他会在牛仔裤的屁股兜里装一块手帕。

他喜欢用的背包里除了T恤衫,还经常装着一条新毛巾。

还有,打工结束时他会跑去东映剧场或者早稻田松竹剧场,看电影的次数比以前频繁了。

七月下旬。

一个十分晴朗的星期天早上。做好开店准备后三角正闲着等顾客到来,这时,复制录像带的齐木来了,手里抱着一堆东西。

"中西呢?又去银行换钱了吗?"他挖苦道。

"没有,今天银行休息。他说送家里的狗去医院了,狗得了犬瘟热。"三角老老实实地回答了。

"中西养狗了吗?"

"他自己是这么说的。"

齐木鼻子里哼了一声,转身来到柜台里侧,先将手中的一纸板箱VHS带子放到地上,把墙上贴着的告示纸翻翘起来的一角重新捋平贴好。这纸上用记号笔写着"复制录像带",是齐木写的。虽说警察也不会来管这种琐碎小事,但复制录像带毕竟不合法,所以也不好高调张贴到外面,只能偷偷地贴在这角落里。

"啊,这么说三角形,你的事我可听说了呢。"齐木像是突然想起什么来,这样对三角说。此时三角正在把复制好的录像带从纸板箱里拿出来。他抬头看去,发现齐木一只手拿着带切割架的透明胶,正冲着自己眯眯笑。

"听说你的安娜·卡里娜跟你年纪差很多啊?"

"什么?"

"你别装了,都已不是秘密了。"

"'你的安娜·卡里娜'是什么意思啊?"

"做晚班的佐藤说的,大概前天吧,不对,应该是大前天晚上。"

"所以我在问你嘛,安娜·卡里娜是什么意思呀?"

"安娜·卡里娜是女演员啊。戈达尔的前妻。"

"戈达尔的前妻?"

"你不知道戈达尔吗?对哦,不知道安娜·卡里娜的话,也就不知道戈达尔是谁了。真是没文化,现在的大学生。戈达尔的电影没看过吗?要这样的话,你以后走上社会可是有的苦吃了。"

"齐木先生,我怎么没听懂你在说什么啊。"

"所以嘛,我平常怎么跟你们说的?要看电影!"

齐木把透明胶一截一截裁短,再一张张粘到告示纸的四个角上把它贴牢了。

"那,这个女演员演的电影跟我有什么关系吗?"

"你真是个傻子,三角形。安娜·卡里娜只是打个比方嘛。"

"干吗非要打比方呢?"

"是不是长得有点像呢?人家的相貌。"

"跟谁呀?"

"跟你的安娜·卡里娜呗。"

"我还是没明白,齐木先生。"

"喂,别愣着了,把那些录像带给我。"

"什么样的脸像安娜·卡里娜呢?"

"回头你去问佐藤吧。"

早晚班交接时,三角直接问了佐藤,结果还是一头雾水不得要领。

"长得像安娜·卡里娜？我可一个字都没说过。"跟三角同年级的这个兼职店员这样辩解道,"第一,我都没说过安娜·卡里娜这样的名字。我对齐木先生只是提到有这么个女人。"

佐藤说话要比三十出头的齐木更能让人相信。

三角从以前就隐隐约约有这种感觉,总觉得齐木这个人来路不明,不知道他做现在这份工作之前在哪里待过,有过什么样的经历。结论就是——齐木是个滑头。三角这一天切实体会到了。

对此,佐藤也表示同意,他说:"真是的,他可算是老滑头的代表了。"

"嗯。那你跟齐木先生说起的那个女人是谁呀？这到底说的是哪回事呢？"

"我说啊,"佐藤开始说,"这个安娜·卡里娜不就是戈达尔电影里的那个女演员嘛。戈达尔的电影你看过吗,三角形？"

"没看过。"

"我也没有。听人说好像很没劲的。可是齐木先生呢,他懂一点这方面的电影,就总想吹嘘。一说起来就是戈达尔啦,特吕弗啦,吹得唾沫星子乱飞。他对电影的了解其实也就到新浪潮时代为止吧。我猜啊,在齐木先生看来,斯皮尔伯格也好东映漫画节也好,一定都可以混为一谈的吧。他一提到电影导演就是戈达尔,剪短发的女生都是珍·茜宝。你知道吗,前些日子白石的女朋友过来玩,是个短发女生。当时碰巧齐木先生也在,结果从第二天开始他只要见到白石就会问:珍·茜宝呢,她好吗?你知道是谁吗,珍·茜宝?后来我跟白石一起搜寻了法国电影的整个架子,才知道是跟让·保罗·贝尔蒙多演对手戏的那个人,根本就不像嘛。白石的女朋友跟珍·茜宝完全不像。不可能像啊。那边是美国女星,这边呢,埼玉县人。可对齐木先生来说,只要是发型是短发,任何一个女生都是珍·茜宝。所以一定是这样吧,发型不是短发的女生,那就全部都是安娜·卡里娜了吧。简单粗暴吧,乱七八糟吧,但他就是会……怎么说呢,打这种俗不可耐的比方。一点都不贴切的比方。这种年龄的大叔大概就喜欢那样的吧。三角形你也懂的吧?就是那种土了吧唧的欣赏口味。我说的意思,你明白吗?"

"我懂。话说,那个女人说的是谁啊?"

"嗯?什么?"

"齐木先生比作安娜·卡里娜的人。"

"啊——你说这个呀!你想象不出是谁吗?那详细情况你得问白石了。再说真正碰到那人的是白石,我也只是道听途说罢了。据说那人对大学生的服装比较感兴趣。大概是文化人类学?反正是那方面的人吧。"

这个叫白石的是早稻田大学的学生,这天他不当班,据说他的公寓房间里有电话,所以三角马上要到电话号码给他打了一个,但感觉收获并不大。他问了人家很多问题想找到答案,但结果只是渐渐觉得佐藤这家伙也靠不住,虽然他刚才告诉自己很多事。

"对大学生的服装感兴趣的人?"白石反过来问他,"你说的这是什么事?"

"我想问你前天晚上,有个女人来过店吗?"

"那肯定来的啦,女的男的都有,来了可不少。前天晚上是周五吧?周末晚班的当班那可是忙死啦。跟你可不一样,三角形,你只要对付中西就可以了吧。对了,周五晚上中西也来了,他那个人呀,不是他当班也经常过来晃荡。周五、周六他一来,就够烦人的了。"

"那周四晚上呢,有什么情况?"

"周四晚上啊?"

"有没有我认识的什么人来过?"

"三角形你认识的人吗?是女的吗?"

"我一开始就这么说了呀。"

"周四晚上的女人?嗯?啊!有了,你不会是在说T恤衫的事吧?"

"T恤衫怎么了?"

"那时候哈,穿着胸前印有一行英文的T恤衫,我吗?上面写的是什么什么梦想的。结果呢……嗯?什么?啊——这个吗?这个呀。对对对,就这个就这个。你真厉害居然找到了!"

"白石,你在跟谁说话吗?旁边有人?"

"嗯,珍·茜宝在呢。她在给我做咖喱饭。"

"谁啊,那是?"

"我女朋友啊,长得像珍·茜宝的。"

"……你刚才说T恤衫怎么着了?"

"当时我穿着的T恤衫上吧……哎,我忘记说到哪儿了,等一下啊。对,是 pipe dream。那上面印着 a pipe dream 几个字。结果呢,那女的指着我的胸前,乳头这边哈,她问我,学生们都是在哪儿买到这种T恤衫的?对,她就是这么问的。"

"那女人是谁啊?"

"欸,我想想是谁啊?"

"是我们店的会员吗?"

"不,不是。她可不是来借录像带的。她问我三角君今天不上班吗?在问T恤衫之前她先问的是这句。确实有个女的闲逛进店来,还问了我这样的话。我当时回问她了一句,三角君是指店员三角形吗?"

"什么时候的事?"

"周四晚上。"

"那就是同一个人咯。问你'三角君今天不上班吗'的人也打听了T恤衫的事,对吧?"

"一开始我不就说了么?"

"那人叫什么名字,你知道吗?"

"不知道,没问她名字。"

"大致长什么样?"

"长什么样啊,是个长发女人。"

"还有呢?"

"还有什么啊,没了。"

"长发女人,就这一点啊?"

"怎么?你不服啊?"

到了八月。

大学早已经放暑假了,三角没回八户老家而是每天在录像带出租店辛勤打工。

下午六点钟和晚班的白石交接完毕后,他经常先到上面一楼的荞麦面店吃饱肚子然后去电影院。等到荞麦面和盖浇饭都吃腻了,有时也会在电影院的小卖部买个面包和饮料当晚饭。

这天下午六点半他已经到了早稻田松竹剧场,坐在门口大厅的长椅上,一边往嘴里塞着火腿猪排三明治,一边看着正在上演的以及下周预备上演的各类电影的海报。前两天在东映剧场看的是一部黑白的法国电影,剧情平淡缺少波折,他都怀疑戈达尔的作品是否就是这种感觉,让人看完之后都想不起来看了什么;所以他比较期待今晚的电影。

今晚的电影是两部连播,六点四十五分开映的这部是娜塔丽·德隆演的,光从海报上看,她是个美丽的女演员。跟她合演的男角是勒诺·费雷。且不管剧情会是什么样的,电影绝对不是黑白片了。

相邻的两张是下周上映电影的海报,一张是朱莉·克里斯蒂的照片，另一张是费雯丽。这两个女星当中，三角对费雯丽并没有多大兴趣，而对朱莉·克里斯蒂还知道一点，因为在打工的店内看过她新演的一部作品，给他留下了深刻的印象。那部作品的题目叫《从天堂来的冠军》，要说是什么样的剧情，讲的是一个车祸中死去的男子变成另一个人起死回生，拥有了新人生的幻想故事。这是他的老同事中西爱看的喜剧电影。

上早班时如果没什么活儿，中西就会随手从架子上抽出录像带来在店内的播放器上放着。早班的时间大部分都是空闲的，所以有时候一天会连着看上两三部——除了《从天堂来的冠军》之外，还有《犯规》呀《小迷糊当大兵》之类的——其实一半是被迫看的。碰到好笑的场面，中西会从旁边斜眼观察三角的反应。三角如果在该笑的地方笑了，中西就会很开心。据三角看来，中西最崇拜的女星应该是歌蒂·韩，那种大眼睛大嘴巴的金发女郎。

从朱莉·克里斯蒂到歌蒂·韩，女星们的脸一张张在三角脑海中掠过，中间还穿插着中西，正当他还沉浸在这些联想中的时候，这天放映的另一场电影结束了，观众从放映厅的门里陆陆续续走出来，涌入了门口的大厅。这其中就有安娜·卡里娜。但是三角并没有注意到，还是她先看到了三角就朝他走来。

"咦，怎么是你？"这个姐姐对他说，过了几秒钟，大学生傻愣愣地叫了一声"啊"！

"果然是呢。这是那天的……"

"噢,你好。"

三角刚抬起来的屁股又落回了座位上。因为对方面对面地站在他的跟前,而且靠得很近。

她把原本翘着的食指放下了,问他:"是那件吧?"脸上的神情似乎是看到了什么耀眼的东西。她是在说三角身上这件T恤衫。

"啊,是的。"

"我还想你大概不会穿它了呢。我想嘛,都被大妈弄脏了,直接就扔掉了吧,还是怎么处理了呢?要是我的话,大概就不会再穿了。过后我这么一想,感到很对不住你呢,三角君。"

"不要紧的,您别介意。我这不好好地穿着呢么?"

"真的呢。"她说话的态度很自然,不如说显得跟对方很熟悉的样子,在三角旁边坐了下来,"看来我白费心思了。"

她也不等三角说话,一把扯开了她那个荷包状的收口皮包,从里面取出一小团东西塞到三角手里说:"这个,给你的。"

"啊?"

"我的心意。"

"啊?这是什么呀?"

"打开来看看就知道了。"

都不用打开来看,那就是一件新的T恤衫,卷成了小小的圆筒状。

"三角君,你接下来要看两场电影吗?"

"噢,是的,如果能赶上末班车的话。"
"晚饭就是可乐和三明治吗?"
"噢,是的。"
"年轻可真好啊,想怎么做都行。"
"那个……"
"什么？哦对,你的电影马上要开始了呢。"
"上次说到的事。"三角说。

要是还能碰到她,我要这样对她讲。三角其实已经想象过这样的重逢场面并想好了台词,他现在正努力地在脑子里搜索。

可是,他之前想好的话全都从他的头脑中消失了,不剩一字一句;于是,他只得把放在长椅一端背包旁边的可乐瓶拿下放到了自己脚边的地上,免得瓶子倒下洒了,又把剩下的一块三明治统统塞进嘴里,然后拉开了背包的拉链。

"什么？这是给我的吗？"这次轮到对方迷惑不解了。

三角只是一个劲儿地点头。他要把面包的硬边嚼碎咽下,感觉太花时间了。

"什么东西呀,这是？"
"这就是煮草莓。"
"……煮草莓？"
"上次说起过的,还没说完。这煮草莓吧,是一种加了鲍鱼和海胆的汤类食品。据说是因为海胆带点红的颜色看起来像野草莓,辞典上是这样说的哈。反正呢,这袋子里的就是煮草莓,你看一下就知道了。"

"可是,这……"

"现在都是这样做成罐头卖的。"

"是么……?"

"你不要么?"

"不要?要的。可是三角君,你这是特地给我买的吗?"

"对。哦,不。买是我姐姐买的。是我让她买了从老家寄给我的。那个,不好意思哈,送人礼物,东西却只有一个,可能不太好啊,因为出了点情况。你要是有兴趣,就尝尝味道吧。"

三角说着说着感到更局促了,喉咙越来越紧,于是就拿起地上的可乐瓶喝了一口。

她听三角说着,他话里的"礼物""出了点情况"等几个词似乎让她特别在意。

"啊,也不是哈,说礼物就太夸张了点。怎么说呢,我是想让你了解八户的特产,算是我炫一炫家乡吧。"

"出了什么情况啊?"

"啊,这个就别说了吧。"

"不行,得说。告诉我。"

"其实也没什么。就是我姐姐吧,她说这东西也不便宜,净说些抠门的话,结果才给寄来两个,我呢,又总没机会碰到你把它们给你,结果自己忍不住吃掉了一个。虽说这样,其实也不像我姐姐说的那样贵。我说的这些你别在意啊。这个罐头呢,直接吃也可以,放在米饭里做成什锦拌饭或者拿来蒸鸡蛋羹据说也是很好吃的。这是我姐姐说的啊。她还说我,反正你也不会自己烧一下再吃吧,总之她话很多,不过还是寄给我了。"

她听到这里笑了,笑得有点暧昧。三角赶紧把剩下的可乐倒进喉咙里,只留下个空瓶。

"谢谢你,三角君。"

"别客气,这也没什么。倒是我,要谢谢你送给我这礼物,我很荣幸。"

"荣幸?"

"我很高兴。"

"你喜欢的话,我也很高兴。这是我逛街时碰巧看到的。我觉得这跟你那时借给我的那件T恤很像,就买了它。"

"我还是感到很荣幸,我的名字你都记住了。所以,那个……"

"哦,对不起啊。电影就要开始了呢。"

放映厅入口的门不知什么时候已经关上了。

这时候放映开始的铃声可能正响了,但三角并不理会这个。因为他已经记起了事先想好的重逢场面中的重要台词。

"那个,要是可以的话,能不能告诉我你的名字呢?不然,下次在哪里碰到时,都不知道该怎么称呼你。"

她很爽快,把煮草莓的罐头放进包里,对他说:

"对哦。走在街上,看到你在马路对面,我可以喊你'三角君'!可是你就没法叫我了。喊'喂'吧,好像比较奇怪。周围的人都会朝你看过去呢。"

"对啊。"

"我叫琉璃。名字叫琉璃。俗话说'琉璃和玻璃,太阳一照都发光',就是这里面的琉璃。汉字怎么写你知道吗?"

"……大概知道。"

"一定没问题吧,你是大学生呢。我的话,有时候连简单的汉字都想不起来怎么写。前一阵子写不出'命'这个字了,自己都吃了一惊。生命的'命'字呢!要是平常,一下子就写出来了,可是想要端端正正地写在纸上时,居然不会写了。仔细想一想,这个'命'跟命令的'命'是同一个字呢。发现这一点也让我惊奇。这真是'命'这个汉字吗?哎,你从没有过这样的想法吗?"

"这个,好像没有欸。"

"哎呀不好意思,我怎么净说些乱七八糟的事呢。对不起啊,你该进去了三角君。要不错过看电影了。别管我,你走吧。我口渴了。"

"那个,琉璃小姐。"三角叫了她一声。

这个叫琉璃的女人看起来有点心不在焉,她从包里拿出一块折叠好的手帕,直接就当作扇子使劲地扇着她那兴奋发烫的脸颊。三角叫了她的名字之后,本打算给这重逢再会的场面说点总结收尾的话,或者说为下一次见面打下伏笔,但这时他灵机一动,朝小卖店跑去,买了一瓶可口可乐回来。然后什么也没说就递给了她。女人动作自然地接过淡绿色的瓶子,说了句"渴死了",仰起脖子就喝。

之后,三角正要说的那句话没想到她自己说了出来。

"我说三角君,你爱看电影啊?"

"是的。"

"我呢倒不是说喜欢看。有时纯粹为了消磨时间就来看看。不过,你要是常来这儿的话,那一定还能碰到。不一定是走在街上了,什么时候会在这儿吧。"

"是的,一定会的。"三角是相信这一点才不停往这儿跑的。

"既然这样,那下次就一起看吧?"她发出了邀请,同时对着可乐瓶又喝了一大口,冲着呆立在旁边的年轻人吐了下舌头笑了,这个笑容早已给他留下印象了。

"其实已经在看了哈。就今天,在这儿,你看咱俩看的是同一部电影吧,感觉一半是在一起看呢。下次约个时间吧,一起看。"

"下次是什么时候啊?"

她想都没想:"下周三怎么样?你有打工吧?"

"是的。"

"那好,就这个时间,在这儿。你觉得怎么样?"

年轻人激动得快说不出话来,他只是用力点了点头。

女人从长椅上站了起来,把喝了几口的可乐递给他,劝他赶紧进场去。

"你快去吧。我也得回家了。"

接过她递过来的可乐瓶,发现她才喝了三分之一,而他也只好目送她离开了电影院。

不过,他还记得在她转身离开时,她笑着这样对他说的:

"我还很高兴你请我喝饮料哈。只是这扔了怪可惜的,你喝了吧。我呢,其实不太能喝碳酸饮料。"

这一晚,两场电影三角都看得心神不宁,看完后坐末班车回到了沼袋的公寓。坐在房间的榻榻米上,他抽了一根烟,静静地回想了一下今晚发生的事;他还记得几小时前自己遇到的尴尬事,请一个不爱喝碳酸饮料的人喝了可乐,可是她穿着什么样的衣服,自己居然想不起来了。

他把她送的灰色T恤摊开在榻榻米上,上面印着一行蓝色的英文字,他辨认着内容,又回想起两人的对话"我很高兴""你喜欢的话,我也很高兴",可是她说"我也很高兴"时的表情是什么样的,他却记不太清了。

她从包里拿出来这件T恤,自己同样从背包里拿出煮草莓给她,也就是说两人都随身带着要给对方的礼物,这个事实他认识到了;再进一步说,他相信,其实她在心里也盼着什么时候能再见吧,就像他一心盼着与她再会一样,这件T恤就是很好的明证;这或许只是他一厢情愿的解读,实际上还没到那个地步。毕竟还是有不同的,自己是麻烦了老家的姐姐才弄来这罐头,而她的呢,是"逛街时碰巧看到的"。说不定这"碰巧"还是今天的事呢。

就这样待了不到一小时,T恤还老样子摊在榻榻米上,他去了浴室冲澡。站在浴缸的莲蓬头下,他突然想起来要做一件事。查一下《广辞苑》。

他的书架的最下层放着一本《广辞苑》第二版,这是从老家带来的,还是他姐姐用剩的。

他翻到了"琉璃"这个词条,用手指点着读了一下。

"七宝之一。指青色的宝石。"

琉璃和玻璃,太阳一照都发光。

这句俗语的意思是——哪怕混杂在一堆平凡什物当中,是好东西它总会发光引人注意。

就这句话绝不能忘记。年轻人在心里发了誓,此时他刚洗完澡,腰间裹着一条浴巾。

星期三。

他穿着新的T恤去打工了。

从十一点进店到十八点完工,他心里没有一刻是安宁的。心神不定,连他自己都能感觉到了;一边待着的中西不可能不注意到。

但是中西并没有责怪他什么。一般工作日的白天,录像带出租店是不忙的,还不至于让店里的老员工来管教无心干活的小同事。只有一次,他问了,"三角形,你在想什么呀?"他话里的意思并不是问三角有什么心事,而是跟他身上穿着的T恤的品位有关,这一天三角是牛仔裤T恤衫的打扮,看起来是用心搭配过的却不落痕迹。

中西挡在他小同事的跟前,出声读了一下人家T恤胸前印着的一行英文。

Ask not what your country can do for you①……读到一半他不读了,叹了一口气。

"这回来个肯尼迪了。"

"什么?"

"你那个演讲系列 T 恤,哪儿找到的呀?在你们大学很流行吗?"

"什么?"

三角并没有听到中西的话,中西也很清楚自己说的话并没有进到三角的耳朵。

"别什么什么的了!我说我要去买饭了。山田面店的炸猪排便当,你要吗?"

"噢,好的,你去吧。"

"我还是吃了回来吧。"

中西转身就去附近的面店了,而三角依然在独自设想着今晚会有什么样的场面。

比如,先可以讲讲关于汉字的趣事。

讲的是跟他同一所大学同年级的佐藤的事。有一天佐藤到大学事务局去申办什么证明,窗口的人问他申办理由,他说

---

① 一九六一年一月二十日,肯尼迪正式宣誓就任美国第三十五任总统时,在就职演说中提道:"不要问你的国家能为你做些什么,而要问一下你能为你的国家做些什么。"(Ask not what your country can do for you, ask what you can do for your country.)成为美国总统历次就职演说中脍炙人口的语句之一。

99

是父亲的工作单位需要，于是人家让他在申请理由一栏里填写"税金"，他嘴里应答着"好的"，可是一旦拿起笔，却想不起"税"字怎么写了。他记得这个字是禾木旁的，可是一写起来右边的笔画总会写成"火"，结果就变成"秋"字了。他一发觉不对头，就慌了神脑子里更迷糊了，身为一个大学生到底不好意思去跟窗口的工作人员说"对不起，税金的税字不会写"，于是急得满头大汗，最后只好说"我一会儿再来"，灰溜溜地逃走了。听了这段故事，说自己不会写"命"字的她一定会笑着说："嗯，我太理解佐藤君的心情了。"然后就可以聊下去了。

据佐藤说，他的晚班搭档早稻田的白石也说过他自己有一回连"课桌"的英文单词都想不起来，所以说无论是简单的汉字还是英文单词，谁都会有一时想不起来的时候。只要把话题引到这个方向，她就会点头赞同，完了说不定还会自曝几段一时忘事的糗事呢。或者反过来问他，"三角君你怎么样呢？"问到自己，其实也想不出有什么一时忘事的经历，所以要不从一开始就把佐藤忘记汉字、白石忘记英文单词的事都贴到自己身上吧，披露一下虚构的经验谈也不失为一种方法。与其让她去笑别人出的洋相，还不如让她来笑自己的傻事，这样还能增进双方之间的亲近感，也许是一个吃小亏得大便宜的选择吧。

要是万一不是这样，比如，她忘记"命"字的写法并非属于一时忘事，而是发现原本理所当然的事自己突然感觉不自然了，"命"字看起来不像"命"字了，明明白白的现实世界让人总觉得哪里不对劲了;如果她想说的是这种感觉的话,那倒可以讲一讲自己查词典时必定会产生的一种现实乖离感。且不论这种乖离感与她所说的感觉是不是完全一致,自己查词典时总爱把"は"行与"ま"行的顺序颠倒过来,而词典上"は"行的后面才是"ま"行①,这样的排序总让他感觉不合适,记不住。由此还可以顺势坦白一下自己在《广辞苑》里查了"琉璃"的意思,那句谚语的意思也查了,然后就可以自然地夸一下她有个好名字。

在三角一刻不停地设想这种种场面时,他的头脑中还时不时会闪现她的样子,一身连衣裙加凉鞋的休闲打扮,正沿着河边的马路走来。以录像带出租店所在的这栋楼为基点的话,那么它的正后方应该有一条河,那是神田川。她就住在河对岸。这是三角的猜测,并没有什么根据。猜得对不对且不管,故事的舞台背景中有一条河总是好的。

要是在前两天,他如果在哪里遇见了她,那还只能干咽着口水看着,现在已经知道她的名字了,就能喊她了,"嗨,琉璃小姐!"还可以跑过桥去,跑到她的身边跟她说话。她一定会笑眯眯地说,怎么是你啊,三角君。你穿上这件T恤了呀。是的,我很喜欢它,就穿上了。对了我问你,琉璃小姐,查词典时你有没有把"は"行与"ま"行的顺序搞错过? 比如说,要查

---

① 按照日语发音表的排列,正确的顺序是"あかさたなはまやらわ","は"在"ま"的前面,词典上按发音顺序,会将"は"行词条列于"ま"行词条之前。

"琉璃和玻璃太阳一照都发光"这句话中的玻璃(はり),你会不会先翻到"ま"行,然后一直翻到了"や"行,而把"は"行漏掉呢?我会搞错的。在我的感觉中,"ま"行部分应该在前面,在它后面才是"は"行呢。可是实际上顺序正好相反,"は"行的后面才是"ま"行。这一点我总是搞不清楚记不住,总觉得自己的感觉跟现实不合拍呢,你没有这种情况吗?

唔嗯,有呀,当然有的。她会这样说吧。上次说的"命"字就是这样的呢。还是她会摇摇头,说起完全不相干的事呢?三角君,我不明白你想说什么呢?好了,咱们不是说好去看电影的吗?得赶紧去了,没工夫聊《广辞苑》了,再不走,朱莉·克里斯蒂的电影可就要开始了。

对啊,琉璃小姐说得对,今天是两个人约好要看电影的。三角要到傍晚才结束打工,他站在店里的柜台前不止一次地这样对自己说。他们会走过沿河的马路,在桥上会合,一起也不喝茶,而是并排坐在电影院的座位上默默地看电影。究竟哪里会有时间来聊"は"行与"ま"行的顺序呢?他从早上就开始想象预设的种种场面难道全都白费了么?

并没有白费。

事实上琉璃正是穿着一件连衣裙来的,而且二人关于三角身上这件新T恤的对话也跟三角预想的差不多,六点四十五分左右他们在电影院大厅一见面就聊到了T恤。而电影结束后也有很多时间来聊"は"行与"ま"行的话题。

这天早稻田松竹剧场并没有像往常那样两场连放,而是放映了一部时长超过三小时的大片《日瓦戈医生》。电影中朱莉·克里斯蒂演了女主人公拉拉。电影开始前的新片预告中他们看到了费雯丽主演的《安娜·卡列尼娜》。然而,这些都没有给三角留下什么记忆。因为琉璃坐在他的左旁边,她身上淡淡的香水味,还有她的一举一动甚至连她的呼吸声都吸引着他的注意力,让他紧张,以至于这部长篇电影结束时他都感到左侧腹部的肌肉酸痛了。如果对他说他看的新片预告是《日瓦戈医生》,正片是《安娜·卡列尼娜》,估计他也不会有异议。

出了电影院,二人从早稻田街道往右朝着明治街道的方向走去。夜已经深了,外面的空气依然热乎乎的,这正好舒缓了三角的紧张情绪和他僵直的肌肉。三角还记得他们聊煮草莓罐头的味道聊了很久。然后又聊起"は"行与"ま"行顺序颠倒的事,还聊了苏格拉底与柏拉图,聊英语 a 的发音,也聊了与谢野晶子的和歌。

这也全凭三角的记忆了,他记得原本是为了送她回家沿着明治街道朝新目白街道方向走的,等到回过神来发现方向错了。新目白街道的丹尼斯餐厅倒是经过了,可能因为二人光顾着说话,本该过马路的地方结果没过去。或者是正好相反,说不定在不该过马路的地方被信号灯催着过了马路。这一来,当他们穿过马路后,两人都找不到目的地方向了。

不过,不可能有这么巧的疏忽。三角其实是注意到了的,他们两人正在离她的家越来越远。她家的位置在哪里,这当然也只是凭三角的想象,但大致没错。两人越走离开琉璃的家越远了。

如果一开始就打算送她回家的话，那就应该出了电影院往早稻田街道的相反方向走，在红绿灯处穿过马路到三角打工的录像带出租店一侧，然后再朝着神田川方向走几步穿过一条岔路，这样走是最便捷的近道。而实际上现在走的这条线路是完全没顾及目的地的。从明治街道到新目白街道不光绕了一大圈，而且离三角猜测的她家位置也更远了。是不是走错方向了？三角好几次都在犹豫自己是不是应该提醒她一句。

然而，他知道一旦说出口，今天一天就这样结束了。

盛夏之夜发生的故事就好像魔法一旦消失就会迎来一个结尾。就因为三角说出那么一句话，琉璃活泼可亲的笑容就会收起来换成一副年长女性的理智表情吧，她会说，是啊，方向错了，然后从原路折回去吧。二人就在原地挥手告别吧。不用说，在他设定的脚本上自然也回避不了告别。但是可以想办法让这个场面往后拖。三角装作没有觉察路线不对。他装作没注意，只是接连不断地找话题跟她说话，听她回答，然后跟着她的步伐不停向前走，要么又不断附和她提起的话题。一边走一边只顾着听对方说话，慢慢地就不那么在意行走的方向怎么样了。

聊到苏格拉底和柏拉图自然不是为了讨论哲学问题，众所周知苏格拉底的学生是柏拉图，但三角自己却总是反过来，觉得从字面上看柏拉图的名字更像老师，也就是说，这跟他总把"は"行"ま"行颠倒过来的思维是一样的，依然契合自己跟现实世界相乖离的主题。这一来琉璃又问开了，不是还有一个叫亚里士多德的吗？这个亚里士多德按顺序又排在哪里呢？他是柏拉图的学生还是苏格拉底的老师呢？三角君你这是按照自己的感觉给他排的位置吗？历史上正确的位置又是什么样的呢？话一下子拉长了许多，但都是些漫无边际杂七杂八的闲聊。

关于英语中 a 的发音的话题，也还是从同一个主题引发出来但是由她提起来的。This is a pencil. 这是中学里学的英文，到现在还记得，可是不久前突然想到，这里 a 的发音跟日文罗马字读音的"ア"一样呢，明明是英文为什么就在这里要用罗马字读音呢？为什么上中学时自己对此并不觉得奇怪呢？这么一想，就跟自己看到"命"字觉得陌生一样，不免担心起自己对现实世界的认知感觉了，开始不能确定 a 的发音读作"ア"真是对的吗？你说呢三角君，这个 a 读作"ア"对吗？是啊，读作"阿"，而不太读作"诶"呢。I am a rock, 西蒙和加芬克尔还唱过这样的歌呢。是吧，我还听过这歌呢。真的吗，你也知道吗？你喜欢西蒙和加芬克尔吗？唔嗯，谈不上喜欢。那，你喜欢什么音乐呢？就这样，说着说着又岔开了。

忘了是在聊这话题的前后呢，还是正聊着的时候，对此三角理不太清记忆中的时间顺序了，总之他们还在路边停着的小货车前面买了热狗，一起站着吃了。还从自动售货机买了啤酒来喝。咬了一口热狗，三角一下子感觉到了强烈的空腹感，为了不让番茄酱流下来，他大口往嘴里塞。这时，琉璃又转移了话题，她似乎为了撩拨这年轻人的自尊心还特地加了一句引子说："我这事到目前为止可是跟谁都没说过呢。"

三角心想她莫非要讲述自己离奇的身世呢,不免有些期待;结果琉璃一边嘴里嚼着东西,一边跟他讲其实小时候曾经很害怕穿鞋子。当时总觉得自己的脚会被鞋子吃掉,心里充满了恐惧。

"你是说鞋子吗?它会把你的脚吃掉?"

"是啊。你没看到玄关前摆着鞋子吗?那些都在等着人们来穿呢。但是其实它们正张着嘴等着人们的脚伸进来。就像食虫植物一样,它们等待的猎物不是虫子而是人的脚。等我把一只脚伸进去,它就啊呜一口。"

"很疼吗?"

"疼啊。啊呜一口呢,所以嘛。"

"它有牙齿吗?"

"三角君,你可以自己脱下鞋子看一看嘛。你脱一下那只鞋子看看。……这不?难道不像张着大嘴要吃脚的样子吗?多大呀?你的脚。"

"二十七码。"

"那你的脚就很值得一吃了。"

"琉璃小姐,你的呢?二十三吗?"

"二十二点五。你看,张着大嘴的运动鞋,你看它像什么呢?"

"是啊。像在打哈欠?也像是在唱歌呢,好几双排在一起的话就是一个合唱队。"

"很健康阳光呢,你的想法。"

"……是吗?"

"喂,三角君你是哪一边?这一边?"

琉璃用咬了几口的热狗指着的正是二人漫无目的地行走的方向。

之后两人各又要了一罐啤酒,边走边喝。

画一张大致的地图,可知三角住的沼袋就在他们的前进方向上,不过这条路与平常乘坐的电车线路不在一起,没法判断二人走在哪里走的是哪条路。途中经过一座树林围绕的公园,两人都去公厕方便了。三角先完事出来了,就坐在外面的长凳上抽烟等她,琉璃看到后说也要抽一根,他就给她点上,两人并排坐着抽起烟来。稍远处的长凳上似乎也坐着一对情侣,两人紧紧挨着,虽说离开三角他们有点远,但那女人的哧哧笑声居然能听得很清楚。"有点醉了吗?"琉璃问他。只见她别过头来,好像在窥探什么似的看着三角;三角感到心跳骤停,以为她这就会将嘴唇贴过来,但并没有发生这样的美事。

接下来他们的话题又绕回辞典上去了,再次聊起了她的名字,写成汉字的话就是"琉璃"。他夸奖说:"真是个好名字!"这是三角早准备好的重要台词,自己是不是已说过一回,还是忘说了?他也记不太清了。"我还没问三角君后面的名字呢。"她回应道。三角老老实实地回答说:"写做'哲彦'。"然后他又卖了个关子,"这里还有点曲折呢,我只对自己人讲哈。"他告诉她,二十年前他出生时,父母本来说好给他取个单名就叫"哲"的。

后来他父亲到民政部门申报户口时,突然想到名字光是一个"哲"字感觉不太稳定,跟姓氏不能保持平衡,就擅自给他添加了一个"彦"字；母亲告诉他，改名字的理由就这么简单，完全出于他父亲的个人感觉。因为这件临阵更改名字的事，使得三角的父母有一阵子进入了互不相让的交战状态。父亲当然把儿子叫做"哲彦"，而母亲非要憋一口气一直叫儿子"小哲"。这种混乱的称呼一直持续到三角上小学为止。附带提一下，即便现在，母亲有时候还会喊儿子"小哲"，不知道是因为疏忽不留神，还是故意对父亲的独断专行表示不满。

三角家这些陈谷子烂芝麻的旧事让琉璃感到有趣。而且这一夜从说完这段故事的下一个瞬间起，她就把三角叫做"小哲君"了。要说到了后来，有时候她也模仿他妈妈的样子喊他"小哲"。

"哲彦君，你知道吗？我的名字，琉璃的意思指宝石哦，蓝宝石。"

"我知道的。"

"那这个呢，知道吗？"

她冷不防停住了脚步，站在街灯下面。

她从包里翻出一本手账来，封面上还别着一支圆珠笔，她说："这是我的汉字练习簿。"一边翻开来给他看。

右边的一页上整整齐齐地写了很多个"命"字。"不是那个，看这边。"她用手指点了点左边一页。他看到上面写着一句话。

己身半人马，回看天地雨珍宝，珊瑚碧琉璃

"你读得懂意思吗？"

"……不懂。"他感到有点懊恼，这句话他甚至读都读不通顺。

看到大学生在难题前面愁眉苦脸的样子，她故意模仿着男人的腔调，在他耳边小声说：

"这样啊。那好，这是留给你的作业。"

三角转头看了看她，吐了吐舌头。

"高中时的老师教我的。"

"是教现代国文的老师吗？"

"唔嗯，不是。数学补习课的老师，超热心的一个人。他告诉我，与谢野晶子的和歌集里有我的名字。我觉得烦，听过就算了。谁知道他下次居然把书拿来借给我了。上面还贴着便利贴，说是那首和歌就在这里。"

"是个好老师呢。"

"要是好老师的话，就不会让人家周末晚上去他家还书了。"

什么？三角一脸不解地追问了一句，她沉默了片刻。

"他一个人住在公寓里呢，那个老师。我犹豫了，要不要去呢？不过还是没去。只把这首歌抄在本子上，书在学校里还给他了。他问我和歌的意思懂吗，我摇了摇头，老师就说这是留给你的作业。"

"后来怎么样了呢？"

"什么也没有啊。我没去他家呀。要是去了，说不定就怎么着了呢。作业还是作业，还留着。"

"是么,那这首和歌的意思,琉璃小姐你也不懂吗?"

"是啊,不懂。"

沉默再一次包围了面对面站着的二人,车道上来往的车声听着十分刺耳。三角看到有一辆出租车的空车驶过,与他们行走的方向正好相反。

"所以,我这不在问你吗,三角君。"

"意思都没搞懂,你却一直记着呢!高中时抄下的这首和歌。"

"是啊。"

"是与谢野晶子的和歌?"

"嗯。我现在还写得出来呢。"

"你喜欢那个老师吗?"

"一点儿都不。还是很奇怪吧。意思都不懂的和歌居然还能记住。'命'字的意思是懂的,却有时会忘记怎么写。"

结果,话题又回到了起点。这是第二次回到起点。说不定是第三次了吧。琉璃她一定会这样说:不过还有大学生不会写"税金"的"税"字呢,是吧?那个人叫什么,佐藤是吧?不对,这段故事好像忘说了吧?还是说过了?到底怎样呢?三角也想不起来了。此时离他们走出电影院已过去将近三个小时了。日期也早已变成第二天了。

琉璃问他:"三角君,你住宿舍吗?"

"……哦不,我住公寓。"

"那我们叫辆出租车送你回去吧。"

三角把自己刚准备说的台词咽了回去。

(时间很晚了,我送你回家吧。)

出租车就好像事先安排好的一样在路旁停下了,琉璃走在前面先穿过了马路往车里钻。

接下来的几小时将长久留存在三角的记忆中,他后来回味起来,简直感到一生的幸运都在耗尽在那段时间里了。只是事情发生的前后顺序以及具体情节,他都记不太清了。

二人坐上出租车,司机说他自己今天很走运。他的意思是,也许他正开着空车要去沼袋办事,也许是正好在返回沼袋途中拉上了客。所以他一路上态度热情一刻不停地讲话,直到车在公寓门前的小路入口停。这一来让三角感觉路程短了不少,很快就到了。那时候的出租车司机在三角的一生中,哪怕算上他后来漫长的人生经历,也是属于最佳级别的司机了。

琉璃跟他下了车,一起拐进了窄窄的小路,她对他说了一句男人常说的台词:"我必须看着你进屋。"他怀疑自己听错了,就算她的确说了,那也只是玩笑话吧;但因为这句话的缘故,让他产生了一种不真实的印象,他感觉琉璃不只是叫出租车送自己回来,而简直就是把自己领回了家。而他,以一种被动的姿态成功把一个女子带到了自己的房间里。

她问他有酒吗,打开冰箱就发现有两罐啤酒。喝着喝着,他看到琉璃不停地在意一只脚的脚后跟,仔细一看,原来是走了太多路,脚跟被凉鞋带子磨破微微地渗出血来。你有创可贴吗?当然有的。那一夜,想要什么似乎身边都有。二人想查一下与谢野晶子的生平事迹,旁边也就有《广辞苑》。琉璃一会儿去洗脚,一会儿上厕所,还几次去浴室冲了澡。她每一次起身,三角就担心她会说:"我差不多该回去了。"后来发现这担心是多余的。人家反倒对他说:"喂,哲彦君,我可以在你这儿待到早晨吗?"这句求之不得的台词三角自己都不好意思写进预设的脚本中去,然而竟听到她说了。

琉璃最后一次走进浴室时窗外开始发白了。一关上灯,屋里还是有点暗。还没到早晨。可是琉璃说待到早晨到底是待到几点呢?

此时三角终于意识到了。自己在预设脚本中并没有料想到的事下面可能就要发生了。只要他再这么一推,不失时机地领会对方的意思,这事马上就会发生吧。人生中最幸福的时刻就在自己的手边了。他感到热血正从心脏向外汩汩涌出。幽暗的房间里,他双膝着地慢慢移到靠墙的单人床旁,开始整理床上乱扔着的毛巾毯,琉璃悄无声息地站到了他的身后。

"走了半天累了呢。"她的声音从他的头上方传来,"哲彦君,你很困了吧?"三角看不清她的表情,只是在犹豫要不要站起来,站起来又该怎么回答,这时琉璃在他身边蹲了下来,抱住了他的肩。她问他:"躺会儿?"眼光好像在窥探他的神情。其实她并没想要三角回答她,她的唇已经送上来了。

后来,二人没有睡着,直到早晨。

送琉璃在沼袋站坐上电车后,三角走回了公寓,稍稍补了会儿觉。十点钟醒来,然后像往常一样去打工上早班。

就因为刚才睡得像死了一样,醒来后发现昨晚的事情都记不太清了。记忆十分模糊,让人着急,他甚至想不起来琉璃天亮时分脱下早晨又穿上身的那件连衣裙上是什么花样的。他不能确定这一切都是真的。

能确定的事实是从书架上拿下来的《广辞苑》和大学上课用的笔记本都翻开放在桌子上。翻开的笔记本页面上抄着一首和歌,是自己的笔迹,他把和歌重新读了一遍,想起来这就是表明琉璃和自己过了一夜的唯一证据。

三角身边没有一个可称得上是好朋友的人。

要说一般意义上的朋友,无论在大学里还是兼职打工的店里,还是在东京的高中同学当中倒有几个,但都属于那种泛泛之交,要想找出一个能够最先交流自己初体验的人,却是一个都想不起来。

他很想找个人聊聊自己的经历,但结果跟谁都没说,就这样过了一周,又过了一周。这段时间他没见到琉璃。她不来联系的话,自己是没法联系上她的。首先一点,她住在哪里都不知道。姓什么也不知道。想要再见到她,只有打工下班后再去早稻田松竹剧场等她出现,她如果不出现,就没有办法,只好看看费雯丽的《安娜·卡列尼娜》。

八月份的日历剩下没几张了,三角渐渐感到无法独自承受心中的不安了。若问他有什么心事,无非是一些说不出理由的惆怅。那一夜他体会到了幸福极点的滋味,但他不明白两人怎么只有一夜的相处?这难道真是仲夏夜里缥缈的梦幻吗?再翻到他预设脚本的下一页,季节已经入秋,自己要去大学听下学期的课,要认真地写报告提交报告,琉璃忙于她自己的日常不再经常去电影院,她大概忘了自己曾给一个大学生布置过一首和歌的作业。二人回到了原来那种素昧平生的关系,到了 *End Credits* 的曲子回响的冬天,即便在街上遇见了,彼此都会装作不认识擦肩而过吧。他只是觉得这事情来得没道理,让人惆怅失落。

另一边,与这种惆怅失落相反,他还被一个梦魇缠绕着,夜里常常惊醒。他梦见琉璃怀孕了,处境艰难。她的丈夫要追究她与大学生的私情,对她加以责罚,她在痛哭流涕。琉璃趁人不注意逃了出来,光脚上只穿着拖鞋,她急急忙忙跑进了录像带出租店里。一边哭喊着:哲彦君,我好想你,你救救我!这个梦做得毫无来由。三角一下子惊醒了,听到自己还在大口喘息,他在床上坐起身来,黑暗中过了好一会儿才明白自己在哪里,眼前是什么状况。刚才是个毫无来由的梦,梦境却还历历在目十分逼真。

随着时间不断加重的心事,多次反复出现的噩梦,他真的很想跟谁说一说。只要是身边有人,无论是谁他都忍不住想开口了。

最后他找中西商量了。中西说:"是这样啊。大家传言中的安娜姐姐原来确有其人呢。"

说是商量,其实也就是拿包含琉璃名字的那句和歌来问了他,问他是不是懂其中的意思;中西说的"传言中的安娜姐姐"无非是指之前由齐木散布出来的那个无厘头的谣传。短发发型的都是珍·茜宝,其余的都是安娜·卡里娜。也就是说,他听说三角形身边有一个年龄比他大、不是短发发型的女人,说到底这就是"安娜姐姐"的意思。在别处这种用法是行不通的。

"她就是那个人吧,那次来躲雨的女人。"但是中西还是一下子看穿了,"她是有夫之妇吧。"

三角没有作声,只感到他一语道破了自己那个噩梦的大致情况。

"有夫之妇吧?是不是?"

他没法回答说"不是"。即便自己,一开始也注意到她是结了婚的,但还是被她一下子迷住了,结果便成了这样;要是中西告诉他这就是他为什么会梦见琉璃的丈夫对她施暴的原因,他也只能认了。

"你放心吧,我不会说出去的。"

"我想问的是这首和歌的意思呢。"

收银柜台上放着从笔记本上撕下来的一页纸,上面的折痕被抹平了。中西瞟了一眼上面写的这首与谢野晶子的和歌。他这是第二次看这一行字了。第一次是花了点时间读的,但读完后并没说什么。

这个时间店内正在营业,两人都穿着围裙,胸前佩戴着胸牌,站在收银台前。但是既没有人来还录像带,也没有人来借。他们谈话不需要顾忌旁人的耳目。

"我说三角形,这种东西,你不觉得烦吗？我觉得很烦呢。'己身半人马',这是说啥呢,半人马？是说人马座吗？她是想说自己不是人吧。那又怎么样,想做的事她还不是做了？拿这种意思含糊的和歌给人出题,这边又绞尽脑汁答题,所以你们才会拖拖拉拉没有进展呢。你给她来一个干脆利落的。既然要爱,就干脆利落爱到底！你是想爱到底的吧？我来教你一招。来,给我笔用一下。"

中西在那张纸的空白处加写了一首别的和歌：

> 为君起盟誓,阿苏烟绝万叶朽,永不相与别

"这是吉井勇的。"

"那是谁啊？"

"管他是谁呢。这个的话,意思一目了然。这是在宣告说,我要对你发誓。哪怕小学生都懂这意思。你就拿这个去。"

"发誓？发什么誓啊？"

"这你都要来问我啊！真是的。"

"……啊？"

"别老是啊啊的了。三角形,你可真没用。下次你再见到那有夫之妇,就跟她说这是作业的答案。就说是,哪怕阿苏火山的灰飞烟灭,哪怕万叶集的和歌全部灭绝,都要在一起。

你要对她说,这首歌是你的一片真心,是送给她的礼物。女人会被感动到哭哦!"

"这是说不管发生什么吗?"

"是啊,就是要永远在一起。哪怕生生死死经过千百万次。你就这样跟她说。"

"我这样说了她会哭,是吗?"

"肯定会哭。然后你就紧紧抱住她,跟她一起哭。"

"这……可是……"

"可是啥呀?"

"不知道还能不能见到呢? 接下来会怎么样,我猜不透。"

"什么? 你在说啥呢? 不可能猜不透呢! 已经很明白了,肯定会见到的。那有夫之妇只要尝过一次小鲜肉的滋味,她是不舍得放弃第二次的。你想,她究竟为啥要约你看电影呢? 前不久早稻田松竹剧场在放《安娜·卡列尼娜》,你没看吗?"

"看了。"

"那应该明白了吧。你的那个安娜,怎么说呢,是属于这一种类型吧,是《安娜·卡列尼娜》里的安娜。沉迷于恋爱的有夫之妇。说起来一开始也是她有心来找你的吧? 在那次躲雨以后。对不对? 是她积极地在接近你呢。你等着,她还会趁丈夫不在家的时候再来。你就把吉井勇的和歌准备好,等待良机吧。"

"……她会来吗?"

"来。她绝对会来。谁让她是沉迷恋爱的有夫之妇呢!"

"你能不能不要老提'有夫之妇'这个词啊?"

"你放心。我就是声音大点儿,嘴还是很紧的。不过,事实难道不就是这样?她就是有夫之妇啊。她那样子,一看就知道是有夫之妇……不过,我问你啊,三角形。"

"什么?"

"那个,还就是那事嘛。她展示各种技巧了吗?"

"什么呀?"

"怎么说呢,就是说夜里嘛,会有各种动作吧,手法细腻,用她的手指,惊人的那种。有夫之妇特有的那种?"

"……"

"对哦,这些事也不好跟人讲吧。"

中西的预言果然应验了。

九月中旬的某一天上午,三角漫无目的地在神田川附近溜达。

其实也不只是这一天,从八月底开始到九月,他每天下班之后也不会直奔高田马场车站,而是会到神田川这边绕一圈再回去。

有时还不只是绕一圈,他盼望着能与安娜邂逅,他会在桥上来来回回走几次,会花一两个小时在那里转悠,他一次次尝试着这原始又笨拙的办法,但根本不见成效。在晚上不管走多少路也碰不到的吧?于是他改变了方案,打算上午过来一次看看,花时间在神田川两岸好好探寻一番。

也就是说,这个时点上三角已不再相信中西说的话了,说什么只要等着她就会来之类的。他相信自己的判断是正确的,那就是你等半天什么都不会发生。毕竟后来,说碰巧也好,说自己来回转悠的努力得到了回报也好,总之是自己把她找到的。中西的预言应验了,但不是在那个时候。

一天上午,三角苦苦寻找的安娜正坐在公园的长凳上晒着太阳吃饭团,身边跟着两只猫。

后来听她说,这两只猫都是公园里的野猫,就那天很亲热地靠在她身边。她到公园来还带着便当和水筒,据她本人说,这是因为遇到天气好,她总会在家附近的什么地方野餐一下,都养成习惯了。

时间还不到十点。

一个大妈正在大口吃着饭团,她还分了一些给猫儿们。

一幅悠闲的秋日景象。这样想着,三角朝长凳那边瞥了一眼,此时他正要从公园中间穿过去,突然停住了脚步。

手里拿着饭团的大妈正忙着教训那些跳到长凳上的猫们,但她不经意抬头的时候,还是注意到了远处有个年轻人正目不转睛地看着自己。她眨了好几次眼,才终于将目光对准了年轻人的脸,而因为这突如其来的局面,她显得十分的尴尬。

最初被三角看作大妈的这个女人穿着一件领子翻卷褪了色的马球衫和牛仔裤,脚上是运动鞋。加上她把头发都在脑后扎了起来,这看起来跟三角印象中的琉璃小姐简直判若两人。为此三角半天说不出话来。

那时候三角能在那里默默地站这么久,一个原因是因为有风在吹。那是一阵柔和的风,吹得人浑身舒畅。那风并没有一下子吹过去,反倒像是带着清晨温暖的阳光来拥抱了三角,钻进到他衣服的内侧,轻抚着他的肌肤。三角与琉璃彼此注视着对方,他任凭和风吹拂着,感到自己都能这样站上几个小时。

"哲彦君?"琉璃先开口招呼他了,不好意思地吐舌头笑了笑。看到了这笑容,三角决定挪动一下位置,离开现在站着的地方,尽管这里能吹到好风。

他走近她身边,一只猫从长凳上跳下来给三角让出了位置,另一只在地上仰头垂涎琉璃手中食物的猫也跳到了旁边。琉璃开始问起话来。你在这干吗呢?这个时间?今天不用打工上班吗?大学不上课?在三角看来,她问的哪一个问题都跟眼前的场景不相关,于是就默默地在她旁边坐下了。这里没有风吹过。

琉璃把吃剩的饭团放回便当盒,又说了起来:

"天气真不错呢。秋天的晴空,天真蓝啊。"

这也是毫无意义的话。

"好久不见了呢。有一个月了吧?还是比这更久?"

"更久了吧。"

"有这么长时间了吗。感觉一眨眼工夫呢。一眨眼就是秋天了啊。"

琉璃伸手拿起水筒拧开了外面的盖子。

"稀里糊涂地过日子,一眨眼,我已经从大妈变成老婆婆了呢。"

"琉璃小姐。"三角叫了她一声,但是一下子不知道下面该说些什么。

过了片刻,他问道:"……你在这儿做什么呀?"

琉璃往水筒的内盖里倒了一杯热气腾腾的绿茶,转身面向三角。

"我吗?我是来这儿野餐的呀。倒是你,你来做什么?"

"我啊?"

"嗯。来,喝杯茶吧。"

"我是来找你的,琉璃小姐。已经一个多月了,我一直在等你的联系。"

这一段直言不讳的台词似乎让琉璃受到了震动,她递过来给三角的水筒盖茶杯微微颤动了一下停留在了空中。为了不让茶水溅出,三角小心翼翼地接过茶杯,垂下眼帘喝了一口绿茶,尽管他并不想喝什么茶。

"那天以来你一直在等我联系吗?"

"是啊。你想,我又没法……"

"确实哈。"琉璃抢先承认了。她的声调从这里开始降低了一个八度,仿佛承认了自己的错误。

"是的,哲彦君是没办法联系上我的,如果我不跟你联系的话。"

"就是呢。"

"这一点我也考虑过。可是,我其实也不好联系你呢。"

"为什么?"

"哲彦君,你听我说,"琉璃没有直接回答他的问题,"你还想跟我见面是吧?你说话总是很诚实,有什么说什么,我可以相信你,是不是?"

"你这是什么意思?"

"我也直话直说了。我吧,对于做那种事是很没有信心的。所以嘛,如果你觉得就那一次差不多可以了结了,那也没关系,我也有做了结的思想准备呢。"

"了结?那种事?这都什么意思啊?"

"要说什么意思嘛……"

琉璃转过头去放下水筒,眼睛看着长凳下面。刚才还在那里的两只猫都不见了。

"这些话没法在这样的青天白日下说。反正男人嘛,对那种事的要求是很严的,他很快就会对你失去兴趣的。只要有过一次那样的事,他就会像改完考卷打完分的老师一样,总会板起脸来吧。"

什么意思呢?年轻的三角一脸的不解。他还没完全弄懂琉璃到底在担忧什么。

二人正聊着的时候,不断有人从他们身边经过,横穿公园而去。这时他们的谈话就会中断,等人们都离开后再继续。

"琉璃小姐,你在说什么事啊?你说的'那种事'是指……"

"你懂的吧,哲彦君。"

"你是说那天清早的事?"

"别逼着人说出来啊。"

"我没有。可是,为什么你会有这种想法呢?"

"大概,因为我太笨吧。"

"什么?"三角不由得惊叫起来。

"不算好吧。你不觉得吗?你也感觉到了吧。"

"我没觉得啊。"

"没关系。你可以跟我说实话。"

"我说了呀,我没觉得不好。我那时板着脸了吗?像改完考卷打完分的老师那样?"

"你的表情倒没仔细看,但过后总觉得有那么点儿。"

"什么叫'总觉得有点儿'啊!我说琉璃小姐,那天的事你真的是这样想的吗?"

"嗯。还有呢。"琉璃继续往下说,神情十分严肃。

"再说了,你看,我也有我的处境,我觉得这件事自己还不能太上心。我哪怕想跟你联系,其实也不是想联系就能联系的呀。"

三角侧着脑袋听她解释。

"我还得顾忌一下世人的眼光吧。通常都是这样的吧。这边被别人指指戳戳,到头来还不被你待见,那我真是无处可去了。跟你联系,说起来容易,做起来其实并没那么容易的。对于像我这种有家庭的人来说。"

"家庭……你是说你已结婚了吗?"

"对啊。说到家庭,肯定是这个意思咯。"

就这样琉璃亮明了自己已婚的身份,三角没料到会这样;他没料到见面后一上来就是这个话题,不过这一来,他心里的疑惑倒是减少了许多。从没料到这一点而言,坦白实情的那一方似乎也有同感,所以琉璃借机乘势又叮问了一句。

"哲彦君,我可是有夫之妇呢。我是有丈夫的。这一点你应该明白吧,从一开始?"

三角又呷了一口绿茶,尽量让自己冷静下来,他在想该怎样来回应琉璃的这些真心话。琉璃跟他说的这一番真心话,让他多少感到自己在她的坦率面前无所适从,不过从事态发展的方向来看,他倒是希望这样。彼此打开天窗说亮话。这总比一个人闷在心里左右揣度要好得多。

"所以,你也能理解我的难处吧?哲彦君,刚才你跟我说一直在等我的联系,说实在的,你这话让我好开心好感动,我也不想让你失望,但是我只能做到这一步。"

"我很想再见到你,琉璃小姐,非常非常地想。"

"我们如果再见面,往后见面次数越多,心里只会越痛苦的。你我都一样。"

"那我也想见到你,多少次都想。"

"哲彦君……"

"在大学里我也没心思学习。每天每天总是想你,好像掉了魂一样,坐电车动不动就坐过了站。我感觉自己现在这个样子才是更不幸的。"

琉璃的喉咙里发出"咕咚"一声响,她咽下了一口唾液,连同一些本想说的话。

两个推着婴儿车的母亲从他们跟前走过。

她们走得很慢,那不慌不忙的样子等得人心急;等她们走过去后,三角把喝了几口的茶水递回了琉璃手中。

"再见一次面好吗?哪怕只有一次。你要是顾虑旁人的眼光,那就到我的房间来,就咱们两人。琉璃小姐,看你什么时候抽得出时间,我们再好好见一次吧?"

琉璃把水筒盖子底部剩下的茶水喝干了,又将盖子甩了甩,终于开口了。

"你说的是真心的吗?"

"是啊。"

"你还想再为我打一次分吗?"

"什么?"

"你这是要给我补考呢。"

琉璃突然抿着嘴笑了起来,一边合上水筒的盖子,开始收拾便当盒。相邻的第二条长凳上坐下了一对形似公司职员的男女,二人在一起抽烟。

琉璃小声对他说:"哲彦君,到上班时间了。快去吧!"

"可是……"

琉璃没理他,只是摇了摇头,三角看着她的侧脸,眼神里充满了哀求。

"你现在要乖乖地听我话。"

"现在我听了你的话会怎样呢?"

"我求你了。"

"你就是这样不想再跟我见面了吧?"

125

"不是的。我答应你。"

"你答应啦?"

琉璃的膝盖上放着便当盒,她用力把包在外面的手帕两端系紧了。

"你今天说的话我会好好考虑的,哲彦君。"

下一周,琉璃到沼袋来了。

如果有人因为心里有恋情,因为想着别的什么人导致坐电车坐过了站,那么这个人是幸福的。我也是幸福的,因为我被选中成了这一个"别的什么人"。可不么?我也喜欢三角君呢。从今往后,就算两人见面的次数越多会越感到痛苦,但相见的时间还是人生中的宝贵时间,这并非每个活着的人都能拥有的,并非哪儿都有的。概括起来,上面就是琉璃带到沼袋来的答复。加之,她的答复来得出其不意,这让三角惊喜,而她就想亲眼看看他的这种反应,这似乎也是琉璃深思熟虑之后得出的结论。

对于她出其不意的举动,三角本人自然没有任何异议。

就这样,二人之间顾忌世人眼光的男女关系渐渐地越陷越深了。

从九月开始,十月、十一月,琉璃每隔一段时间就会来沼袋。这期间,三角也没有提出更多的要求,他只是盼望着下一次见面,始终保持着全面接受的态度。

然而年仅二十岁的大学生考虑问题就不像他的对象、那个有夫之妇那样认真了。琉璃独自得出的结论——并非哪儿都有的、人生中的宝贵时间——关于这句话的意思,他其实并没有认真思考过。就算这句话只是琉璃为他们的危险游戏所找的借口,就算她的真实想法并非如此,只要能和她见面,怎么样他都不在乎。再说了,中西曾经说过的那个轻薄的预言有时也会掠过他的脑际,"只要尝过一次小鲜肉的滋味,她是不舍得放弃第二次的",哪怕说他们的关系只是应验了这预言,三角觉得这也无所谓。

三角心里猜测,那一天在洒满晨间阳光的公园里琉璃说"你今天说的话我会好好考虑的,哲彦君",也包括这句话在内,所有她说过的话也许都出自真心;不只是流于字面意思,而是从真真正正的认真意味而言,她也许是"好好考虑"过人生的。只是,三角作这番猜测也是在稀里糊涂过了好久以后,时间快到年底了。

十二月上旬的一天,琉璃来到沼袋,在三角的单人床上过了一夜。

对二人来说,那是最后一次"人生中的宝贵时间",大概也因为这个缘故,那一夜他们的对话给三角留下了深刻印象。

从九月份以来,琉璃开始主动说起原本两人都刻意回避的话题。

比如关于她的丈夫。

还有关于未来。

最初谈起这些话题还是因为聊到了三角大学毕业后的去向,到来年他找工作的事不得不提到日程上了。

她随口问起了他想做什么样的工作,三角没有立即回答她;之所以这样,是因为他还没有具体的想法,他背靠着枕头取了一根烟衔在嘴里,琉璃立刻拿打火机给他点上了。之后,她还在静静等待三角的回答,手里拿着BIC牌的蓝色打火机,一会儿点火一会儿熄灭把玩不已。"哲彦君,等你大学毕业工作了,应该会买一个更像样一点的打火机吧。"她有点自言自语地对他说,似乎在预测将来的事。于是话题又从将来的工作问题转移到别的方向去了。

"像样一点的打火机是什么样的呀?"

"登喜路呀都彭什么的。"

"就这点工资是买不起的。"

"可是,我觉得你也不会一直用BIC的。"

小灯泡的光线和反射型取暖炉的亮光使整个房间呈现一片柿红色。琉璃从床上下来,赤脚踩着地板走到桌子前,把放在那里的一只烟灰缸拿过来递给三角。因为她还光着身子,一条胳膊水平抬起来,稍稍遮挡在胸前。

矮桌子的前面放着一台电暖炉,反射面正对着床。"借用一下哈。"琉璃说着,就抓起旁边地板上扔着的一件三角的长袖运动衫套在身上,踮着脚尖往厨房那边走,随后"啪嗒"

一声关上了房间的玻璃门。屋里瞬时一片寂静,几乎能听到电暖炉微弱的振动声,过了片刻浴室那边传来了水声。

一会儿琉璃又钻进了被窝,肩膀冻得不住发抖,她又提起刚才的话题来。

"你知道吗,登喜路呀都彭、卡迪亚之类的……"

"琉璃小姐,你对这些高级打火机很熟悉呢。"

"嗯。"

你老公用什么样的打火机啊?三角很想问问她,但忍住了没出口。

"我很懂的。以前在香烟店工作过呀。"

"香烟店?"

"是啊,过去工作过。"

琉璃的脸上显出了微笑。

"那家店除了卖香烟,还卖各种吸烟用具,包括很贵的打火机和烟斗什么的。所以我真的很在行。打火机有哪些品种,什么样的结构,大体都知道。"

"是么?第一次听你说呢。"

"你自己一次都没问过我这些事呀。"

"那是在你结婚以前吧?"

琉璃从三角的指缝中抽出他的香烟衔到自己的嘴里。三角一直看着她的侧脸。

"你想听吗?"

"当然。"

"我们是在那里遇到的。"

"……跟谁?"

"都彭打火机人家一买就是两个,还买了备用的气体、打火石,反正是一次次往我们店里跑。几乎让人惊疑这个人到底是多老的老烟枪。这人就是我现在的丈夫。"

"是吗?"

"谁知婚后,他就不抽烟了。因为他的上司注重健康养生,自己戒了烟,还让他们向自己看齐,所以就。现在他动不动就往高尔夫用品店跑了。万星威球服每周都买,衣柜都塞不下了。"

"是这样啊。"

"是啊,就那样的人。"

琉璃把抽了几口的烟支在三角拿着的烟灰缸里拧灭了。于是他们的谈话也一时停下,只听得电暖炉发出细微的吱吱声。就短短的几秒让人感到有一分钟的样子,三角手里拿着烟灰缸有些不知所措,他在犹豫要不要说点什么,还是什么都不说只是把她的身子抱过来?

这时琉璃突然又开口了:"公司的同事中有一个前辈……"

"今年春天,自杀了。"

"……是女的吗?"

"男的,四十多岁。是我丈夫公司的事。那人好像写了一封遗书,可是遗书的内容短得让人难以相信,只写着一句话,据说是这样写的。"

我就死一回看看。

"什么意思啊,那是?"

"是不是?很惊人吧。"

"是啊。这也算是遗书?"

"是吧。我想最早看到这封遗书的人大概会更吃惊。"

"他的目的是为了让人吃惊吗?"

"不懂。他的家人还是别的人都搞不懂。"

"'就死一回看看',这跟黑色幽默似的遗书,真是那人自己写的吗?"

"嗯。就是自杀的那个人写的。他既没得什么重病,经济上也没什么困难。工作顺利,家庭美满,所以按照一般人的想法,他没有自杀的理由。为什么自杀,原因完全不明白。只是公司的人都认为他一定是精神出问题了,一个头脑正常的人是不会写那种遗书的,连我丈夫在内,结果大家都这么说。"

"是啊,一定是这样的吧。"

"是的呢。不过,我总觉得……"

"总觉得什么?"

这时琉璃从三角手里接过烟灰缸,上半身向旁边歪斜出去,伸出左手,一边在地板上一堆脱下的衣服当中寻找合适的摆放位置,一边回答三角的提问。

"那人临走时说'就死一回看看',这种心情我好像也不是不能理解。我不是说我非常理解他,我是说自己仔细考虑后,感觉也能理解了……"

她说这番话时,时不时会停顿一下。说完,再次把身体靠拢过来,抬眼看着斜上方的三角,他此时正背靠着枕头,脸部被映成了柿红色。她的眼里闪出机灵的光芒,好像一个刚想到什么好主意的少女一样。

"可能,他说的是试试看的意思吧。"

"试试看?"

"嗯。试试看。你说不是吗?现在活着的人谁都没死过呀。哲彦君你也好,我也好,谁都不知道死后的世界是什么样的。说是'死后的世界',可这种世界存在么?连这点都还是个谜呢。说真的,死后会怎么样,我们活着的人谁都不知道。所以可以试试看,这是一种办法……你还记得吗,你曾经给我讲过的一部电影?说的是一个人在一次隧道车祸中死了,他到了天堂之后,发现自己的死是被搞错的,于是又和另一个注定要死的人换了身体。所以,身体是别人的,心还是自己的。按照我们平常人的想法,这种事是不可能有的;可是死是超越了平常的,所以不管什么样的情况,你都没法断定它一定不会有。因为平常的人都没有经历过死亡。说不定还会来生转世变成别的人。也许这就是死呢。"

"所以这就是你说的试试看?死一回看看?"

"对。我是这样想的。想了好久了。不过一旦说出口,还是感觉浅薄呢。"

"……你的这个想法,你老公怎么说?"

"我才不跟他说呢,这种话。我这是第一次跟人谈起呢。"

听她这么回答,三角不再靠着枕头了,他将身子滑进被窝躺在琉璃旁边。两人听着电暖炉发出的吱吱声,过了一会儿她在他的耳边开口了。

"以前我说过吧。要顾忌世人的眼光。"

"……"

"那是假的。说真的,世人的眼光什么的都无所谓。我呀,现在只跟哲彦君你一个人说,我随时都有试着死死看的思想准备。"

"琉璃小姐,你……"

"那时候我不会写什么遗书。所以世人就不知道我的理由了。大家都会慌了神瞎咋呼,我丈夫也会。我在想什么,我丈夫又不知道的。"

"琉璃小姐,你不要说这种吓人的话。"

三角的声音听起来很严肃了,这时他感到有个湿热的东西碰到了他的耳朵。过了一会儿他才回过神来,刚才一定又是琉璃吐舌头笑了。

"我开玩笑呢,哲彦君。"

"就算开玩笑,这种话也……"

"又不是现在马上咯。将来如果我让哲彦君感到是一个负担,你不再有激情了,那时候我就试着死死看。然后如果能来生转世的话,我就要生得更年轻更漂亮,再来跟你相遇。"

"我可要生气了。"

"嗯。我不说了。到此为止。"

琉璃抿紧了嘴。

"我呢,我遇到一个年轻美女时,马上就能看出这个人就是琉璃小姐。"

"什么?"

"不是说嘛,琉璃和玻璃太阳一照都发光。不管你混在哪儿的人群中,我都能找出这个人就是琉璃小姐。你来生转世后的那个人。"

"……哲彦君,这会儿你在心里让我死过一回了吧。"

"不是我提起来的。"

"不过呢,我无论死多少回,都会转世回来的。等你成了一个颤颤巍巍路都走不了的老爷爷,我还会重新转世变成一个年轻美女来诱惑你。"

"你是不死之身吗?"

"并非不死之身。死还是要死的。不过死法跟人不一样吧。我会像月亮那样死去。"

"……?"

"上天呢,曾让最早降生在人世的一对男女选择过两种死法。一种是像树木那样,死后留下种子,这是自己死后留下子孙的方法。另一种像月亮那样,死后能够多次来生转世的方法。这是一个传说,关于死的起源的著名传说,你不知道吗?"

"这是谁告诉你的?"

"据说有本书上写的,这是我看过的一部电影里有人这样说了。人的祖先选择了树木那样的死法。但是,如果我有选择权的话,我会选择像月亮那样死。"

"就像月亮圆了之后又会缺那样吗?"

"对。就像月圆月缺那样,生与死可以交替反复。然后我就会出现在哲彦君的面前,因为我对你还有留恋。"

"太可怕了。"

"我才不管你怕不怕呢。我会不断出现在你身边来诱惑你。你对我态度冷淡,我也得报一下这个仇。"

"……我还没冷淡你呢。"

"还没?"

"啊,刚刚说错了。"

"刚才在心里已让我死过一回了,是不是?"

"饶了我吧。"

"才不饶呢。"

"刚才一时冲动。"

"不行,看你说得那样轻描淡写。你要是真想让我饶了你,再为我读一下那个。"

从这里往下,自杀的事还有来生转世的事都被扔到了一旁,二人嬉闹着,这一夜过得跟往常没多大不同。

那时琉璃说"再为我读一下那个",她想让三角读的是吉井勇的那首和歌。

这首和歌第一句就是气概逼人的"为君起盟誓",它已经成了琉璃心爱的一首。她尽管自己已牢记在心,但还是喜欢让三角来背诵。最初,三角按照中西教他的那样,以"礼物"

之名拿这首和歌给她看,琉璃虽还不至于感动落泪,但还是显示出了丰富的情感反应,这跟她读到与谢野晶子那首、咏入了自己名字的和歌时的反应不可同日而语。她的眼眶有点湿润了。她看起来十分感动。首先那首和歌的语义直白,三角想借助和歌来表白的意图很容易让她领会;更重要的原因是她感到有一首属于自己的和歌了,一首简明易懂的和歌。从这一点来看,中西的预言还有点准的。

话说回来,琉璃在聊到"自死"或者说"试死"这个吓人话题时究竟有几分是认真的呢,对于这一点三角也不甚明了,当时他只是听过而已,自然也没往心里去,因为他相信两人的关系还来日方长,迟早有机会探知到她的真实想法。

那时候三角按自己的想象在头脑中刻画了琉璃丈夫的形象,他认为应该是个年纪比较大的男人。他之所以这么想,究其缘由还在于《安娜·卡列尼娜》,因为中西把琉璃比作了其中的女主人公安娜,一个有夫之妇。三角看的那部费雯丽主演的电影《安娜·卡列尼娜》里面,安娜的丈夫看起来就是一个五十岁前后的男人。一个下巴和唇上蓄着胡子、发际线已大大后退头发微秃的中年男子。这个男人笃信上帝,十分顾及面子害怕传出丑闻,他经常把手指关节折得啪啪作响,是个神经过敏的人。安娜的丈夫,准确地说是扮演丈夫的那个演员在二十岁的三角眼里已然是一个老人了。

因此,在三角的想象中,琉璃与她的丈夫是不会同床的。这个曾经指责琉璃太笨拙,使她丧失了自信并且产生某种错误意识的罪魁祸首如今已是个糟老头,他已不再碰触妻子的身体。都彭打火机一买就是两个,这说明他是富豪,从年龄来看也许是某家公司的领导或是老板,大概是个只会在工作中寻找生活乐趣的老人吧。这就是三角想象中琉璃丈夫的样子。琉璃一个人孤独地去看电影,孤独地去公园野餐,这些一定都是因为他们夫妇生活中的爱情之火已经熄灭,她为了忍受打发这无聊的日子出来寻求一点新鲜变化吧。

这些情况迟早也有一天琉璃都会亲口告诉自己。从今夜起,自己将与她的人生更加密切相关,成为她人生的陪跑者,共同迎接未来的命运。就像安娜·卡列尼娜的情人渥伦斯基那样。就算两人的命运没有电影那般扣人心弦,自己也乐意接受这样一个角色。到下个月、到明年乃至更长远的将来,不管前面有什么样的障碍,我都会一直在琉璃小姐的身边。为君起盟誓。

三角对自己的设想深信不疑,但在两人最后度过那个夜晚后才过了一星期,他的设想一下子就崩塌了。琉璃被地铁列车撞死了。

据新闻报道说,特别是三角看了无数遍的那条附有受害人头像的报纸消息说,这次事故不属于卧轨自杀,而是一场突如其来的灾难。

一大群人正在地铁站台等车回家,在某个角落发生了不明原因的争吵——是两个男人在吵架,某一方的同伴上去劝架,出现了失控的暴力场面,周围的人群四处逃散免得遭受牵连——这骚乱就像一场突然发生的龙卷风,不幸被卷入其中、被那股冲击力撞下站台的事故死亡者正是一个叫做正木琉璃的女子,二十七岁。而报纸消息旁边的那张头像照片千真万确就是琉璃小姐。

然而,三角不相信这消息上说的是真事。

他无法想象,在这一场类似于多车相撞的人群挤压事故中,琉璃还来不及弄清自己身上发生了什么,一瞬间就被列车撞死了。

在三角看来这是不可能发生的。她在留意听站台广播告知列车进站的那一刹那,冲击力来袭了。琉璃的肩膀被旁边的人狠狠撞了一下,失去了平衡的身体一下子被甩到站台外面,她一边还想护着脚上那只眼看要脱落的鞋。当她倒下来整个身体离开地面时,那只鞋子就从脚上滑落了,此时她心里的恐惧要比脚底凉飕飕的感觉强烈好多倍,因此她两眼睁得大大的。但是很快,她抵抗着重力作用,慢慢被拖向了奈何桥下,她临死的那一刻感到时间被拉得很长,这大概只有做落体运动的人才能有的体会,这期间她应该会有一种近似于彻悟的感觉。哪怕只有一点点,也一定会有的。她应该是能够接受这一切的。这如果是死,她就会决心接受死。她应该还有时间来做这个决心。当她仰面摔落到铁轨上,感受到疼痛之前,听到快速逼近的列车拉响的警笛,她一定紧闭双目想起了那些话。上周的那天晚上她自己说过的那些关于"死"的话。她自己也认为一旦说出口就显得浅薄的那些话。

试着死死看。

三角头脑中关于琉璃之死的分析,若拿来与媒体报道的消息一对照,显然与事实是不符的。而且在旁人看来,假定有人能窥看到他头脑中的情况,就知道他的想法是有违常理的。

但是,与事实不符也好,有违常理也好,这些他自己心里都很清楚。尽管心里清楚,他还是坚持自己那种虚幻的想法。他把琉璃的死解释为"自死"。从她对死的选择中,他接收到了她的讯息,她"无言的遗言"。最后那一夜她留下的话语。

我要像月亮那样死去,然后来生转世。

当然,这件事他对任何人都没说。

又无人知道三角与这个死亡女性正木琉璃(二十七岁)有什么关系,而三角自身在人前也没流露出一点悲痛。

甚至连一起打工的中西都没注意到事故中的遇难者会是那个有夫之妇安娜。如果用讽刺的眼光来看现实中发生的事,应该说到此时中西的预言才最为应验了,他比作安娜的那个女人正如《安娜·卡列尼娜》的女主人公一样,被火车撞死了。这个结果中西自己都想不到。

正木琉璃死了。而谁都不知道这世上还有个男人,只有他相信她并非死于事故而是一次自杀。

在旁人眼里,三角看起来跟平常一样。

正木琉璃死后的第二年。

寒假结束后三角也没去大学上课。

他经常躲在沼袋的公寓里打发日子,只有录像带出租店的那份活儿还一如既往地认真干着。也照旧常去电影院看电影。

因为他想,过不久等第二次月圆时,琉璃如果转世成为一个陌生人的话,她想必会出现在他们曾经相遇的地方、有回忆的地方,在高田马场打工的地方还有电影院里重逢的现实可能性是最高的。一有年轻女子来店办理录像带店的入会手续,三角就会特别细心地接待。在电影院的大厅,他也注意观察着从身边走过又看了自己一眼的女人们,心里一直念叨着"琉璃和玻璃,太阳一照都会发光"的格言。这个习惯在琉璃死后他保持了很长一段时间。

在沼袋的家中待着的时候,三角对门外的动静也十分敏感。

一听到有脚步声在门前停住,还没等门铃响起,他就会去开门,还曾经听一个热心劝人入教的女人宣讲了半天。他想如果这个女人是琉璃的转生,她一定会在介绍耶稣故事的时候突然吐舌笑一笑,或者会给自己某种暗示;但是这样的奇迹一次都没发生。不可能发生。

一个人待在房间的时候,三角满脑子想的全是琉璃生前的样子。想到最后,他得出一个结论,琉璃活着时她所说的每句话都是认真的。她是这样的一个女人。哪怕有些话在自己听来感觉是玩笑,但她本人却是说得极其认真的。她自造的那个词"试死"听起来似乎对死的态度过于随便,但有可能她是郑重其事地说出这个词的。为何这么解释?那是因为三角认为事实上琉璃是自杀的,作为结论他只能这样考虑。

不管在什么事上——跟年龄低于自己的大学生恋爱这件事上也同样——不管什么时候,她总是活得很认真。她说的话无论什么都出自真心。如果是这样,比如对做爱打分这件事该怎么看呢?她对自己下的评价是"笨拙",这也许并不是自谦之词,而是她真的认为自己那时做得很不好并为此感到羞愧吧。也许她就像一个认真接受补考的女生,经过复习之后才再次到自己的沼袋公寓来的。再比如她说过"往后见面次数越多,心里只会越痛苦。你我都一样",还有"就算两人见面的次数越多会越感到痛苦"之类,这些话就好像是从纯爱剧本中捡来的台词,但也许都是她的真心话。也许正是因为她认真思考了将来,得出结论认为不幸的结局不可避免,无奈之下才说出这些话的吧。并且也许是为了回避这不可避免的不幸结局——虽说在文字表达上是十分矛盾的——为了实现本来不可能的未来,她反转思路想出了"自死"的方法,摸索出了一条从"试死"到"重生"的道路。

回想更早的时候,两人相遇的那个雨天,自己递上去T恤衫好让她擦头发,她也许是打心眼里感到高兴的。也许正因为这样,她才四处认真搜寻到一件相似的新T恤买给自己的。只见过一面的小男生,因为得到过他的一些帮助,就到处找礼物想送给他;这种经历对于家有丈夫的琉璃来说也许是从未有过的大事。或许还有自己送她煮草莓的事,她和丈夫以外的男人一起看电影的事,也许都是这样。从一开始起,琉璃对所有的事都是尽心竭力的,每一件事她都认真对待,两人的关系会怎样发展、无法挽回的未来以及最终的不幸结局,这些情节也许早就在她心里写好了。在她的剧本里,自己和她两人也许已经要面临不幸的局面了。这一点,也许自己光为恋爱神魂颠倒而没有注意到吧。这当中琉璃也许就是使出了人生最后的、或者说此生最后的认真劲儿,她像月亮一样死去了。

想到的都是也许这样也许那样,真伪无法确定。要想确定真伪,只有直接让琉璃来告诉自己。琉璃应该会像新月一样重生,她会再次变成一个别的人来到自己面前,她会亲口告诉自己,会有那么一天的。

三角每天把玩着这些异想天开的念头做着白日梦——他

有时还会拿出从报纸上剪下来的那条消息,出神地看着上面那张黑白头像照发呆——余下的日子过得无所事事。

让自己对异想天开的白日梦、换句话说对这种唯一等待奇迹出现的生活产生厌倦,决心扔掉那条消息的剪报,最终找回原来的自己是需要时间的。

为此,三角把二十几岁时宝贵的一年时间白白荒废了。

后来,他大学复学了,再次走上了一帆风顺的人生之路。

正午十二时
しょうごじゅうにじ

"小山内先生,您和三角先生是见过一面的,对吧?"

对于这个提问,小山内点点头予以了承认,但他其实早就预料到对方接下来要说什么,想让自己认同什么。

绿坂夕依——这是少女母亲的本名,也是她作为演员的艺名——想说的是下面这些话。我们现在看到的这幅旧油画,不管谁怎么看,都看得出是以三角哲彦为模特画的。没有丝毫值得怀疑的地方。眉形、左右眼梢的角度、下巴的轮廓、鼻梁和鼻翼、给人留下微笑印象的嘴角,这些特征被很好地捕捉到了。小山内先生您也明白,对吧?

"您如果和他见过一面的话,"绿坂夕依又重申了一遍,"如果您还记得三角先生现在是什么样子,那么小山内先生您也……"

"是的,我明白的。"小山内又点了点头,"这看起来像是三角君的脸。"

"就是呢。我也觉得不会有错。如果这样的话,那您看……"

"如果这样的话,那就是说我女儿在画这幅画时是知道三角君的长相的。"

"三角先生年轻时的长相。"

"对,或者是。"小山内刚说了半句,少女就插嘴了,"是他二十岁左右的时候。"

"他的脸什么样,我最熟悉。虽说左眼下方的黑痣的排列跟实物稍稍有点不同。"

少女换了个角度拿着这幅画,使画面朝向小山内,他仔细地看了一下,发现青年脸上左眼下方果然画着尘粒一样的小黑点。那是两颗黑痣,小山内之前从未注意到。七月份见到三角时,自己也没有印象他脸上有痣什么的,现在也无法判断这两颗痣的排列与"实物不同"在哪里。

"因为这是在仙台时凭记忆画的。"少女又把油画转过来,独占了画面。

"说是记忆,也不是一两年前的记忆了,所以会有记错的地方。"

看着眼前这个少女神态自然地说起"在仙台时",小山内感到无语了。他刚才说"或者是",本来是想补充说明一下:我女儿画这幅画时说不定认识一个相貌与三角相像的人,这幅肖像与三角很像说不定只是一种巧合。但现在他知道再说这些也是无用了。

"妈妈你知道了吧?他年轻时是这个样子的。真的是这样一张和气的脸呢。"

这个穿着花格子连衣裙(大概还是新做的)、梳着马尾辫的少女扭过身去对旁边的母亲说,母亲温和地回答了她:"现在不也很和气吗?三角先生的笑容。"

"嗯。不过那时候更是。怎么说呢,就像老好人那样?"

"老好人?你这样说就不礼貌了吧。应该说一看就知道人很好,是不是?"

"这不一样么?"

"差远了。'老好人'可不是一个夸奖人的词。"

"是吗?"

"当然啦。"

这边的母亲身上是毛衣,下面是一条宽松的工装裤,上下的色调都很素雅。装饰毛衣领口的是里面蓝格子衬衫的领子,和女儿的格子裙正相搭配。她的发型属于珍·茜宝型的。看着这两人,让小山内想到是一对性格不同的朋友在聊天。

母女两人的对话还在继续。

"是吗?可是呢,现在的他并不是这样的,好像更沉稳一点吧?"

"是啊。现在的三角先生看起来有点沉稳。"

"他老也老得有样子呢,至少长相上是这样的。"

"又说这种没大没小的话。"

"什么呀?"

"三角先生要说了,还轮不到琉璃来评论自己的年龄呢。"

"嘿嘿。"

"三角先生已经过了五十岁呢。琉璃你自己才几岁,明白的吧?"

"我明白。好吧,他也老了这一点没法否认。脸上也开始长斑了,那黑痣以前还没那么明显呢。"

"是这样吗?"

"嗯。痣这种东西是会变大变小的吗?"

"可能吧。颜色会变深变浅吧?"

小山内被晾在一边了。

七月份他和三角见面时,还没提到这幅油画。

如果真像三角所言,那么小山内的女儿在十五年前应该从仙台给他打过一次电话。但是那次电话里她对于这幅对方二十岁时的肖像画只字未提。

三角对他如实讲述了过去自己身上发生的事。实事求是毫不隐瞒,什么都说了。当时给小山内的印象是这样的。三角讲述的内容姑且不论,对于这个人,小山内认为一定程度上可以相信。这个叫做三角哲彦的男子,小山内在自己家的佛堂里隔着黑漆桌子和他谈了很长时间,但实际上跟初次见面一样;他是自己同一个高中毕业的后辈校友,现在的头衔是一家大型建筑公司的总务部长,至少对于他的为人,自己并没有不好的印象。与过去对自己妻子的怀疑不同,小山内不觉得他的精神有什么不正常。

据三角说,十五年前的二月份小山内琉璃突然给他打了个电话,电话里她提到了三角的姐姐,还有姐姐的好友她自己的母亲,还说到自己是住在仙台的高中女生,很快就高中毕业了,毕业之后很想去东京看看他等等。她一刻不停地说着,就好像手上有一张笔记在照着快速朗读一样,没有一点犹疑停顿。当她感到三角的困惑时,还给他介绍了自己名字的来历,就是那一句格言。

琉璃和玻璃,太阳一照都发光。

三角当然不会忘记这句格言。

电话里女高中生说的这些话有一种魔力,能一下子把他沉睡的记忆唤醒。

话虽如此,此时距正木琉璃的死差不多已经有十八个年头了。自己曾沉浸在那个幻想里,认定她还会变作另一个人转生回来的日子已成了遥远的往昔。二十岁青年的那种脆弱在三角身上早已看不到了。现在他身上有的是人生经验,和对事物的判断能力。想当年他愣是把生活的航向拨转回到了现实人生,成功进入一流企业工作,从此一帆风顺,如今已成为同期入职人员中晋升最快的一个。

当时的三角三十八岁,任总公司人事部副科长一职,在电话里他听小山内琉璃说出那句熟悉的格言之后,只是淡淡地反问了一句:"这是……"

这是什么意思?

对方沉默了。

长长的一段沉默之后,她的语气反而变得冷静了,反复提到自己的愿望,说下个月毕业典礼结束后要到东京去希望能跟他见面。问她有什么事,她只表示电话里说不清楚,等见面后再说。因为这个电话打得很长,身边的未婚妻已经不耐烦了,三角只好对她摇摇头苦笑了一下,表示自己也很无奈。

但是最终,三角经不住对方执意请求,答应跟她见面了。

加了一个条件,要求在她母亲陪同之下。

这个叫小山内琉璃的女高中生,她的母亲结婚前姓藤宫,叫藤宫梢,这个名字他听说过。他姐姐的朋友里的确有叫这名字的女生。其实不只是听说过,他记得在八户时还见过一两次面说过话的。大概是她来家里玩儿的时候打过招呼吧。总之,稍后给札幌的姐姐打电话问一下情况,问问她高中时候的好友藤宫梢是否真有个女儿叫琉璃,探听一下虚实还是需要的——那时三角心里是这么想的,但打电话恐怕得等到未婚妻息怒回去之后,或者明天什么的。

第二天,三角跟平常一样过了一天。

因为忙于工作,他把给姐姐打电话以及接到过陌生女高中生的一个奇怪电话的事都忘掉了。当他再次记起这件事时,已经到了三月份。那一天,在电视新闻中他注意到了二人的名字。又找来报纸确认了一下。上面说到仙台近郊的一条公路隧道中发生了数车相撞的事故,场面惨烈,死者当中有小山内梢(四十四岁)和小山内琉璃(十八岁)的名字。

他慌忙给住在札幌的姐姐打了个电话问情况,姐姐是这样说的。上个月是我把你的电话号码告诉了阿梢,所以,打电话给你的女高中生一定是她的女儿琉璃。她们为什么想知道你的联系方式,这个我不清楚。我当时以为,她们是想跟你打听什么琉璃高中毕业后的去向问题吧,但真正是为了什么我不知道,也就无法回答你了。你说她们有可能是为了见你开车从仙台去东京时遇上了车祸?——那,难道你想说,是我擅自把哲彦的电话号码告诉了她们的缘故,都是我不好咯?你该不会这样想吧?——你跟我打听这吓人的事,我自己还六神无主呢,不知道这事该怎样去理解。我说哲彦,她们遇到车祸死了,这不该怪我吧?

就这样,小山内琉璃打来电话这件事就成了一个含糊不清的谜团。

如果那以后时光流逝一切相安无事的话,这件事也就是被当作一个莫名其妙的电话和一个关系不算近的熟人丧命车祸的不幸遭遇,渐渐会沉到三角记忆的深处。包括小山内琉璃为何想见三角的问题在内,随着时间经过,这个含糊不清的谜团会越发地褪色,变得更加模糊不清,最终会在三角的人生中失去它的意义。然而事情并没有这样发展,那是因为……

"小山内先生!"

绿坂夕依喊了他一声,但小山内没理会,他继续在想,事情并没那样发展都是因为眼前这个少女的缘故,他还在继续追想着三角后来的人生轨迹。甚至有些事情三角本人并没有说过,而是他凭借想象添加润色的。三角一直单身到三十八岁,这恐怕是有原因的。除了在工作中找到人生意义这点之外,一定是从二十几岁到三十几岁这段时期的恋爱中(如果他有过恋爱的话)有他大学时代难以磨灭的记忆在起作用,琉璃小姐的影子始终存在吧。或许在临近四十岁,由部长介绍对象结婚之后也是同样。他本以为早就忘却了的琉璃小姐,她的影子应该还留在三角心里。琉璃和玻璃,太阳一照都发光。有个女高中生在电话里突然对他说了这句熟悉的格言,他的反应是冷淡的,他只是问人家"那是什么意思",他恐怕是在接到女高中生的死讯后才认真考虑起她突然说出那句格言的意味。在他的现实生活中,举行结婚仪式、举办婚宴招待众多来客、从新婚旅行回来后与妻子进入了小家庭的二人世界,他一步步都按照常规普通的程序走来,但头脑中同时又在书写着想象的剧本。很久很久以前,那个正木琉璃死前留下的话,一个叫做小山内琉璃的年轻姑娘在电话里说出的格言,尽管他的理性告诉他这二者不可能有关联,但三角还是忍不住会将二者联系起来考虑。尽管经过了十八年,还牢牢附着在脑子里的那个幻想。关于来生转世的剧本。在新婚的日子里,不,就算过去多少年,他依然会想起来。不如说,三角独自呆呆地想心事,引起妻子怀疑的次数一年比一年多了。而从那时起他……

"小山内先生,你肚子不饿吗?"

绿坂夕依提了个比较现实的建议。

"时间也差不多了,与其这样干等着三角先生,我们不如一起吃午饭吧?"

她也不等小山内回答,在女儿肩上轻轻碰了一下,开始准备转移到别的地方去。绿坂琉璃被母亲催着,她把一个挂着吊带的小挎包从肩上斜挎过来,然后交替注视着桌上的油画和小山内身边椅子上那块叠起来的包袱布。

从母女两人利落的态度中小山内读懂了这场面的气氛。大概从一开始她们就有这个打算吧。借今天这个机会,她们打算跟自己还有三角一起吃一顿午饭的吧。自己是这样被叫过来的。

"接下来要去哪儿?"小山内有点不想站起来。

"我已经预订了地下的餐厅。"绿坂夕依刚开口,电话就响了。发出沉闷响声的正是刚刚被塞进手提包的她自己的手机。

她重新取出手机看了下来电显示,自言自语说:"是Masaki先生来的。"在接电话之前她先站起身来,对女儿说"等一下",对小山内默默点了下头,快步向店门口走去。手提包就扔在座椅上。

……而从那时起,他好像回到了二十岁那年,又开始梦想那些不现实的事。小山内接上了刚才的思路。有朝一日,正木琉璃会变成别的年轻姑娘——比如像自己眼前的这个少女绿坂琉璃——她会来找自己发出讯号给自己。他一直是这样期待着等待着的吧。三角的婚姻生活到第七年破裂了。夫妻分手了,两人之间没有孩子。这不是因为听凭天意,而是三角并无意要孩子。要问为什么……

"Masaki 先生是妈妈事务所的经纪人。"绿坂琉璃对小山内说。

要问为什么呢,是因为他后悔结婚太早了。也就是说他是真心相信的。他相信正木琉璃会再次变成另一个人来到世上,她再次提到那句格言的时候一定会到来。是的,是再次。因为第一次是从仙台打电话过来的女高中生小山内琉璃。而且按三角的说法,小山内琉璃也像月亮那样死去了。既然像月亮那样死了,总有一天……

"给妈妈打电话的人。是 Masaki 先生。"

总有一天会转生回来。就像正木琉璃转生为小山内琉璃,给他打来电话一样,小山内琉璃也会有一天……给妈妈打电话的人是正木先生?小山内的思绪被打乱了,他也懒得说话,只是看着对方的脸。

"可不是正木琉璃的正木。汉字不一样。这个人叫真崎①,真崎是姓,他是我妈妈的经纪人。他也不是正木龙之介的亲戚,没有任何关系。"

"……正木、龙之介?"小山内不由得反问了一句。

"嗯。你没听他说起过吗,这个名字?"

---

① 日本人姓氏的正木、真崎的日语发音都为 Masaki。

"他？你是指三角君吗？"

"那从我妈妈那儿呢？前不久妈妈去八户时,没告诉你这些事吗？"

"什么事？"

绿坂琉璃没有立即作答。她给了小山内思考的时间,让他自己找到答案。

"正木龙之介……是那个女人正木琉璃、丈夫的名字吗？"

"什么,你不知道这些啊？"

小山内朝少女老实地点了点头。他只好点头。

"那,你想听吗？"

"什么？"

"八年前发生的事啊。"

这次小山内的眉头锁紧了。

他深锁眉头在思考。八年前发生了什么？

然后,他慢慢从喉咙里挤出了能想到的第一句话:

"八年前是你出生的时候。"

"嗯,说的就是这个。但还有比我的生日更早时候发生的事。我说给你听？"

"……"

"小山内先生,我妈妈打电话可是很长的。"

"什么？"

"她出去时说了'等一下',对吧？我们大概要等她三十多分钟吧。"

9

正木龙之介比小山内早五年出生,出生地是千叶县船桥市。

他在家乡当地读到高中毕业,后来考上东京的一所私立大学,作为建筑学系的优等生,同时又是一名橄榄球队员,在大学里度过了充实的四年时光。毕业时,如愿以偿被一家大型建筑设计事务所录取,过了两年就顺利拿到了一级建筑设计师的资格。

年轻时的正木身高一米八〇,体格强健,运动能力也很强。从小性格温和,双手灵巧。而且做事有韧性,记忆力也比常人好。他身边的人都认为正木说的话值得信任。因此,在大学的橄榄球队中尽情发挥了他的领导才能,工作以后,同期入职的同事们也都对他刮目相看。

在他还是一名设计事务所的小员工,正努力积累经验那会儿,有一天跟着前辈同事去了银座一家烟具专销店,在那里碰到了后来成为他人生伴侣的女子。据正木后来自己说,看到第一眼他就有了那种预感,但对方并没有觉察到这一富有戏剧性的好兆头。对她来说,正木只是每天需要面对的众多顾客中的一人,准确地说,是当天她接待的客人的跟班而已。

前辈同事挑选烟斗的时候,正木在他旁边周到地应和着,但同时不停地偷眼观察着那个佩戴"奈良冈"胸牌的女店员。看她接待顾客时应答得体,说话语调自然不造作,声音亲切柔和,遇到前辈说几句油腔滑调的玩笑话,她也总是稍露羞涩含笑不语;还有她从陈列柜取商品时弯腰的样子,给客人展示商品时一个一个摆放的手势,拿着付款单去收银台时走路的姿势。在接待顾客的那么长一段时间内，只有一次，在前辈低头朝下看的当儿，她涣散的视线透过窗户投向了外面的大街，或者说茫然地望向了远处。这个细节正木也没有看漏。

那百无聊赖的目光大概让正木觉得很少见吧，以至于他后来一直记在心里。直到有一次他选好了一句关键台词，郑重其事地对她说："我要把你带到外面去。"结果这话说得太唐突，人家没能领会意思。

"我想我能把琉璃小姐你救出去。"正木换了个说法，"跟我一起去外面看看吧？"

换了种说法也没见多大起色，她有点不耐烦了。

"你在说什么？"

这时候二人正面对面站在她家的公寓门前。她没去银座的店里上班正在家待着，正木突然就找过来了。尽管是大白天，她还是怀着防备之心始终紧握着门把手。

"说实话你并不想在那儿工作吧？从早到晚闻着香烟的味道，对客人要笑脸相迎，想到今后一辈子还一直要那样度过就觉得厌烦了吧？"

她盯着正木的脸没说话。正木并没有退却。

"我听说你病了，就过来看看。看起来你脸色还不错，我也放心了。你别那样板着脸啊，能不能让我进去，咱们聊一聊呗？"

说是来探病，这并非谎话；作为证据，这大个子男人手里捧着一个绘有香瓜图案的纸箱。

看到这些，她有点可怜起这男人了。他大概上午去了银座的店里知道自己没上班,随手买了打火机的打火石什么的,顺便又打听了自己的缺勤原因,还从接待的店员嘴里套出自己的住所地址,下午终于找到这儿来了。星期天的半天时间他就这样消磨掉了。

但是,绝对不能让他进屋。

在这之前二人在商店以外的地方从未见过面。

周六傍晚或是周日早上,他一个人到银座的店里买东西来过好几次。每次接待这男人的都是她,他的脸和名字早都记住了,因为最初带他来店的前辈是这里店长的熟人,所以他从事什么职业店里的人也都知道。她也知道周围的传言,都说那个帅哥建筑师喜欢的不是都彭打火机而是奈良冈小姐。不过也就是这些。就在不久前见面时,他正式递名片过来,并且好像要求回赠的感觉问了自己后面的名字,她只是回答说"叫琉璃",其余的话就装作没听见了。她没想主动去告诉他琉璃的汉字怎么写,这名字来源于什么样的格言。她没想要跟他建立熟悉无拘的关系。他递过来的名片背面手写着家里的电话号码,所以她就把这名片交给了店里管理顾客名单的同事,自己的手账里什么都没记下。

"对不起。"她微微地鞠了一躬,握着门把手的手上更使了一点劲,"请回吧。"

"啊啊,等一等。琉璃小姐……?"她最后听到了他在亲热地叫自己的名字,但还是毫不留情地关上了门。

在门里边她竖着耳朵站了一会儿,听到脚步声沿着走廊远去。

她原以为他应该不会再来了,自己让他这么难堪了一回,恐怕都不会到店里来了,后来就渐渐忘了这个人;结果到了下个星期的周六下午,他像往常一样出现了,在店里给自己的都彭打火机充了气,然后邀请奈良冈琉璃一起去吃饭。

她拒绝了邀请,但脸上并没有拒人千里之外的表情,更多的是意外和惊讶。所以她脸上依然挂着笑容,尽管是苦笑;而这也许让对方感到有机可乘,自那以后正木开始不断地要求——遭到拒绝了就乖乖退下,这点节制他还是有的——想在店外跟她见面。

对于正木的纠缠,她只是不失礼节地应付着。

两人的关系并没什么进展,他们之间那种不咸不淡的交流几乎变成习惯了。

有一天,奈良冈琉璃又偷懒不去上班了。

时候正值黄金周长假的假期中,这天早上她像往常一样去坐电车上班,刚要上车却发现自己的双腿不听使唤了。就是不想朝前迈。步履沉重就好像在水中走路一样。跟上次一样她呆立在站台的角落里,看着好几辆电车过去也没上车,最后她干脆离开了车站。这天天气不错,她就在铺着石板的广场的长凳上晒晒太阳,逛逛商店街,在书店里看会儿电影杂志,在附近儿童公园的沙坑里避开小孩玩了一会儿沙子。这期间,她跟任何人都没说一句话,转眼便到了中午,她回到了自己的公寓。这过程也跟上次的旷工休息一样。所不同的是,她这次忘了在车站用公用电话跟单位请假。

还有一点与上次不同的是,正木龙之介先她一步早已在二楼她家的门前站着了。

"嗨!"他举起一只手,露出了笑脸,"正担心你去哪儿了呢,店里的人也都在担心你呢。"

正木穿着一件贴身的Polo衫,仿佛在夸示自己不错的体格。穿外套大概有点热了,他把它脱下来拎在一只手上。手上再没别的东西。这次没带香瓜。当她的眼光落到这男人强壮的胳膊——有自己的两三倍粗——的一瞬间,脑子里闪过了一个毫无根据的念头。说不定自己心里有这种期盼,盼着这个人过来关心自己才无故缺勤不去上班的吧?

她自己最清楚当然不是这样的。她认为这是自己的毛病。从还是个孩子的时候起,她就感到自己心里潜藏着另一个不好的人格,总在唆使自己去做不该做的事。不要去上学,不要做跟别人相同的事,不要成为外婆那样无聊乏味的大人。就因为这样,在青森上小学的时候,还有六年级时外婆死了被埼玉县的亲戚家收留之后的中学高中时代也同样,自己总是被身边的大人们看作是有问题的孩子。

"你脸色看起来不错啊。"正木说了句跟上次一样的话。偷懒没去上班,却还要面对相同的无聊乏味。

她没理他,径直拿出钥匙去开门,这时正木在边上又说了。

"这附近有一家西餐店呢。"

刚思忖着他想说什么,谁知到这里还是照旧来邀请吃饭的。你回绝他,估计他也就立马走人了,真是不长记性。

"店内的布置比较简陋,不过放长假还在营业,这说明这家店有人气?还是正好相反呢?"

尽管并不想笑,但她还是忍不住笑了。鼻子里发出哼的一声轻轻笑了。

"你还没吃午饭吗?"

"嗯。你呢,琉璃小姐?"

"那家店是学生们去的地方呢。"

"是么?"

"都是些蛋包饭啦、油炸肉饼啦、肉酱意面之类。"

"哦,你还进去过?"

"还有可乐饼呀煎肉饼什么的。"

"我吃这些没问题。"

她突然心血来潮改变主意收起了钥匙。此时她没想到就这么一次心血来潮会要了她的命。

正值午饭时分,那家古旧的西餐店里人也很多,他们选了张靠角落的桌子对面坐下了,两人这是第一次正面对视着说话。这对正木来说绝对是求之不得的机会。他感觉不能错过这良机,抱着一定要拿下的架势,吃饭时从头到尾都是他一刻不停地在说话,从自己小时候的成长经历一直讲到现在,再对西餐店的布置也要吐吐槽,等到话题都说完了,他开始接二连三地问奈良冈琉璃各种问题。不知道是受到了对方的感染,还是饭前喝的那杯啤酒起作用了,等她回过神来,发现自己也一点一点地开始讲述身世。出生不久母亲就去世了。不记得母亲长什么样子。自己是由外祖母养大的。外祖母还说自己的父亲到东京去打工,后来就蒸发不见了。也不记得父亲长什么样子……

这本来是个沉重的话题,似乎会让二人的餐桌变得沉默,其实并没有。那是因为正木边点头边听她讲述,中间还不无炫示地拿出他的都彭打火机,给香烟点上了火。点火之前他用手指拨开了打火机外盖发出的清脆响声,听起来就好像装有饮料的两个玻璃杯碰杯时叮的一声,转移了她的注意力。外祖母死后,她由舅舅一家收养了。转校到埼玉县川口市的一所小学后,满口的津轻方言被人取笑……正木合上了打火机,这次又发出了像皮鞭抽打一样短促的闷响。

"真是可怜啊。"

"转校后倒不是被欺负了,最初别人只是觉得好玩儿。后来我也很快学会了这边的话。不说这个了,正木先生,你那个……"

"这个吗?"

"这打火机不该在这种地方用吧。在这种铺着廉价桌布的店里。"她吐了吐舌头,"虽说这是我自己卖给你的,毕竟嘛。"

"我有同感。可遗憾的是,我没有适合在这种地方用的打火机。是谁曾说过便宜的东西跟我不配呢。"

"是啊,我说了。我们就是要向顾客推荐最适合他们的商品。您有什么不满意的地方吗?"

"我很喜欢啊。所以不管在哪里都会用这个都彭。虽说换打火石比较麻烦,但也忍了,一直用着呢。"

"换打火石很简单啊。"

"我天生笨手笨脚嘛。"正木这里撒了个谎。

"那,你需要换打火石时就拿到店里来,我帮你换。"

正木把吸了几口的七星烟横放在烟灰缸上,眼角含笑喝了一口啤酒。

"那家店,你做不长了吧。"

"什么?"

"可能会被解雇。"

"……"

"过不了多久,一定会被解雇。你要是总像今天这样偷懒旷工的话。"

这人的这种地方就讨人厌,奈良冈琉璃心里想。很有自信似的,喜欢居高临下地说话。不过他说得恐怕没错。看着奈良冈琉璃不再说话默默想心事的样子,正木又拿起烟来抽。

"你这份工作是靠你川口的舅舅找关系得到的吧。要是被解雇了,你明天的生活就会成问题,不光这样亲戚们也都会不管你了吧。活在世上孤苦伶仃。这一来你可怎么办呢?就靠你那细弱的双手,你想独自一人过下去吗?"

"就算是那样,"她迎着对方的目光看去,"我也不会给正木先生你添麻烦的。"

"才不会添麻烦呢,"正木坦然地回答,"根本不是麻烦。我是说如果那样了的话,我可以帮你。我能帮你脱离困境。你会感谢我,你可以帮我换打火石,还不只这些,你还可以为我煎牛肉饼。也可以有这样一种结局啊,我期盼着呢。"

"……你这是在说什么呀?"

"你听起来觉得像什么?"

正木把面前的东西吃完了,捏着空盘的边,把它推到了旁边。

"你能做的吧,这种程度的东西?"

"你不要开玩笑。"

"我完全没有开玩笑的心思。"

正木然后一只手支撑在桌边上,身体往前倾斜过来,几乎要盖过整个桌面。

"琉璃小姐,你从刚才一直在盯着我看呢。你是想从我的眼睛里看出我说这话的真意来吧。你看我的眼睛,像是在开玩笑吗?"

他把脸凑过来,反过来盯着她看,这让她吓了一跳,那一瞬间又同时发生了两件事。正木粗壮的胳膊从桌子那头伸过来一把抓住了她的一个手腕,正从旁边经过的服务生大概光注意着正木的举动了,手里端着的银盆侧了一下,里面的盘子呀刀叉什么的哗啦一下全撒在了地上。

"我已经决定了,我是认真的。"正木不为那声巨响所动,"我要和你一起走过这一辈子。不管发生什么事,我也要拼命保护你。从第一次见到你那会儿起就是这么想的。"

当时她条件反射地甩开了他的手,血液一下子涌上了头,说了几句类似于"自己的人生自己做主"的话,起身便离开了,但是到了后来,她的手被正木握住时感受到的他的力量、他的强大手劲,还有手掌心的温度开始一点一点地对她发挥作用了。

那天晚上,她在自己才六张榻榻米大小的房间里度过了一个不眠之夜,不管她怎样克制,总有一些不太稳当的想法冒出来让她心烦。我也许对自己的人生感到无聊了吧。也许对缺乏变化的单身生活,还有每天两点一线去上班的重复日子感到倦怠了吧。也许已经疲倦了。也许正盼望着一种与眼前不一样的生活吧。不,也许从老早就一直盼望着吧,盼望跟一个能够依靠的像正木那样的男人开始新生活。

她最后甚至想起西餐店里正木说过的话,虽然搞不懂那是他的真心话还是玩笑话,但正如他所言,像那家店的那种煎牛肉饼自己也能做。为他煎牛肉饼?这种人生说不定也未尝不可。伺候丈夫吃完早饭送他出门去上班,晚上呢,又做好他喜欢的饭菜二人面对面地吃饭。这种新生活只要自己想要也许是能够实现的。再瞻望新生活的未来,她甚至隐隐约约地看到了自己手里抱着刚出生的婴儿的样子。在与自己的未来抗衡中,她输了,她看到了这样的蓝图,此时已到了星期一的早上。

这一天她也没去上班。彻夜未眠之后尽管走路脚下有些发软,她还是走到了车站,在站台上又看着几辆列车驶过,沿着跟前一次差不多的路线回到了公寓。第二天睡足了时间,身体并没有问题,却有一桩事让她伤脑筋:接连两天无故缺勤,该怎样跟店里交代?她在车站磨磨蹭蹭犹豫了半天,等到九点后打了个电话过去想探听一下情况,正好是一个跟她比较要好的同事接听的,对方一上来就这样问她:"你怎么了?身体不舒服吗?"她也不由自主地回答:"嗯,一会儿要去医院做检查。"回公寓的路上,她感到深深的愧疚,感到已经没脸去见店长和川口的舅舅了。

结果,从星期天到第二周的星期六,她有整整一星期没去上班。既然已经谎称身体不好,她就天天铺开着被褥白天也睡觉。如果有谁来探病的话,这谎言一下子就被戳穿了。这简直就是她自己巴望着被解雇。怎么会变成这样的呢?她能想起来的就是上周日下午发生在西餐店的那一幕,正木的大手覆盖住了自己的手,这一切就好像遥远的回忆一样,但在那一瞬间自己感受到了他手掌心的温度。也就是这一点了。

那个正木果然在周六下午来了。他按响门铃的时候,她已经叠好了被子,把浸透汗水的睡衣换掉,连妆也化好了。这些事已让她感觉筋疲力尽,她再也没有力气把这个男人赶走了。

10

婚后过了一年半,妻子仍没有怀孕的征兆。

为此正木龙之介感到很焦虑。他的人生中迄今为止,该到手的东西都顺利地到手了。二十五岁之前拿到了建筑师资格——如计划的一样。三十岁之前娶到了美女为妻——如计划的一样。再如果按照计划,他本打算今年的贺年卡上印上自己和妻子抱着婴儿的全家福照片寄给千叶和东京的亲戚朋友了。然而计划被打乱了。说不定连明年的贺卡也来不及印上吧。正木龙之介遇到了人生中的第一次停滞。设计图都打好了,但施工现场跟不上,工期要延误。打个比方,他面对的就是这种令人不快的着急。

妻子不能理解丈夫的焦虑。与年过三十的正木不同,她才二十五六,还不到着急生孩子担心不孕不育的年龄。若用一个词来描述正木琉璃的烦心事,那倒不是焦虑而是无聊乏味。早上烤好面包、煎好鸡蛋,等丈夫吃过早饭送他出门,晚上煎牛肉饼准备晚饭等丈夫回家。有时候也会换个花样早上做个酱汤,晚上煮个鱼什么的。但是每天要考虑做什么菜这一点上基本没变化。再加上这事还没法偷懒旷工。不知道这单调的日子到什么时候才是个头。

整整两年过去了,到了第三年正木夫妇的夜间生活也变得有规律了。丈夫一心想让妻子怀孕,一到周末,每个周五、周六的夜里他一定会压到妻子身上。有时候稍稍会打破规律放到周日上午来做,但过了周日下午一般就回避了,因为要为下一周的工作保存体力。妻子对丈夫的这种规律性也习惯了,一到周日深夜她就会独自泡在浴缸里休息一下,心里想着明天开始总算不用再被他狠命地揉搓乳房弄得生疼了。

可是到了下一个周五,疼痛的夜晚又来了。也并不是说丈夫的动作有多么粗暴,作为妻子她也在努力配合,尽量不让丈夫觉察到自己的不情愿;但是身体的反应是诚实的,她的胳膊和两腿不知不觉就紧张起来,于是丈夫就用力把它们举起来或者左右分开来,有时候还要涂抹一点唾液才能进入到妻子体内。这一来,她也能一时忘记疼痛不顾一切地搂紧她的丈夫。并不是说他们的夫妻关系出现不睦了。只是丈夫急切地想让妻子怀孕而已。丈夫还把这举动称作"创造新生命的行为",只是他为了达到目的所采用的手段难免让妻子略微感到了一种义务性。

到了婚后的第四年,为了保持体力正木开始去健身房锻炼。因为上司的忠告,他连烟也戒了。他有一个十分讲究方位风水的亲戚,听从这亲戚的劝告,他在高田马场找到了新居。那是一间位于公寓大楼转角处的房子,从卧室和起居室的窗户都能看到神田川。

搬入新居后最初的那个周末夜晚,也由于搬家累着了,正木琉璃没有答应丈夫的要求,背过身去了。她自以为好言好语婉拒了,但丈夫正干劲十足,并没有听到她的嘟哝。他抓住她的肩头把她的身子扳过来,三两下就褪掉了她的内衣,把全部体重压在她身上,让她动弹不得。就像在摔跤比赛中被对手双背压制在擂台上一样。丈夫不允许她投降退缩,还在不断地进攻,此时还头一遭说了一句含义暧昧却类似于责难的话:"你能不能配合一点?"她只是回答说:"人家不是说累了嘛。"

在新居的第二次是一个周一晚上。她本以为会等到周五,所以没防着这一招,结果搞得很狼狈,她像个小孩子似的挣扎着口口声声说"不要",但是丈夫已通过戒烟和健身体力大增了,他不答应她的任性。他把妻子抱上了床,更确切地说是把她强按在了床上,正木就是这样为了繁衍子息努力奋斗着。渐渐地她也不再挣扎任由他摆布了。

从那次以后,在正木琉璃的头脑中,跟丈夫的肌肤相亲就形同一次摔跤比赛。最初是相互之间无言的较量,一方去抓对方的手腕,对方要尽力甩开;到了中盘他会七手八脚地把她的身子翻过去或者把她的双腿夹住;最后她仰天而卧就像双背被压制在擂台上的摔跤手一样认输,发出一声叹息。这种只输不赢的比赛一次次地重复着,渐渐地她丧失了斗志。丈夫也注意到了这一点,感到她不足以成为自己的肉搏战对手。对此,她也十分明白。

比赛结束了,丈夫移开了身体,一骨碌躺到了旁边,这时候她似乎听到了他不满地咋了一下舌。实际上并没有这样,但丈夫从她身上下来时弄得床板咯吱作响的动作态度不免让她这样想。有几次正当她做好了迎战准备,丈夫却主动放弃比赛离开了,那时候床板发出的声响比较弱,取而代之的是一声深深的叹息在她耳边响起,这是她实际听到的。她强烈感到丈夫在暗暗责备自己:怪你没能耐,害得人家该起来的也起不来了;怪你太没用,连个孩子都生不出来。

一天夜里,丈夫默默地从妻子身上退下来时,吞吞吐吐说了一句话。他的意思是希望她能去妇科做一次检查。她没有立即作答,只是觉得光让自己去医院有点不公平;结果丈夫先发制人说他自己这边都正常。据他说,上周他去检查,今天拿到了结果。丈夫用手摇着她的肩膀问她,你会去的是吧?她只好点了点头。

那年五月,还没等她去做妇科检查,发生了一件不幸的事。

带正木到银座烟具专卖店的那个人,也就是那个为他们两人的相遇创造了机会的前辈同事死了。年纪还很轻,才四十几岁。她以前就知道丈夫很仰慕这个前辈,从他接到死讯时的悲伤样子以及葬礼上心灰意冷的神情中更是明白了这一点。

夫妻俩去死者的灵前烧香回来的晚上,丈夫连丧服都不换下一直垂头坐在床边,这让她不禁心生怜悯,于是——这在婚前和婚后都是头一遭——她下了决心,慢慢挨到他的身边主动邀约了一下。然而丈夫却没有这份心情。他冷冷地拨开了她放在自己两腿之间的手,似乎在说这样的夜晚别做这种没分寸的事。

这一晚以后,他们原本有规律的夫妻生活突然停止了。

这事一旦停下来,她倒是认识了一个事实,夫妻俩为了生孩子的试验活动虽说让人联想起摔跤比赛,也能给她平淡如水的日常生活带来些许紧张的情绪变化。丈夫不在家的日子里,她感到了比之前更加强烈的寂寞无聊。也正是从那段时期开始,丈夫几乎每周要去外地的建筑工地出差了,所以一周之内有两天时间她无须考虑饭菜的事,特别是周三周四让她感到时间多余不知怎么打发。为了消磨时间,她能想到的无非是读报纸,把早报和晚报的角角落落都看遍;还有散步、看电影;再就是在她称作汉字练习簿的笔记本上无休止地抄写"命"字,最后写得连自己都觉得这个字很陌生起来。

结婚前,她曾经怀疑过正木的真心。他那么执拗地追缠自己,其实并不是出于恋爱感情,而是为了他的自我满足吧?虽说他有一股做事不轻易罢手的性子,但与此不同,按一般的世俗眼光来看,他和自己结婚没有任何好处,他向自己这种孤苦伶仃没有靠山的女人求婚,难道不是为了满足他作为男人的自尊心吗?一个从小到大所有想要的东西都能搞到手的男人的自尊心。因为他不允许自己轻易放弃想要的东西。如果跟他结了婚,他的执着贪恋之心是否就会消失,他对自己的态度是否会出现一百八十度大转弯呢?

不过婚后的正木还是老样子。只是这次他不遗余力要"创造新生命"的做法让她手忙脚乱,同时也让她放心了。正木对自己的爱是真心的。大概因为骨子里属于体育会系①的男生,正木张口就会说出"我会誓死保护你"之类如同从电视剧里借来的台词,只要不管这一点,她对他也没什么不满。毕竟这是一个体格壮硕可以依靠的男人。然而,就是这么一个正木,他变得不爱说话了。在公司里他好像职位比以前高了,责任更重工作更忙了,但是一回到家里总是闷闷不乐的样子。那些张口就来的台词听不到了。不光这样,他好几个星期都没碰妻子的身体一个指头。不是说好两人要创造新生命吗?他不达目的不罢休的犟劲哪儿去了呢?她渐渐地有点不安了。

初夏的一天,晚饭的菜肴她准备了煎牛肉饼。

和前一天的晚饭内容一样。连酱汁的调味都没换一下日式、洋式的花样。她做好了应战的思想准备,丈夫要是光火了才好呢,自己也能说说他平时对自己的冷落,可是他只默默地端起了碗筷。她感到脊背发凉,同时还有悲伤,这让她内心失去了平衡。她眼泪扑簌簌地落了下来,下面这些话不禁脱口而出。你还在生气是吧?一直生我的气呢。就因为那天晚上,前辈葬礼的那天晚上的事吧?我知道你跟他感情深心里难过。是不是就因为那天的事?丈夫只是凝视着盘子里跟昨

---

① 指日本社会中从小学到大学特别重视体育社团活动的男子,他们为人热情开朗,具有行动力、忍耐力、竞争意识、强健的体魄,十分在意周围人对自己的评价,完全服从上下级关系,具有论资排辈的信条,很有女人缘。

天一样的胡萝卜配菜。

"因为我那天不知分寸,你还在生我的气是不是?你看不起我,就跟别的女人好上了是不是?"

丈夫放下了筷子,抬起毫无生气的眼睛看着妻子。

"跟别的女人好?"正木说,"我才不会做这种事呢。"

"最近经常有电话打进来呢。"

正木也没问是什么样的电话。

"一个奇怪的女人打来的。"

"可能是同学会的通知吧,我老家高中的。"

不知道他是真这么想的,还是随口应付,从他的表情上无从判断。你是小龙的老婆?小龙在吗?打电话过来的人语气很轻浮,当你问她,"你是哪位?"对方马上就把电话挂了。只有一次,在挂电话之前她报了自己名字说:"我吗?我是安格妮丝·林呀。"这种人是老家高中的同学吗?她很怀疑地问他,而正木却连连点头,自己承认了。只是他承认的不是与别的女人有染一事,而是自己在生气的事实,他看起来似乎刚刚注意到这一点,他这样承认说:

"是的。你说得没错。我的确很生气呢。"

"所以,人家不跟你道歉了么。"

"不是你,我在生八重樫先生的气。我气他什么都不跟我说就死了。自从那天晚上看过他的遗书,我这股气一直憋在肚子里呢。"

八重樫是那个自杀的公司前辈。八重樫的死对外宣称是不明原因的猝死,所以在葬礼追悼会上大家对"自杀"二字讳莫如深,她也是在丈夫打电话时在旁边约略听到一些情况,早有觉察,但表面上还是装作不知。不过遗书的事她还真不知道。直到此时丈夫跟她说起来,她才知道那遗书上只有一行字,字迹的确是八重樫的,但不知道这一句话是要留给谁的,而且是相当冷淡的一句告别语。

"那是真的吗?"

"嗯,千真万确。我是亲眼看到的,八重樫先生的遗书。我一看到,后背就起了一层鸡皮疙瘩。那不是神志正常的人写得出来的遗书。如果他当时神志正常,那他就是对死的亵渎。他那是对死、对所有的死、对人类的死进行的一种亵渎。不对,那遗书在亵渎我们这些还活着的人。在亵渎人类的生。不,应该说生死两样都占上了。哪一样都被亵渎了。他亵渎了地球上的人类的生死。我很生气。有这种遗书吗?简直是搞笑。他如果是认真上吊寻死的,就该好好向人类道歉。就该以死谢罪。妈的,他就这么死了。要是这样他就该来生转世,再死一回来赔罪。有什么好笑的,琉璃?"

"嗯,什么?"

"你刚刚伸舌头了,是不是?"

"不会啦。"

她拿起桌上的抹布擦掉了眼泪,只是听着丈夫怒气冲冲地从肚子里倒出一堆牢骚来。她已经不流泪了。但是看着丈夫突然发怒,涨红着脸一口一个亵渎呀人类什么的,她多少感到好笑。丈夫的意思是说对死不够尊重吧。他一定认为八重樫先生也愚弄了自己才这么生气的吧。

"你知道人死是什么样子吗?"正木的怒气刚有点平息,他又说开了,"不管怎样那都是很可怜的。我跟你说过我父亲的事吧。我父亲还没到六十就得胰腺癌死了。整个人都消瘦下去,皮肤变成茶黄色,就像一截空心的枯树一样断气了。这死的样子太可怜了,让人目不忍睹。但是在那之前他一直是尽力要活下去的。一个人活到最后,总是要死的。人类无论是谁都不能避免死的到来。我们还活着的人就要照顾他们,陪伴他们走完最后一程,这是做人的本分。人的寿命是珍贵的,可是八重樫先生把它给糟践了,随随便便写张留条,就好像出去游玩一天似的。这是亵渎。无论如何都不能原谅。对此我一直很生气。我刚才总提到的这个'亵渎'的意思是……琉璃,别伸舌头!"

"啊,对不起。"

"你明白我说的意思吗?"

"唔嗯,我知道你想说什么。"

"那你笑什么?"

"我没笑啊。我只是有点在意他的眼睛。"

"他的眼睛?"

"八重樫先生的眼睛。不是说他活着时候的眼睛,是现在,我在想,要是他现在看到你这样不知会怎么想呢。"

"嗯?"正木一时陷入了沉思。

"你看嘛,八重樫先生这会儿在哪里? 你也不知道吧。他写完遗书后就死了,这是事实,可后来呢?"

"你是说死去的八重樫前辈? 他这会儿在这里?"

"嗯。"

"别说傻话了。连你都搞得不正经了。"

"……我是说正经的呢。"

就算是八重樫先生也并没有死得不正经呢。人家也许并无意亵渎人类的死,只是对死以及死后的世界抱有强烈的关心罢了。他也许是为了更好地了解自己一个人的死,经过深思熟虑才选择了自死的呢。她的心里浮现出了这些奇怪的想法,但她已经闭嘴了。她觉得这些还是不说为妙,免得更加刺激了本已神经紧张的丈夫。

"八重樫前辈已经火化变成灰了。你也一起看到的吧。人死了,最后就是那样完结的。不管他写什么样的遗书,死了就是一把骨灰。"

"是啊。"

"你说的眼睛呢?"正木又提了一遍,他转头四下里看了看,然后对妻子缓缓地摇了摇头,一副嘲弄的神情,"人都死了,眼睛在哪儿呢? 真是个傻女人。"

她俯下脸去,隔着桌子听到了丈夫咋舌的声音。

"把酱汤再去热一下。"

她听从丈夫的吩咐,端了酱汤碗就站起来。

"还有呢。"丈夫带有责备语气的声音从身后追了过来。

"还有呢,我说,你把你那个伸舌头的毛病改一改。你自己也许注意不到,我老早就发现了,一直想告诉你的。又不是孩子,看着不成体统,改掉这毛病。在我面前不许再伸舌头。"

她没回过头去,只是叫了丈夫一句。

"老公。"

"……什么嘛?"

"你同学会通知的事。你不在家时如果又有电话打来了,怎么办呢?"

"你别管它,这种事。"

"你能不能跟对方说一下,让她别打电话了。"

"……"

"还有一件事。"

"还有什么呀。"

"你每周的出差要到什么时候才结束呀?"

"要等正在施工的桥梁架起来才完吧。别问这种愚蠢的问题。"

要在哪里建多大的桥梁,丈夫不再多说这些,总之后来,自夏入秋他的出差更加频繁了。在妻子这边看来,丈夫借着出差的名目在外面过夜的次数越来越多了。

丈夫即使回到家里,依然不爱说话,之前让她"去妇科做检查"一事也就搁置不提了。结果,初夏那天,在晚餐桌上吃着和前一天同样的煎牛肉饼,两人说过的话竟然成了夫妻之间比较像样的、或者说相对长一点的、总之是最后一次对话。

十二月过了一半,就在妻子被电车撞死的这一天,正木龙

之介难得下班后径直回了家,他回来时大概妻子刚出门,他看到了放在餐桌上的留条。上面写着:

安格妮丝·林小姐来过电话。
我今晚不回来。

他知道第一行的"安格妮丝·林"是谁。那是他老家高中时的女同学,以前在银座的夜总会做过陪酒女郎。现在已回到了船桥,开了一家小店。说白了她就是正木在外面的女人。除她之外没人会打电话过来还自称是"安格妮丝·林"。

很久以前,她还在做陪酒女郎时正木去过她的公寓,她给他看了相册,并指着二十岁前后的一张泳装照说:"你看,是不是有点像安格妮丝·林?从脖子以下。"正木听不出她这是炫耀还是谦虚,只是回答说:"对哦,我以前也很着迷安格妮丝·林的性感写真呢,其实我真正喜欢的类型是像安格妮丝·林那样的,不,是像你这样的丰满型女人呢,至少在遇到我妻子之前是这样的。"他说了一堆多余的话,结果对方马上就说:"就是嘛。男人都是这样的吧,往往会选择跟自己爱好的类型相反的女人结婚,着急忙慌地结婚,然后才注意到结错了,就是傻呢。不过小龙,小龙你还来得及呢。再说你也没有孩子,还比较自由呢。只要你自己愿意,你还随时可以选择安格妮丝·林啊。"从那时开始,在两人之间"安格妮丝·林"自然而然就成了"妻子"的对义词。

这家伙居然往我家里打电话!正木感到有点不快。跟她

说过别往家里打,她居然又打了。最麻烦了。这女人是故意给人找别扭呢,真是的!不过他先不管这个了,而是看到了留条的第二行:

　　我今晚不回来。

　　这一点才是让正木担心的。妻子这样正式告知之后究竟会去哪儿呢,在这十二月的寒夜里?她有什么事,到哪里去了,晚上要住在哪里?难道她有住宿的地方吗?

　　好几个月以来他都没管家里的事了,所以妻子究竟会去哪里,正木全然不知也毫无头绪。

　　不管怎样先填饱肚子要紧,他叫了一份盖浇饭快餐。来送餐的面店大叔对他说:"外面可冷了,感觉快下雪了。"

　　正木一边吃饭,一边时不时瞟了两眼妻子留下的字条,吃完之后他决定泡个澡。

　　他给浴缸里放上水,同时整理好第二天出差用的资料和换洗衣物装进包里。

　　还有时间多余,他想明天也许还会跟妻子回家的时间错开,自己索性也给她留个字条吧,他拿起笔在妻子的留条背面开始写字。

　　等我回来好好谈一谈……

　　刚写几个字,就写不下去了,抬起头视线开始游移,忽然看到了窗边的架子上放着一个空的彩色玻璃制的花瓶,他还注意到跟花瓶并排立着一个都彭打火机。

他随手拿起来把玩,一打开就冒出了青色的火焰。自己戒烟后这打火机已不用了,大概是妻子又给它冲了气体吧。他用拇指弹开顶部的盖子,点火后又关上了。听着打火机弹奏出的清脆声音,他久久注视着蹿起来的火苗。现在正木自己做着这个百无聊赖的动作,想到妻子是不是每天反复在做这同样的动作,不禁心生同情。正在同情的时候,又有一抹不安掠过了他的心头,说不定明天妻子不会回来。不,妻子说不定不会再回这个家了。

差不多就在此时,家里的电话响了。

是警察局打来查验身份的电话。说是地铁事故中出现了死亡人员,从死者携带的包里找到的文书资料上写着你家里的地址,还有好像是你太太的名字。

正木惊得脸都白了,脑子里一片混乱,电话那头的男子说的话有一大半他没听明白。对方说的是"事故",但他自始至终想到的是另外一个词,无法从大脑中抹去。我妻子死了吗?正木问对方。男子说,想请你过来确认一下。正木仿佛没听到这句话似的,继续问他:是自杀吗?

正木龙之介的人生发生了变化。

一年之内他失去了身边的两个人。

一个是赏识自己的能力经常提携自己的前辈同事,另一个是带到人前也很长面子的漂亮妻子。

而且两人都好像在嘲弄死亡一样,留下了胡言乱语般的遗书,从正木眼前突然就消失了。至于妻子,她实际上并没有遗书而是只有一张留条,她的死应该不是自杀而是死于事故,但是在警察打来电话的那个晚上被告知妻子死讯的瞬间,根据突然产生的第六感觉,正木认为妻子的死跟自杀差不多。妻子写下"安格妮丝·林小姐来过电话。我今晚不回来",后来就死了。她在人生的最后一天想对丈夫说的也就是这些。是我妻子死了吗?是自杀吗?这个男人用颤抖的声音问电话的那头,这声音就是正木自身的声音,但对于这声音的记忆过了很久以后还一直萦绕在正木的耳际。

正木完全变了个人。

因为他迄今为止的人生太风平浪静了,连点小波小浪都没遇到过,所以拿一条船打比方的话,这一次他仿佛就是连遭两次暴风雨的遇难船只。先是遭遇前辈同事的自杀,总算挺过去了;而妻子的横死则给了他致命的一击,他受到的创伤已让他无法继续航行。他第一次切身领悟到了人世的虚幻无常。

简单地说,无论什么他都感到没有意义了。

从那年的年底开始,正木就一直待在船桥的安格妮丝·林家里了。

到了新年他也没回自己家。他把所有的精力都倾泻在女人身上,过着窝囊不堪的日子,连胡子都懒得剃一剃。一天天这样挨着日子,渐渐地他连上班都不想去了。这样的正木让人看不下去,于是女人多此一举想要激励他一下,想方设法地把他往外带。最后她硬拖着他去的地方是赛艇场和赛车场。平生第一次沾染赌博的正木应和了新手有好运的说法,他赚到了,但这反倒加速了他的自甘堕落。

管它呢,过一天是一天吧。正木的酒量见长了。照此下去毫无疑问情况会越来越糟糕。他并非完全没注意到这一点,而是注意到了却装作视而不见。也就是说世上多了一个自我毁灭的男人。老家的母亲听到了风言风语就打电话过来,但正木却装不在不接电话。周围都在为他着急,他自己始终满不在乎无关痛痒的样子。

一月底的某一天,公司的上司特地来到船桥,当着女人的面跟正木谈了一次,问他还愿不愿意回公司上班。这正因为对公司来说他是个不可多得的人才,然而正木的答复不是那么干脆利落。在职场中比任何人都优秀的这名部下,如今穿着变了形的旧运动服,还有他黄浊的白眼珠都给上司留下了强烈的印象,最终上司提出可以对他一次特殊待遇,当然这是事先在公司里决定好的非常规解决办法。那就是以养病为理由的暂时停职,期限到春天为止。上司回去时,正木送他到外面,他也没正眼看正木,只是叮嘱说:"你要跟那女人分手。只要那女人在,你会被毁了。"

到了二月,那女人怀孕了。这是她的第二次怀孕。她的第一次也正在正木努力想让妻子怀孕的时期,所以好说歹说让她堕胎了。这要是妻子怀孕该多好啊!正木还会梦想一番。只要妻子怀了孕,后来那些乱七八糟的事都不会有了。那个时候稍稍再坚持一下,竭力劝妻子去做妇科检查就好了……

正木只是注视着远处不停地抽烟,女人看到他这样就有点不耐烦了,越发拿尖刻的话来讥刺他。被说得实在烦了,正木一把就甩开女人的手,借着势头爆出了几句连他自己都感到惊讶的恶言恶语。都怪你!你这个臭女人,哪个是安格妮丝·林!你不就是个胸大脑残吗!你居然给我老婆打电话,都怪你做的好事,一切才变成这样了。你要负责!谁知道你肚子里的孩子到底是哪一个的。打掉它,马上给我去打掉。面对这个靠打架绝对无法取胜的大男人,女人被他破口大骂一顿之后也只好委屈地哭泣。

正木开始独自去赛艇场了。夜里也经常流连在船桥的各种酒吧小店里。赚到了他会大把花钱请客,身无分文时就赊账喝。赊账太多店里不让喝了,他就跑到自己女人的店里大吵大闹要人家对他落到这种地步来负责。

他自取毁灭的日子已经看得到了。三月的一天夜里,他哄骗了一个还不到二十岁不谙世事的陪酒女,跟到了她的住处,结果撞到了人家本没说要来的男友,场面就紧迫了。两个男人大打出手,警察出动,安格妮丝·林也被传唤到了。最后以赔偿对方医疗费和伤痛抚恤金为条件平息了事态,但正木非要把责任推给女人说"这也都要怪你",所以掏出一大笔钱的还是安格妮丝·林。想想不久就要出生的孩子,总不能让他有一个犯有前科的父亲,她也只好忍下了。

然而正木的浪荡行径并未停止。他甚至若无其事地从女人的钱包里偷偷抽出钱来花。女人发觉后就来说他,他一把挡开女人,确切地说是猛地推开她,拔脚就去了赛车场。女人一下子撞到了厨房的水槽上,她为了护着身子,都没注意到自己的左手无名指和小指骨折了。后来去医院接受了治疗,回家后尽管天气不冷,她穿着厚衣服还是感到身上发冷,于是卧床不起了。不幸的是过了不久,肚子里的孩子也掉了。女人的忍耐已经到了极限,此时她也没什么顾虑牵挂了,就迅速地转换了脑筋,正言要把正木从家里赶出去。同时她还要求他支付一大笔赔偿费。

我说你啊,真正还是喜欢那种细瘦的吧?女人举出跟那个十几岁的陪酒女发生的纠纷来指责他。你还一直记着你那个死了的老婆吧,被我说中了吧?你不是满口夸过我的胸吗,怎么到头来都到了船桥还去挑那种平坦单薄的?那种女人一抱就好像要折断,你是不是喜欢这感觉啊?和瘦弱的女人玩激烈的是你的口味吗?算了,这都无所谓了,我反正看透你的本性了。来,这是医生开出的诊断书,该赔的你得赔我。

女人的身后站着两个青年,很明显就是那条道上的人,眼神凶狠,似乎已经忍不住要打哈欠。如果赤手空拳跟他们干,也能镇得住这两人,但正木已经没有这样的求胜心了。更何况其中一个青年时不时抬手看表,故意露出上衣内侧口袋里装着的危险家伙。所以趁着还没见血,他只好在保证书上签字盖章了。

进入四月份,停职的预定期限就要到了,许久没联系的正木给公司打了个电话。目的是为了向公司预支退职金。因为身上的赌博癖好和要给女人支付赔偿费,他的积蓄已用得一文不剩,不够部分还问老家的母亲要了。

正木想预支的并不是指马上辞职的退职金,而是等到退休时可以拿到的退职金;但是公司方面认为他的哪一种想法都是疯狂的。这一来,原本赏识正木的上司也没了办法,等停职期限一到,立即办理了解雇手续。

就这样,正木在妻子死后不到半年,他的人生就到了穷途末路。

他只得投靠了船桥的老家,那里还有他母亲和一只爱猫靠着父亲的遗属养老金节俭度日,他的老家是一间二层的旧房子,他除了待在那里已经无处可去。

11

浪子回头需要花时间。正木花了好几年才恢复了正常的社会生活。

他终于又找到了一份工作,但这也不是他自己洗心革面不断跑职业介绍所的结果,而是全靠他母亲不懈努力找关系才得来的。

正木他只是过腻了游手好闲的日子而已。跟母亲讨要几个零花钱去小赌一把,在小酒馆因为欠人家几千日元的酒钱遭人白眼,跟家里那只老态龙钟的猫一起玩儿,捉几只不小心闯进院子来的四脚蛇、知了什么的,对于这一切他都已经腻烦了。他有时一天会喝干一瓶威士忌,这威士忌的空瓶也看腻了,母亲的唠叨也听腻了。但话又说回来,他也没有能力搬出去住。因此,即便他不是心甘情愿,即便有点不乐意,也只能听从母亲的安排。而这不太乐意的安排,结果碰巧倒是好的。

母亲看着儿子完全变成了徒有一副好身板的废物,便不停地来激励督促他;同时她还翻出丈夫在市政府工作时的旧名片册来,找出一些老熟人,让他们帮忙给儿子——那个上小学时曾被誉为神童,后来年纪不大就拿到了国家建筑师资格的儿子——介绍工作。春夏秋冬,尤其一到季节转换的时节,她就会坐立不安烦躁不已,提着点心盒到处拜访她亡夫的那些熟人们。然而,这种当事人自己不参与的就职活动是很难见到成果的。不管母亲怎样低声下气地去求人,关于她浪荡儿子的风言风语总是很快就传出去了,人家只要还记得这些风言风语,那么过去的辉煌和荣誉就根本没什么用。

最后向他们伸出援手的是市内一家从事土木建筑房产中介的老牌公司,挂的招牌是"小沼工务店",这还是正木原来所在公司的下级承包商,所以这儿的老板当然是听说过那些不良传闻的。不过,给牵线搭桥的人是现任老板的父亲,即公司前任老总时代就要好的关系户,所以要是不做个样子给个面试机会,于人情上交代不过去。公司老板做好了思想准备,他想着正木龙之介会会是怎样一个死气沉沉的人,但把人叫到事务所一看,发现这个四十来岁的大个子男人性格还是比较爽利,脸上笑容可掬,穿着也十分得体。

他的身板可不能小觑。在施工现场,他应该能镇得住那些身穿劳动服的木工泥瓦匠。再加上人家还是一级建筑师。他也有身份保证。在市内有一处老房子和母亲同住,也算是当地人了。妻子死了之后一直过着单身生活。你有什么爱好吗?会不会去玩赌博呢?老板装作一无所知的样子问他。不过他回答得倒坦然,说:"明知要输掉的,不会傻乎乎地下手。"又说一度喝坏了肝脏,现在正在戒酒。也不抽烟。近期也为了恢复体力,把附近的孩子们召集起来在教他们玩橄榄球。

他说的如果都是实话就好了,凡事要敢于尝试吧。

老板这样想着,就换成了正式面试的口气问他:"你愿不愿意在我们这样的地方工作呢?"我们公司是不架桥不盖高楼的,最多接受一般住房的施工订单。像一些旧房子的厕所厨房的改建啦、主要是用水设施的修缮、马桶换新之类都要做。你看怎么样?

正木没有犹豫。他没有这样那样的想法。他要是认真起来就是这样。他来的时候就抱着被录用的打算,所以有这样的反应也属正常。

他的自尊心并没有完全丧失。当他穿上了久违的西服打上领带,和别人这样面谈时,他感到了年轻的热血在全身流淌,就像以前在公司工作时一样。

"当然愿意。"他回答说。然后他环视了一圈这个公司总经理办公室,边上没有其他什么人,他脸上显出浅浅的笑容又加了一句:要是一直像现在这样,不光是我母亲,恐怕我那死了的妻子也会难过的。

就算不是什么架大桥建高楼的大工程,只要能保持认真的工作态度,正木龙之介还是不愁没有用武之地的。无论是体力还是动手能力,还是记忆力,更重要的是他的专业知识都在公司其他员工之上;而且这个大个子男人还抢着做事,要么搬运建材要么收拾施工现场,他勤勤恳恳做事的样子让大家都喜欢上了他。进公司还没多久,他的能力便得到了证实。无论在事务所还是施工现场,无论是谁都愿意听一听正木的意见。公司老板很得意,感觉自己挖到了一个被埋没的人才。那些不好听的传闻已经完全被破除了。

从那以后将近二十年时光过去了,正木依然在小沼工务店工作,已经是老员工了。他不光是资格老,如今俨然是老板的左膀右臂。

公司的老板已经换成第三代了。

正木进公司时面试他的是第二代,现在这个是他的儿子。正木五十八岁了,新老板年纪比他小,在公司里十分敬重他。在房产中介这块业务上且不说,在建筑施工现场他是可以随便发表意见的,无须顾忌任何人,而且他还经常出入事务所旁边的老板私宅。

第三代老板有一个原来做小学老师的妻子和一个年幼的女儿。这妻子从一个完全不同的工作环境嫁过来,所以她有事没事也总找正木帮忙,而最喜欢缠着正木的是她家的女儿。女儿名叫 Nozomi,汉字写作"希美"。

从她还不太会说话那会儿开始,希美一看到正木到自己家里来就会很高兴。遇到她不开心不听话时,只要正木一哄她就变乖了。老板娘对此感到很奇怪,她爸爸也哄不好我也哄不好,怎么就听正木先生的呢?渐渐地会说话了,小女孩要么把正木叫做"侬之介",要么把他叫做"荣之介",总会惹得周围人哈哈大笑;而等她到了能够正确念出"龙之介"发音的年龄,念叨这个名字又成了她喜欢的游戏,所以她总是不停地叫着"龙之介先生、龙之介先生",跟在他的身后玩儿。

龙之介先生,你体重是多少呀?身高多少呀?龙之介先生,明天放假你会做什么呀?龙之介先生的家在哪儿呢?龙之介先生的爸爸妈妈几岁了呀?龙之介先生,你怎么不跟我一起吃晚饭呀!如果正木被叫去和他们一起吃晚饭,那么他一坐到餐桌边上,邻座的希美便一刻都不会安静了。她会大口啃着煎肉饼,连盘子配饰里的蔬菜都会吃得津津有味,中途还会忘了咀嚼转过头来说:"我跟你说啊,龙之介先生。"有一次嘴里的东西堵住了喉咙,让她透不过气来,正木急忙拍她的后背让她吐出来,过后这孩子又被她妈妈责备,结果哭闹收场。

有时候正木也会去幼儿园接她。女孩非要他参加幼儿园的游园活动,于是他就跟着她的家人一起参加。老板忙着打高尔夫什么的应酬,他有时候就让正木代他开车带母女俩去动物园,顺带就在动物园陪她玩半天。别的时候他还带她去兜过风,因为希美一定要去,他就让她坐在小货车的副驾驶座上,办完公司业务后去兜风了。回家路上还给她买了冰淇淋。

他们的车子停在路边,吃着冰淇淋两人还说了些秘密的话。希美所说的秘密是关于她的名字。她说:"希美吧,其实是不叫希美的。"

"嗯?!"正木看着副驾驶座上的希美。

"希美真正的名字可不叫希美哦,这可是秘密。"

"真正的名字?那是什么呢?"

"是妈妈想给我取的名字。"

"……是么?"

"可是爷爷,还有爸爸都反对,所以最后才取了'希美'。"

"是么?原来是这样的啊。"

"小亮说希美和他奶奶的名字一样。小亮的爸爸的妈妈,据说就叫'Nozomi'奶奶,汉字的写法不一样。"

"小亮是谁啊?幼儿园的小朋友吗?"

"嗯。小亮的爸爸是开电车的。"

"是电车司机吗?真的吗?"

"希美,说真的还是不要叫希美的好。"

这里他们的对话中断了一会儿。

希美吃完了冰淇淋,开始咔嚓咔嚓地咬外面那层甜筒外壳,于是正木便问她:"要不再吃一个?"只见希美重重点了一下头,他就打开车门朝冷饮摊走去。希美也下了车,紧跟在他身后。

"……我说龙之介先生,你能守秘密吗?"

"能啊。"正木边掏出零钱边回答。

"我妈妈呀,那时候有人托梦给她呢。希美还在妈妈肚子里的时候,她听到希美对她说,真正喜欢的名字是'琉璃'。可是我爷爷反对取这个名字,爸爸也不敢违抗爷爷,于是呢,希美就叫希美了……"

正木听到希美的声音从身后传来,"……妈妈说这件事是家里的秘密。"

这时,冷饮摊的老太太正要把盛好冰淇淋的甜筒交给正木,而正木忘了自己伸出的另一只手上还攥着一百日元,卖冰淇淋的老太太只好用力从他手里抽取出了那枚硬币。

正木非常缓慢地转过身来,他好像第一次看到这个孩子似的,仔细地端详了希美的脸。然后在希美跟前弯下身来。希美接过冰淇淋,伸出舌头就舔起来。

"你说真正想取的名字是什么?"正木问她。

希美不解地歪着脑袋。

"你刚才不是说了吗?你妈妈在梦里听到的那个名字。"

"你是说希美还在妈妈肚子里时,要求妈妈给自己取的名字?"

"对,就是那个名字。"

"叫琉璃呢。"

正木找不出应答的话来了。

这个少女刚刚说出了自己过世的妻子的名字,这会儿却专心一致地舔着冰淇淋。她的长发被编成辫子垂在左右两侧。这是个喜欢打扮自己却还需要母亲帮忙的少女。这孩子告诉自己她的秘密,这里应该没有别的意思。就像她所说的一样,名字相同,这是偶然的巧合。正木把手放到了希美的头上。犹豫了一瞬之后,他直接碰触到了她的头发,沿着她的后脑勺抚摸下来。这个动作他重复了好几次,但希美并没有显示出讨厌的样子。正木慢慢恢复了笑容。他自己并没注意到,他笑得很开心,眼角堆起了深深的笑纹。

那个时候,与其说他把名字相同看作是巧合,不如说正木凭他的第六感觉接受了这事实。这并不是说他相信了托梦取名字的事。虽说并不相信那是真的,但是很久以来存在他心里的一个谜团——自己并没有被亲近的资格,而希美却那么愿意亲近自己,为什么?——现在终于因为这个偶然的巧合让他想通了,这也是事实。"琉璃,是吗?"正木小声嘟哝了一句。

"那可是要用汉字写的呢。希美不会写,太难写了,爸爸也不会写,妈妈说她现在还会写。"

就是琉璃。正木相信一定是这么写的。他之所以感到自己没有资格、不配被希美亲近,是因为他曾经让外面的野女人两次怀了自己的孩子却又把他们打掉了,而且还因为这个野女人,让自己的妻子年纪轻轻却无法怀上自己的孩子,最终还把她送上了死路。希美一定是上天给自己的饶恕。正木深信不疑。这个孩子代表着饶恕。这个孩子是命中注定会在我的人生中出现的。可以说她就是我在人生中失去了的那些生命,是他们的来生转世……从后来发生的各种事情来看,他的这种想法只能说是天真的幻想,但当时正木真的是这么认为的。

"可是,这是个秘密呢,你可不能对别人讲哦,龙之介先生。对我爸爸妈妈都不可以。"

点点头是很容易的。

"那好,你再给我买一个冰淇淋吧?"

这个女孩出生的时候差一点就被取上和亡妻相同的名字了,她——说起来长得并不像她父亲,她父亲是双眼皮五官凹凸有致,而她继承了曾经当老师的母亲的遗传,脸部平坦缺乏阴影,单眼皮的眼睛有时候看起来似乎没睡醒的样子,总之相貌是不那么靓丽的——但此时她在正木眼里显得从未有过的光彩照人。若不是有冷饮摊的老太太在旁边,他都想紧紧地抱住她流下热泪了。

回家后,希美拉肚子了,正木向老板娘赔了不是。老板娘这边这时候也真有点急了,感到正木不跟家里打招呼就把女儿带出去两个钟头这事不能不管,于是到了夜里跟丈夫说出了自己的担忧,"不会有问题吧?"

"什么呀?"

"你还问我什么,"希美的母亲稍稍说得有点隐晦,"你想嘛,正木先生都这把年纪了,他又是单身。"

"喂喂,你等等。这不是正木先生要带她出去,是希美想跟他去的呀!"

"当然是这么回事,可是……"

"你不要瞎想了。对人家正木先生多不好啊!"

正木自然不知道老板夫妇之间有过这样的对话。

希美也不知道,第二天又跟没事人一样依然喜欢黏在正木身边。

到了第二年,希美七岁了。

上了小学没几天,她身上发生了异常情况。

五月的连休假刚结束,一天早上一家三人正在吃早餐,希美突然停下了筷子。她细细的眼睛比平常眯缝得更厉害,一副迷迷瞪瞪的样子,身子不停地晃动,嘴里连连喊热。似乎热得快要冒出火来。父母不明白她为什么会这样,还在边上问她怎么了,这时希美已经晕过去,从椅子上滑下来,手里还拿着筷子。大人赶紧把她抱起来,母亲用手掌在她额头试了试,发现很烫手,不由得大惊失色。事情闹大了,也惊动了住在隔壁的祖父母。就在当天,她祖父托一个相熟的医院院长办妥了入住那家综合医院的手续。

这是一次原因不明的发烧。连医生也说不出原因。这并不是因为感冒加重了,也不是因为传染了流感或者自身中毒。验血的结果,数值上也未见异常。然而一量体温,接近三十九度,希美躺在病床上,呼吸有点艰难。过了一会儿,有些神志不清了,嘴里嘟嘟哝哝说起了胡话。

希美的祖父跑到院长室里,强烈要求医生给点救治措施。院长把希美的主治医师叫来了。这个小儿科医生已束手无策,他查找了很多医学书和研究论文,但是并无法确定原因,也就不知该怎样治疗了。父母和祖父母都在病房里守着,一家人全体出动,忐忑不安地眼睁睁看日子一天天过去。

住院到了第四天,这时希美一下子恢复了正常。早上护士来量体温,惊讶得几乎叫起来,她发现希美的病情发生了大变化。体温已下降为正常体温,神志很清楚。大量出汗的症状也完全消失了。护士又检查了一次,还是没发现任何异常。

出院后的希美回到了跟以前一样的日常生活。她又每天背着爷爷奶奶送给她的新书包去上学,落下的功课由她母亲辅导很快就赶上了。跟小亮他们那些好朋友的关系也没受影响。课外学习的钢琴和游泳照常一周两次去上课。希美的身体不用说,她的性格以及行为举止上面也看不出什么因住院引起的后遗症,一切跟往常一样。才过去一个月,连她父母都差不多忘了希美那次奇怪的发烧。

希美的异常连医生都查不出原因,但最早注意到这一点的却是正木。

出院那天下午,正木来到老板家里,他包了一个祝贺康复的红包,还带了专门给希美的点心。那是他特地开车到那家在当地商业杂志上评为最佳人气西式糕饼店买来的传说中的布丁。

希美当时在二楼自己的房间,听到母亲叫她,就脚步轻快地走到下面的起居室来,那是一间与餐厅相连的起居室。

然而,当她由过道走进起居室,才迈了一步、两步,她就站住了。因为她抬头看到了正木正从沙发上站起来。

两人的视线相交了。

很快,她的双眸扑扑发跳般地抽搐了一下。正木眼里是这样看到的。母亲并没注意到,但她也发现女儿面对跟前站着的正木,好像有点不认识他似的。她感觉女儿在努力回忆这个人是谁。

"希美,你怎么啦?你看,龙之介先生给你买布丁来了呢。"

"……噢。"她仿佛认出正木来了。

但她突然转过身来,朝着母亲的方向走去。

"妈妈,希美还是想回房间继续看书呢,可以吗?"

"可以啊,可是布丁呢,你不吃吗?"

"一会儿再吃。"

她没理会站在那边的正木,径直跑回了二楼。在正木看来,她并非漠视了自己,而是刻意装出的漠视态度。看到女儿不理正木,母亲大概为了化解这尴尬场面,她噘起嘴做了个笑脸。

此后又过了几天,他在事务所前面正巧碰到了放学回家的希美。想想她出院当天对自己的态度心里不免有些不满,所以正木似乎为了消除那股怨气,他故意用自然平常的语气跟她打招呼说:"今天放学早呢,是要去上钢琴课吗?"

两人的视线相交了。

这次她没有漠视。希美回答了一声"是的",然后垂下眼帘快步从正木身边走了过去。诚实又简短的答复。她的反应只有这一句。要说这符合一个小学生的回答方式,的确也是,不过这让正木预感到了一种深深的忧惧。不知不觉中希美跟自己拉开了距离。她在不断地疏远自己。

在希美出院回家后的一个月内,他的这种预感越来越强烈了。

接着又发生了一件给他的心情雪上加霜的事。

那一天,正木在车里看到了放学路上的希美。她正和她的小朋友一个男孩子在一起,两人站在人行道上说话。正木把车往路旁靠了靠,摇下驾驶座一侧的车窗,喊她:"希美!"

她的肩膀抖了一下,转过头来。

"要我送你回家吗?"正木问她。

大概停顿了一拍,她脸上露出笑容,摇了摇头。

"这是你的朋友? 小亮吧? 你们俩都送,快上车吧。"

她再次摇了摇头。

然后她脸上的笑容突然消失了。就好像她已经不耐烦做出笑容了似的,变成了一脸正色,又转身面对了她的小朋友。她转过身去背对着车子的那一瞬间,她板着的脸、没睡醒似的单眼皮中流露出的冷漠无情让正木感到不寒而栗。

这也许只是一瞬间看走了眼吧。

车子停在一条单向行驶且车流并不多的马路边上,他想下车走到希美身边也很容易。但他不能这样做。他感到如果这样做了,自己会遭受到更严重的打击。

正木心里怀着阴郁的预感,发动了车子。

并没有看走眼。他紧握着方向盘的手心里全是滑腻腻的汗水。他把两只手交替着在裤子上擦了擦,他感到这事非同寻常。希美的母亲曾经亲眼目睹过女儿对正木的冷淡态度,她也曾做过各种解释让他别往心里去,说希美已经上小学了,很快也要长大成人,目前是比较难相处的阶段等等,这也算是对正木的劝慰吧,但正木的想法不一样。他总觉得那孩子身上正起着某种异常变化,这变化无论对于当过小学老师的母亲还是自己来说都是不可知的,是超出周围大人们想象的异常变化。

而且事实上,当他慢慢地将车开回路中央的行车道时,正木最终看到了他不该看的一幕。

正当他从驾驶座一侧的车窗向人行道投去恋恋不舍的目光时,希美也正好扭过头来瞥了一眼正在发动的正木的车。她的嘴角浮现着一层淡淡的笑。

正木不懂她的笑是什么意味。然而场面并没有就这样结束。在下一个瞬间,正木惊呆了。他看到她冲着他吐了下舌头,从那微微放松了的双唇之间。

正木自然是记着亡妻生前的这个习惯的。他甚至能想起很久以前还叱责过她别冲着自己吐舌头。只要是跟奈良冈琉璃有关的事,从他们相遇到结婚再到死别,他不曾忘记任何一件。

所以,按理说他最先联想到的应该是妻子的脸。可是,他在联想妻子的同时,或者说在联想之前,正木已经被一种强烈的既视感击中了。

正木看到希美吐舌头的时候十分惊讶,他似乎感到自己以前也有过同样的惊讶体验,当时的场面跟这次完全一样。也就是说,自己曾经在某个地方见过一个冲着自己吐舌头笑的女孩子,一个小学生,但那不是希美。

而且,那种吐舌头笑的样子恐怕是一种包含着轻蔑的冷笑,那显然就是冲着自己笑的,他还记得当时就感到脊背发凉,跟刚才一样。那是什么时候,在哪里呢?那个小学生到底是谁呢?……但是正木的记忆没能复苏。那既视感就在眼前,可就是搞不清那到底是怎么回事。

该拐弯的地方什么时候拐弯的,过十字路口的红绿灯时是否遵守了交通规则,他一路开车时的记忆也似乎空缺了一块;等他开到小沼工务店时,老板正在事务所里,跟几个员工边喝着罐装咖啡有说有笑。

老板一看到正木,就从聊天的人群中出来走到他的身边,招呼他说:"大龙,今晚在我家吃晚饭吧?有人送来中元节的礼品,那可是上好的米泽牛肉呢。希美的事总算也过去了,想想多久没喝了,咱俩喝一杯吧,不叫我家老头子。"

"啊,是吗?不错呢。"正木点着头,其实有点心不在焉,他问了老板一个问题。他自以为还是问得不动声色的。希美以前就有吐舌头笑的习惯吗?

"谁?你说希美吗?"老板反问了他一句,"嗯,没什么印象啊。我家希美会有这么可爱的表情吗?不过,你怎么问起这个来了呢?"

"噢,也没什么。"

这话就这样结束了。

当晚,小沼家的餐桌上没有希美的身影。

母亲对他们说,希美没有食欲,但不用担心,主要是饭前吃了太多零食,冰淇淋什么的,总是在提醒她的,可她就是不听。

老板说:"这孩子真是的,希美当心变成大胖子,总吃零食的话!"不过他的心情并不坏。

餐桌上母亲也好像尽量在回避正木的视线,她说话时只看着自己丈夫。但比起她的这个态度,倒是二楼的动静更让正木在意。

自那一晚以后,正木再也没被叫到老板家吃饭了。

学校放暑假了。

八月的某一天,过了下午两点左右,老板打电话到正木家里来了。

客厅里那个老旧的台子上的电话响了,接电话的正是正木自己。家里的老猫好久以前就不见了,母亲也在两年前去世了,现在只有正木独自住在这栋房子里,所以除了他没有第二个人能接听电话。这天从早上开始他戴着老花镜看了一上午书,眼睛有点累了,于是就动动身子打扫了客厅和浴室,午饭后也无事可做,就把打扫房间时看到的老照片相册拿出来,看看照片上年轻时候的自己,还有在自己身旁笑靥如花的妻子,借此打发时间。他不喜欢用空调,所以空调没打开。身上穿一件运动衫和短裤,摇着扇子,脖子上搭着一条擦汗的毛巾。

檐廊一侧的窗户都敞开了,知了的叫声不断传进屋子里来。

"大龙,你在休假中,不好意思要麻烦你一下了。"老板在电话里说。

老板说的休假,是因为上周六正木在自家的菩提寺为母亲举办了亡故三周年的法事,他借着准备和收拾的由头向公司请了几天假。不过老板说完第一句话就说不下去了,他咽了口唾液,然后正木就只听到了"希美她……"几个字。

"什么?希美吗,她怎么了?"

"……是这样的,大龙,希美她没回家来。所以,我们想搞不好是去你那儿了吧。"

"你那儿?你是说我家里吗?"

"我老婆记得希美说过,有一次你开车带她到过你家,她说你家里有一个很大的院子。我们觉得这不太可能,不过心想万一呢,就来问问你。"

老板究竟想说什么,正木一下子没明白过来。因为希美老是磨着他说想看看龙之介先生的家,他的确带她来过家里一次,但那是很久以前的事了,那会儿母亲还在。

正木还在犹豫该怎样答复,只是感到电话那头有人在争吵。突然,电话里传来了老板娘的声音。

"正木先生吗?我跟你说啊,今天是希美去暑期钢琴班上课的日子,所以上午是我把她送过去的,可是到了中午去接回时发现希美不见了。问了老师,还问了班上的事务人员,都说希美没去上课。怎么会有这种怪事?我好端端开车送她到钢琴班门口的。可是,实际上签到名单上是没有希美的名字。所以呢正木先生,大概是这样的,我仔细问了一下,好像是希美下车后装作进了教室,实际上到别的地方去了。为什么这么说,是因为有学生看到希美一个人朝着跟我家相反的那个方向走了。那时据说就她一个人,她是自己跑到哪里去了呢,还是被人叫到什么地方去了,这就不清楚了。"

尽管了解得还不太详细,大致的情况正木已经有数了。他冷静地问道:

"希美一个人会去哪儿,你们都仔细想过了吗?比如说小亮家里。"

"能想到的地方都去找过了。"老板娘似乎对正木问的问题感到生气,说到一半她的声音就控制不住地激烈起来。

"这些我们自然会想到的。现在情况很严重了,如果正木先生你家里也没去的话,我们只好马上报警了。我老公说希美不可能去大龙家里,没有理由去啊,可是她早先那么喜欢跟着你,你们还一起去兜风了是不是?所以,我想说不定今天也是,你们俩或许有什么约定,希美也许到正木先生你家里去了。要说我能想到的地方,也就剩这一个了,所以说正木先生……"

"还是去报警的好。"正木没听她说完就答了一句。

"……你说的是真的吗?你什么都不知道吗,正木先生?"

"赶紧给警察打电话吧,免得错过了时机。"正木冷静地往下说。

"我也去找找看。太太你既然这样说了,我这就去附近看看,希美说不定在哪里迷路了。"

电话被对方挂断了。

正木放下电话,一时陷入了沉思。他身子朝矮桌子那边靠过去,视线落到了摊开在上面的相册里的老照片上。相册边上散乱地放着他看书用的老花镜、刚开始读的书和最近读完了的书。其中有一本比较厚的单行本十分显眼,他的视线在这本书的封面上停留了几秒钟,然后才回过神来。

院子的樱花树上有两只知了先后飞走了。它们翅膀的声音听起来就像撞到了树叶和树枝似的,这声音惊动了正木,他这才回过神来。

他到卧室里去换上件马球衫和牛仔裤。然后拿起手机回到客厅,把檐廊一侧的窗户一半关上了。他的手机是公司给配备的,不上班的日子他习惯了把手机关机。他看到手机屏幕上出现了时间,知道手机已重启,他又看了一眼桌上那本书的封面,然后快步向玄关走去。

然而他在自家附近找了三十分钟左右就打住了。白天太阳最毒的时候路上连一个行人都看不到,他汗流浃背地走了一圈,直觉告诉他这样找是没用的。希美已经不再是从前那个希美了。他无法想象现如今的她还会因为找不到正木的家徘徊在马路边上的样子。正木在半途中就放弃寻找了,他走到树荫下,垂头听着知了的叫声,又陷入了思考。这一回他过了好长时间才清醒过来。正好有一辆出租车经过,他便拦下了,让它开到了小沼工务店。

老板家的玄关没上锁。

他也没打声招呼就进去了,擅自拿了来客用的拖鞋穿上,踢踢啪啪地沿着过道走了进去。

通向厨房餐厅那边的门开着。老板娘正独自坐在那张六人餐桌边上。她手托着额头,低头坐在椅子上。正木走进去时,她大概听到他的脚步声了,并没被惊着,只是把手从额头移开并抬起了眼睛。正木用眼神跟她打了个招呼,便拉开了面前的一把椅子。

"……正木先生,希美找到了呢。"老板娘脸上的表情既像哭又像笑。

"我老公去接她了。"

"是吧,我刚刚在事务所听说了。好像没出问题,真是太好了。"

"刚才对不起了。电话里对你说了那些话,我是心里乱掉了。"

"没事,那个不要紧。"

事实上他就是觉得无所谓。至于他们找到了希美却没有马上打手机告诉他,对此他也没想埋怨。也许他们知道正木不上班时手机是关机的,又给自己家里打电话了吧。老板娘留在这儿也许知道自己会过来吧。

"不说那些了,就说希美吧,她有什么目的要到东京去呢?"

"目的……吗?"老板娘好像没听懂正木的话似的,她神色略显纳闷,视线转向了别处,"……是啊,你这么一说倒也是,她并不是碰巧就坐着电车到浜松的,那不是一般的离家出走,也许是有什么目的的。可是,她到底有什么目的呢?居然要去芝浦的那座大楼。"

"芝浦的大楼是怎么回事?"

"是在芝浦的一座公司大楼里面,找到希美的。据说是她一个人钻过门禁,正在里面游来荡去时被保安拦住的。我想正木先生你一定知道这家公司的……"

老板娘说出来的这家公司名字不用说正木,无论谁都应该听说过的,那是同行当中规模最大的一家建筑公司。

"希美为啥要到那里去,你们还是想不起什么缘由吗?"

"一点都想不起来。我还想问问你呢正木先生。也许你会嫌我又来了吧。"

"连太太你都不知道的事,我一个外人怎么会知道呢。"

"也是的。不好意思了。"

尽管两人想把事情挑明了说,但还都没去捅破那层纸。对此两人都觉察到了,所以有那么一会儿让彼此感到不自在。老板娘轻轻地点着头,她从椅子上站起身来,走过去关上了餐厅与过道之间的拉门。起居室里的空调都开着,房间里的温度没有问题。

"不过,比如说吧,"老板娘转过身去背对着正木,边从冰箱里取出一瓶大麦茶边说道,"我刚刚在想,如果说希美去的是正木先生以前待过的公司大楼,这或许我还能理解。"

"为什么呢?"正木皱起了眉头。

"所以说打个比方嘛。你也许曾给希美讲过以前的事吧,希美也许对你说的话感兴趣呢。她或许想要去看看,正木先生年轻时工作过的那个比我们家大得多的公司呢。"

"希美会感兴趣?对我的过去?"

"是啊。"

"你在开玩笑吧。她对我已经没有兴趣了,这一点太太你应该也早就看出来了。希美上小学以后,我看她倒是不爱理我了。"

"其实不是这样的,正木先生。"

"首先一点,我从来没跟希美说起过我以前的事。"

"所以说其实不是这样,你心里也清楚的吧。"

她在一个圆肚玻璃杯里倒上大麦茶,又拿了一个茶托垫着,放到了正木面前。

"那孩子并没有对你失去兴趣吧。她不理你反倒说明她很在意你。不然你看,她开始有意避开你呢。她以前那么喜欢跟着你,可是最近态度出现了一百八十度转变。我一直想问问清楚呢。正木先生你跟希美之间是不是有什么纠葛?所以我今天打电话给你时还在想,说不定希美是为了跟你和解找到你家去的吧,她因此逃了钢琴课的吧。"

老板娘的这一番话让正木听着有点不舒服。什么叫"是不是有什么纠葛"?什么叫"和解"?你这话说得简直就把我当成你女儿的小学同学了嘛!然而他并没把这些话说出口。

"你误会了。我和希美之间什么都没有。像太太你想象的那种……也就是说需要和解的纠葛,完全没有。"

正木喝了一口放在面前的大麦茶。一喝发现这茶比自己想的味道要好,于是他突然感到口渴了,第二口就把杯子里的都喝干了。老板娘没想着要起身给他去倒第二杯,而是正等着他说下去。她恐怕想听到一些更具体的解释吧。

"这个……虽说什么都没有,但我也证明不了这一点,只有请太太你相信我说的话了。"

老板娘没作声。她手里拿着自己用的杯子,里面也装着大麦茶,但她只将眼光落在上面,并没有要喝的意思。正木心里感到有点不自在。他很明白,当大家听说希美从钢琴班走失,从那会儿开始,老板娘头脑中的种种猜疑瞎想就不断膨胀了。我是不是该明确地告诉她,她那些想法都是不合实际的吗?她应该去关注另外一些重要的事。然而,那真有那么重要吗?正木感到迷糊了,他搞不懂自己心急火燎地叫了出租车奔过来的目的到底是什么了。

"太太,"正木把空杯子放回了茶托。对方抬起眼来看着他,"我有一件奇怪的事想问你,你不介意吧?"

"……?"

"听说是在希美出生前,太太你还在怀孕时,说是……怎么说呢,曾有人托梦给你,这是真的吗?"

等了几秒钟,对方脸上的表情没有变化。

"你听了这话请不要生气。我只是想了解这是不是事实。我听说当时还在你肚子里的希美托梦给你,希望你给她取名叫琉璃,这是真的吗?"

"是真的。"

"是么?"

老板娘原本就不大的眼睛眯起来就更小了,几乎跟闭上了似的。

"是希美告诉你的吧,这个秘密?"她换成了笑脸,"不过呢,这其实也不是什么秘密了,大家都知道的。"

"都知道?"

"大家都传得神神道道,不过这其实也不是我有意瞒着不说。我的确是做了那样一个梦,要是生下来的是女孩,我也的确想给她取名叫琉璃的。不过,他们说这名字的汉字笔画太多,太难写,连大人都不会写,土木建筑店的孙女取个宝石的名字不像话,叫什么'琉璃',会被人家笑话的等等,我公公和老公都反对,结果就没有采纳我的意见。只是,当时的这些事没跟正木先生讲过,也是因为我老公多心有顾忌。因为你看,虽说是巧合,琉璃这个名字和你过世了的太太还是同一个名字嘛。"

正木忍着口渴,只是怔怔地看着对方脸上不太自然的笑容。

"我跟你说啊,其实是这么回事。我希望你听了之后不要生气才好。我碰到的托梦与正木先生你其实完全没有关系的。我怀孕时在梦里听到的那个名字'琉璃'跟你去世的太太没有任何关联。因为这一点十分明确,我老公才会多了一点顾忌。他就怕无中生有被人误解了。"

"你说的没有关联,这是什么意思?"

"嗯,事情是这样的。"老板娘刚说一句,就喝了口杯子里的大麦茶润了润嗓子。她的脸上已经没有笑容了。

"当时,希美还在我肚子里那会儿,新闻里曾报道过一则事故。在仙台发生的重大交通事故,其中有人死了。当然,虽说是重大事故,正木先生你可能没有印象,我老公也一样,事故每天都有发生,除非是当事者,否则对谁而言都是别人的事。可是那一次我在船桥,我在家里看到了电视新闻,却受到了打击。因为在死者名单中,我看到了以前教过的学生的名字。那是个不太常见的名字,所以不会有错。我刚工作时在稻毛的一所小学任教,最初带的班里就有这个学生,所以印象比较深……那所小学正木先生你也记得的吧?有一阵子你们为了修建那里的体育馆还经常过去吧,我老公那会儿还只是公司的专务董事,你们经常和泥瓦匠一起在运动场的樱花树下吃便当,对吧?就是那会儿,我是那女孩子的班主任……就是这样,她的名字我还记得,这下你明白了吧。没想到你过世了的太太碰巧也是同一个名字。也叫做'琉璃'。所以,要说谁跟托梦有关联的话,我想大概是那个琉璃了。"

正木的目光一时投射到了远处。他的视线越过对面老板娘的肩头,似乎看到了几年几十年前的光景。而事实上,映入他眼帘的无非是老板娘身后纹理美观的橡木餐具柜,餐具柜上半段的木框上镶嵌的玻璃门,以及玻璃上照出的正木自身的模糊影子。老板娘自顾自地继续往下说:

"那女孩,虽然我叫她女孩,其实出事故那时她也已经十八岁了,我看到她的死讯受了打击,所以才会做那种奇怪的梦吧。那种体验十分神奇,我听到肚子里的胎儿自己要求取名字叫'琉璃',她还举出名字的来历、一句谚语给我看,希望自己来到这个世上时被叫做'琉璃'。周围的人也都那样说,现在连我自己都不得不那样认为了。这事与正木先生你太太的名字没有关系,刚才我说的就是这个意思。你想嘛,我跟你太太都没见过面,连名字也是后来我老公说了才知道的。"

"稻毛啊!"正木低声嘟哝了一句。这句话就好像他无意中随口说出来的。他的视线依然跟先前一样,越过老板娘的肩膀聚焦在餐具柜的门上。

"正木先生,你没事吧?所以说嘛,我老公多心有顾虑,他就是怕说了没必要说的话,反倒让你想起过去,想起你太太来,惹得你心里不好受呢,他就是担心这个呢。"

"是吗,是那所小学啊。"正木又嘟哝了一句。老板娘说的话从刚才开始都只是从他耳边飘过,他并没有听进去。

"那个……正木先生,再来一杯大麦茶吧?"

"太太。"

"你说。"

"如果是那个孩子的话,我是见过的。"正木说,"你说的那个在仙台的事故中死去的女孩子,我见过她。"

老板娘正要从椅子上起身,听他这么一说吃了一惊,右手下意识地抓住了椅背的边沿,这才让身体重心保持了平衡。椅子歪倒下去,一条腿翘起来但很快又复原了,敲得地板发出了声响。

"我认识那个孩子。"正木又重复了一句。

这就是那天在单向行驶的放学路上,他坐在驾驶座上看到希美冲他吐舌一笑时体会到的那种既视感的由来。也就是说,在过去他也曾遇到过一个对他露出相同笑容的女孩,而且那并不是他的心理作用,而就在现实生活中。

记忆复活了,当时的情景在正木的脑海里清晰地浮现出来。

那是他在小沼工务店重新开始上班以后的事了。进公司后过了一阵子,当时的老板委托他去协助年轻的专务董事即后来的第三代老板做事。他们手里的业务是一所小学体育馆的修建施工。具体的内容就是翻修被台风损坏的外墙和部分窗框,还有就是对一个很有些年头的工具仓库进行全面翻新。因为这一项施工工程,正木有四个星期要去稻毛上班。

在那里,他遇见了她——小山内琉璃。

有一天午休结束,他向体育馆走去时,正巧经过了一个女学生的身边。这个女孩子身穿体操服,双肩略耸两条胳膊的肘部架在一个单杠上,看起来好像身子舒服地靠在上面,但说不出哪里又让人感到姿势别扭。她凭靠的是一条最低的单杠。她的个子并不那么高。她在哼着一首什么歌曲。忧伤的调子让正木听着有点耳熟。那首曲子能莫名其妙地激起人的怀旧情绪。怀旧的情绪的确来了,但他想不起来这歌曲的名字。正木停下了脚步,笑着打了声招呼:"你好!"然后眼光立刻扫视到了她体操服的胸前。那上面缝着的一块布上用记号笔写有学生的名字。

正木读了一下那五个汉字,停顿了一两秒钟之后又一次露出了笑容,这一次的笑容里有一些为偶遇感到高兴的意味,他试探着问了一句:"你叫琉璃吗?刚才你唱的那首歌叫什么来着?"女孩子抬头看着这个大个子中年男人,直视着他的眼睛,也犹豫了一两秒钟,没有马上作答。"啊,是我吓着你了吧,对不起啊。"正木向她道了歉,"你刚才唱的那首歌说不定叔叔我也知道的呢。那首歌是谁唱的呀？歌手叫什么名字呢？"

"叫黛纯。"女孩回答了。

对啊，是黛纯的歌。

他道了谢，便向体育馆走去，这时正木也想起歌名来了。是黛纯的《夕月》。然后他往前走了两三步，突然感到有点奇怪。她唱的是黛纯的歌吗？黛纯的那首《夕月》究竟是什么年代的流行歌呢？那个叫小山内琉璃的小学生，她到底有多大呢？正木回头看去，发现对方也正在回头看他。两人的目光相遇了，然后是女孩子先移开了视线。

她吐出舌头正是在那个时候。正木看到女孩吐舌一笑是在她移开视线的那一瞬间。她依然还是那个姿势，耸着肩双肘支撑在单杠上，微微笑了一下。吐舌一笑本是个孩子气的动作，但大概由于她那个姿势有点做作的缘故，她的笑容在正木看来也不像个孩子。他自然而然地联想到的是过去在他身边的那个人的熟悉笑容。

（当然是指有着同名的妻子的笑容。）

回头望着单杠那边，侧身伫立的正木仿佛看到了一个缩小版的琉璃的幻影。琉璃还是一副小孩的样子，为了掩饰自己做错了事，脸上挂着浅浅的笑容。琉璃的歌声仿佛从耳际的远处传来。黛纯的《夕月》不正是琉璃爱唱的那支歌曲吗？在厨房里洗刷时，晾晒或者收拾衣物时，清洗浴缸时，估计身体好心情也好的时候，喜欢哼唱那些流行老歌不正是妻子的习惯吗？听到她的歌声，自己有时候也会觉得心情舒畅，有时候也会纳闷她到底有什么开心事怎么就爱哼小曲呢。

正木转过身去,他想走回到琉璃身边去。

然而那个幻影中的琉璃动作快了一步。她从单杠上拿下双肘,看也没看正木一眼,拔腿就朝着运动场上她那些同学堆里跑去了。

这会儿,在老板娘的跟前正木想起了那时候的情景。

正木就那一次跟她说过几句话,后来又几次看到过这个叫做琉璃的女孩,他甚至还能回忆起每次看到她,心头就会涌起一股寂寞的滋味。小山内琉璃没有再次冲他吐舌笑。她再也没对正木笑过。有时候正木远远地看到了她,她也好像更先注意到了正木,但她似乎不愿意看到正木的脸,她会背过身去,紧跟着她那些小伙伴们。正木对此做出的解释是自己讨人嫌了,所以他只好控制自己的行为,不再主动去接近她跟她搭话。她吐舌一笑的样子让我想起了妻子,而且又是同名,大概因为这些,她让我感到怀恋,让我有一种特别的亲近感,也仅此而已吧。我不是恋童的变态狂。

然而在老板娘跟前,正木这会儿想的跟那时候不太一样。那女孩当时好像比较讨厌我。她在回避我,不愿看到我。这一点是肯定的。可是,我并没有频繁地去纠缠她,甚至都没有主动去接近,可她一上来就拿后背冲着我,明摆着想躲开我,她为什么要这么做,有什么理由吗?她靠在单杠上老老实实地回答过我的问题,之后还冲着我吐舌笑了一笑,她这样的态度跟她后来那种拒绝我的过激反应难道没有一点矛盾吗?这一点简直就跟希美对待我的态度如出一辙,从前与现在大不一样,而且这变化之大已经超出常理能解释的范围了吧。

正木喝了一口大麦茶,这是老板娘给他倒的第二杯。这一杯他打算一点点地慢慢喝,不要一口气喝光,所以他马上把杯子放回了茶托。

那时候那个叫小山内琉璃的女孩上几年级了呢?大概跟现在的希美差不多吧?要么高一个年级或者两个年级。假定她当时九岁,那么公司承包那所小学体育馆的工程是在几年前呢?那又是在妻子死去了几年之后呢?

小山内琉璃遭遇事故死去的那年,希美出生了。

那么是不是可以推想,正木琉璃死去的那年正好小山内琉璃出生了呢?假定正是这样,这里应该包含着某种意味吧?一系列事情发生的意味。三人都会吐舌头笑。三人想要躲避我的时候,都会用这一种相同的笑法。我现在如果把这些事说给她听,老板娘会有怎样的反应呢?

"太太,"正木开口了,"有各种细节我都想起来了。我见过那孩子。名字也知道。叫小山内琉璃……对吧?我的记忆是确凿的。她后来跟她母亲同时死于一场隧道内的数车相撞事故,太太你刚才提到的那个新闻报道我也记得的。"

刚才正木一直沉默不语的时候,老板娘拿起了手机,她显得心神不定,频频看着上面的时间。此时她翻起眼珠看了一眼正木,脸上已是一副为难的神色。

正木没加理会,他继续往下说:

"只是在今天之前,在此之前,我从未把那件事和这件事联系起来考虑过。我说的那件和这件,你懂的,也就是指小山内琉璃这个女孩和希美的事。过去,应该说很久以前,也确实存在过一个能把她们俩联系起来的事实,可惜我当时竟然没看清楚。"

老板娘的反应有点慢。就算她想做出一点反应也难吧,因为她并没能理解正木一脸严肃讲述的究竟是什么意思。正木又喝了一小口茶。

"所谓遭到现实生活的'放逐',指的就是这种体验吧。"

"你说什么?"

"我们人生在世,现实世界只有一个,对吧?要是有好几个现实世界的话,那就不好办了,是不是?太太。据说我们都有一个明确无疑的认识,即认为这个现实世界是唯一的,'在此基础上'才形成了人类的知觉体验。所以说,一个人如果在生活中不能很好地与这种现实唯一的认识达成协调,那他就会遭到'放逐'。也就是说,他的经历会被完全否定,被看作是不存在的。我看过的书上是这么说的,我只是现炒现卖,不过我感觉我过去经历过的事情正是这样的,只不过我当时没有意识到。也许,太太你身边发生的事也是这样。"

"我说正木先生,对不起啊,你说的是什么意思我不太明白呢。"

"我在说托梦这件事呢,太太。"

正木说他在现炒现卖的那本书是书名中包含"哲学"两字的那一本,而他还有一本最近很喜欢读的厚书,他原本是打算聊一聊这本书上的内容的。

"我想说的就是太太你遇到过的那次托梦经历。肚子里的婴儿希望大人给自己取名叫'琉璃',但太太你刚才是否定了这个事实,而我总觉得这事跟我的妻子琉璃还是有联系的。当然,这跟那个叫小山内琉璃的孩子也有关系吧。我从前的妻子正木琉璃和小山内琉璃以及希美,这三人是有联系的,通过一个叫做'琉璃'的名字。"

他说完后等了一会儿,发现对方完全没有反应。

"我知道你一定很惊讶。但是只有这样考虑,我刚才说的我们对事实的认识与现实世界才能达成协调。三个琉璃之间是有关联的。如果不这样想,那么眼前发生的这些事我们是无法理解的,不管是我,还是太太你。"

老板娘十分夸张地眨了眨眼,还反复了两三次,看起来有点神经质。随后她似乎想对正木说什么话但很快又停住了,因为她的手机响了,带走了她的注意力。

打电话过来的是老板。正木一小口一小口地呷着大麦茶,等着他们夫妻二人打完电话。

"当然,这事还不确定。"正木看到老板娘挂了电话,又对她说。

"除了名字以外,没有什么确凿的证据。不过在我看来,这三人一定是有关系的。"

"希美还饿着肚子呢。"老板娘打断了正木的话,"我得做好点儿东西等她回来吃。"

"……哦,是的呢,还是做点儿什么给她吃吧。只是,一会儿希美回来时,我也会到外边去迎她,请你看仔细了她的神情态度。看她会不会拿正眼看我。"

"正木先生……"

"太太你刚才不是说了吗,最近希美对我的态度变化很大,是不是?以前她那么喜欢跟着我,这突然就开始躲避我了。这难道不奇怪吗?究竟怎么回事,你能说清道理吗?要是正像太太你瞎猜的那样,希美和我之间真有什么纠葛那还好说,可事实上根本没有。我可以这么说太太,我发誓,我从来没有用那种眼光看待过希美,哪怕一次都没有。"

"可是,我说正木先生——"

"你不觉得奇怪吗?自从上次五月份的住院出院以来。从她发烧到现在,希美身上一定是发生了常人难以想象的情况。"

"正木先生,你是那样说了。"老板娘一口气似乎在喉咙深处憋了好久,才幽幽地把它吐了出来,"对不住啊,我明白你没有那个意思。我担心的是小孩子那种不太稳定的情绪。也就是说,她感受到了成年男子的视线,不知心里会怎样想呢?七岁这个年龄,要说是个敏感的时期,说不定也会因为一点点小事,就误以为男人用那种眼光看自己了呢,甚至在对方根本没在意的情况下。你说是不是?正木先生你是没这个意思,但即便这样,也不能断定她心里也绝对没有这个想法。是吧?"

"这是不可能的,太太。你自己也注意到这话说得牵强了吧。这不是成年男子的视线的问题。首先一点,我不是娈童癖。"

"……这话说的,"老板娘的脸上抽搐了一下,"这种话我可一句都没说过。你没听到我在说什么吗?"

"我听着呢。你担心什么我也明白。但是,你的这个担心用错地方了。"

"别说了吧,这种话。"

"是啊,我也不想说这种话的。"

正木想说的是关于他最近读得很起劲的一本书。他想说的是那本书里写到在世界各地都有发生的很多实际例子。他想说的是那些实际例子与希美身上出现的发烧等变化有着共通点。那本书的书名里包含有"前世"这个词,正木一直在伺机提起这本书。

"总之,希美身上发生的这些变化都非同寻常。"正木说,"在我看来,她并不是讨厌成年男人看她,对她来说这些不是问题,一定是因为我这个人,才是问题的症结。她特别想躲避的只有我,正木龙之介的视线。"

"特别想躲避,是吧?"老板娘随口就捉住了他的话茬,"那你说这是为什么呢?"

"为什么呢,那是因为她不想让别人知道她身上正在发生什么吧。她怕被别人看破那些发生的事。希美清楚自己跟正木琉璃、小山内琉璃都有联系,但她想隐瞒这一点。所以她就想特别躲避开我的视线,因为我是正木琉璃的丈夫。"

老板娘又幽幽地叹了一口气。

"有联系有联系,你已经说了好多遍了,那我问你,到底是什么呀? 有什么样的联系啊?"

"那个,大概是,"正木挑选了一下字眼,"她们的生命连在一起。"

"生命？你说是'生命'吗？"

"是的,生命。"

老板娘的唇间露出了几颗牙,她的双颊有点发僵,眼睛眯得几乎像闭上了。她这是想笑却笑不出来的样子,整张脸的表情看起来就像一条想叫又叫不出声的狗。

"生命连在一起,这到底是什么意思呢？"

"说得简单一点,希美既是正木琉璃,她也是小山内琉璃,大概就是这么个意思。"

"……"

"这是一种生命的接力吧。在正木琉璃死后,她这个生命被小山内琉璃继承下来,在小山内琉璃死后,又被希美继承下来了。就是这样的关系图。这当然只是假说。但凭我的直觉,我感到希美不只恢复了小山内琉璃活着时的记忆,甚至还在恢复正木琉璃活着时的记忆。所以她能认出我的脸来,因为我是她的丈夫……你用不着那么吃惊吧。"

"什么？你在说什么呀,正木先生！"

"这个,所以说嘛,太太,这也不是百分之百的事实,我并没有确凿的根据来证明这一点。不过,只有这样考虑,或许还能解释希美今天为什么会做出那样异常的行为。希美她是被小山内琉璃的记忆引导着,换句话说,是被她前世的记忆引导着去找那个跟自己有关的地方的。这个地方说不定就是芝浦的那幢大楼。"

"前世吗?"

"这个嘛,芝浦那幢楼也许只是我不知道,说不定跟前前世的正木琉璃有关系。前世这个词听起来也许会觉得荒诞不经,但这个世上有很多孩子都是有前世记忆的,这一点儿都不稀奇,而且还有人研究它,都写成书了呢。"

"还有前前世吗?"

"这是一种假说。前前世是我临时套用的一个词。是这样的,太太,想要用道理来解释一个现象,你就必须接受某些原本不熟悉的字眼或说法。你先定定神。目前我还不能断言情况绝对就是这样,来生转世到底是怎么回事,这还是一个谜,芝浦那幢楼总之跟这是有关系的,过后只剩你们两人时,太太你可以问问希美自己吧。我猜测希美回家后,看也不会看我一眼就直接上二楼了。"

"够了!"老板娘高声叫起来。

正木停下不说了。

"你说来生转世? 正木先生,你头脑是不是有问题啊? 你说你……目前还不能断言情况绝对就那样的? 这难道不是明摆着的吗? 你不可能断言的。谁都不能。什么前世,前前世的,这种不科学的东西,谁会信啊?"

被老板娘一顿不容分说的抢白之后,屋里又安静下来了。

正木只得咬着嘴唇垂下了头。他根本想不到,"这种不科学的东西,谁会信啊?"刚才这句话居然出自七年前在孕期中有过托梦经历的女人之口。他原本以为,希美身边的这些大人当中应该只有她母亲、这个会写"琉璃"两个汉字的母亲是最能懂这些的,但没想到……静悄悄的餐厅中,正木两手撑着膝盖坐在椅子上,他低垂着脑袋只听得起居室的空调在嗡嗡作响。

"我说,你该不会把刚才这些话灌输给希美了吧?"

"别说得那么难听,灌输什么的……我倒是很想听听她的想法,但最近她连看都不看我一眼。"

"你一定不要跟她说啊,像刚才那样的蠢话。跟我也不要再提起。"

这便是最后通牒了,正木明白,如果再跟她说这些多余的话只会导致事态的恶化。

老板娘先从拉开椅子,起身离开了餐桌。她断然地对着正木背过身去,打开冰箱的门又关上,随后开始为希美做吃的了。当她拿出菜刀,在案板上咔嚓咔嚓切蔬菜时,正木这才从椅子上站起身来。

"我在事务所等他们。"

他冲着老板娘的背影说了这么一句,但并没听到应答。他拉开门要走出房间时,有点留恋地回头看了一眼,只看到希美的母亲前倾着身子正使劲地切着卷心菜。

正木的预料没错,希美坐老板的车回到家时,正木出去迎接她,但她连瞥都没瞥他一眼。

反倒是陪在希美身边的老板娘,她用一种近乎戒备或可称作警惕的尖锐眼光看着正木,这让他感到屈辱,但不得不忍受着。很显然,老板娘认为身上出现异常的不是自己的女儿,而是正木龙之介。

自那以后还没过几天,希美又一次趁母亲不备消失了行踪。

这一次她去的是正木龙之介的家。

这一天正午时分,家里的门铃响了,正木正在厨房,他接起室内通话器,没好气地只答了一句"喂",结果听到有个年轻活泼的声音在喊他:"龙之介先生嘛!"接下来便听到对方说:"是我,小沼希美。"

正木赶紧套上凉拖走出了玄关,他沿着院子里快被疯长的杂草掩埋的踏脚石走到大门口,用力拉开了那扇开始朽坏不太听使唤的木门。

门口站着的真的是希美。

她戴着一顶镶有绸带的草帽。这是一顶崭新的草帽,帽檐不是平整的那种,而是波浪起伏的。这其实是用合成材质仿制草编做成的帽子,但在当时正木眼里看来是一顶真的草帽。

"你好!"这个梳着麻花辫的少女对他说,"龙之介先生,你现在有时间吗?我有话要跟你说。"

她身上只有帽子是崭新的,其余都是平常穿着。上面一件洗得掉色的橘红色T恤,下面是浅蓝色半长裤,也是洗得掉色的,看起来也像浅灰色。

"龙之介先生?"

"……噢,你好,希美。"

"我可以进屋说话吗?"

曾经是那么不加掩饰地想要躲避自己的希美,此刻她就站在自己身边,正仰头看着自己。是她主动来找自己,直视着自己的眼睛,想和自己说话。看到这些,正木有点不知所措了,他蹲下身去,用手指挠了挠脚脖子,刚才穿过院子来开门时被沿路的杂草刮刺到了。与正木的凉拖相比,眼前这个少女穿着的运动鞋还不到他的一半大,鞋口完全吞没了她的脚。因为他是蹲下去和她说话的,两人的视线正好在同一高度。

"你怎么了,希美?"正木问她,同时他感到嘴巴发干,就吞咽了一口唾液,"是你一个人来的吗?坐公交车来的?"

希美点了点头。

"因为我担心龙之介先生呢。"

……担心?正木一边用食指和中指交替抓挠着脚脖子一带,快速转了一下脑子。虽然此时他有点不知所措,但他似乎预料到这个时刻早晚会到来。只是没想到会是今天,刚刚他还在厨房里准备煮挂面的时候她居然就来了,让人出其不意。

"担心什么呀?"

"你看,你不是一直没去上班吗?我担心你是不是身体不好呢。"

希美跑到这里来,还说这种一眼就能看穿的谎话,他感到这种场面也是似曾相识。

"你看到我没去公司上班,就特地过来看望我,是吗?希美。"

"嗯。"

这几天一直在头脑中反复出现的念头或者说白日梦、胡思乱想当中,其实怎么称呼都无所谓,总之在他根据过去推知出来(并无科学依据)的有关未来可能发生的情况当中,似乎是包含了这个场面的。他心里明白,这个时候迟早会到来。正木一只手拔着身边的杂草,他的脑子正在快速运转。

为什么会这样想,那是因为希美虽然外形上是希美,但她也曾经是自己的妻子正木琉璃。还因为希美身边的大人当中,能够理解她身上发生的这些异常现象的唯独自己一人。按照她的真心实意,她是尽量不愿接近自己的吧,但现实却不顺着她的真心实意来;以她一个孩子的身份,在这个现世中,她的有些愿望是无论如何没法得逞的,在她走投无路的时候,她能够求助的、能理解她帮助她的除了自己别无他人了吧。而现在正是时候了。正木明白眼前这个少女需要自己的帮助。

"嗨哟!"正木嘴里喊了一声,他借着这势头立起身来,拍了拍手上的灰土。然后双手叉腰站在女孩面前。

"原来你是来探望我的呀,希美。"

"嗯。"

"那——我说,"正木的眼神里闪出一丝捉弄的意味,"你来探望,带香瓜来了吗?"

停顿了几秒钟,希美面无表情地叹了一口气,垂下头去。

正木心里在说:"你吐舌笑一个呀。"

"希美,你一开始不是说有话跟我讲吗?这会儿又说来探望,这不是说话矛盾吗?"

"我是说顺带来探望呀。"

"顺带啊?"

"嗯。探望是一码事,有话说是另一码事。"

"你难道不是有事求我吗?什么事呢?"

"你说什么?"

"琉璃。"正木直接喊了一声。

他的这一声与其说是喊出了一个人名,更像是念出了一句开启魔法暗门的咒语。然而,这对眼前这个少女没发挥作用。这个身穿百慕大短裤和运动衫的男子换了一种说法。

"你想让我怎么帮你?"

"龙之介先生,你让我进去跟你说吧,"希美手上拎着游泳学习班用的手提包,向正木靠近了一步,"在这里说的话,周围人多眼杂的。"

正木越过希美走到了大门外,他的手轻轻抓着希美的肩膀,悠悠然地环顾了一下四周。

"一个人都没有啊。这么热,大家都在家里待着呢。"

"一会儿会有人过来的。"希美扭动着身子,挣脱了正木的手,蹩进了大门的内侧。

"我可是不要紧的,管他有谁过来呢。是希美你才不愿意被人看到吧。"

正木一动不动地站在原地,等着希美回过头来。

"你是瞒着你爸爸妈妈过来的吧?你们小沼家一定乱作一团了。你这是第二次离家出走,这次要是被找到带回去后,怕是要被关进你自己的房间锁起来了吧。不然我也可以现在打电话去通知他们。你要是不愿意我打电话,那就老老实实回答我的问话。"

希美把帽子摘下来,用手背擦了擦额头的汗水,摇了摇头。

"那样的话,你会让自己下不来台。"她说。

"……什么?"正木双手叉腰,略微弯下腰去注视着希美的嘴角。

"我想你最好还是不要打电话。小沼家早就乱作一团了。一个我家里一直认为最信得过的员工,突然间说希美是他死去妻子的来生转世,这已经让我妈妈变得神经过敏了。后来你没来公司上班了吧。家里早乱套了。妈妈说头脑有问题的人应该赶紧辞退了,爸爸和爷爷都被她逼得没有办法。妈妈说她的血压一直上升,心跳加快。她似乎再也不想见到你了呢。她现在整天想着别人要害她,老是担心希美会被人拐走。而这时你的电话就打来了?你在电话中说,你家的希美在我这儿,这简直就是绑架拐骗嘛。"

说这些话的是希美。然而正木完全不能相信这些话是希美自己说出口的。

"你就是绑架犯了。"希美重复了一句,"在这里被人看到的话,龙之介先生,你会被套上这样的虚假罪名。"

"你别瞎说。我怎么会被套上绑架犯的罪名?我不管别人怎么想,我只是打个电话告诉他们走失的希美在我这儿找到了。明白吗?你想想看,我哪里有办法把你拐骗出来嘛。前一阵子你连看都不看我一眼,我就算拐骗你,你会跟我来吗?是希美你自己到这儿来的。只要一一把道理讲清楚,你妈妈对我的误解也会消除的。"

"要真是那样就好了。"

"你不用担心我。想想你自己会怎么样吧。你两次离家出走,大家会怎么看你呢。你今天来这儿的目的是什么?有话跟龙之介先生说?还顺便来探望一下。有什么话,这能跟你妈妈明说吗?你要是照实跟你妈妈说了,恐怕她的血压更要上升了吧。我说……你笑了是吧?刚刚你吐舌头了对吧?"

在波浪形的阔边帽檐下,希美闭上了眼睛。

知了的叫声从隔壁的院子里和自家院子里一齐涌了上来,听着这知了声,正木等待着。

"……好吧,我明白了。"

"明白什么了?"站在门外的正木反问了一句,这时希美把拎包换作右手拿着,左手在包里翻找着。

她从包里取出了一个薄薄的本子。正木一眼就连本子的标题都看清楚了。因为这是一本他多年看惯了的小册子。这是在关东地区面向建筑行业读者发行的专业杂志。每个月发送一次,小沼工务店事务所内的书架上也放着许多往期的杂志。

他从希美手里抢夺似的抓过那本小册子,感到上面并没有特别之处。看了看封面,是上个月那一期。正木翻开了塑胶封面和几张广告页,漫不经心地扫了一眼目录。杂志的文章无非都是些关于建筑行业联合会的消息、削减公共项目经费、政权更迭之类毫无新鲜感的内容,希美对这些是不可能感兴趣的。正木换了只手将小册子举到面前,用眼光询问道:"这个怎么了?"

"我想让你帮我打个电话。"希美求他说,"打给这上面的一家公司。"

正木重新将注意力集中到了手上的杂志。

把杂志翻过来一看,背面是一家大型建筑公司的广告,还分成上下两截刊登着。上面一截印着公司名称,吸引了正木的目光。这家公司在千叶县的分公司设在千叶市内,而东京总公司的办公大楼在港区。那里正是希美第一次离家出走时选定的目的地——芝浦的一幢大楼。

"你帮我给那里打一个电话。"希美对他说。

往这儿吗?正木把杂志的封底拿到希美跟前,这样问她;心里却嘀咕了一句,那不是你被保安人员赶出来的公司吗?

他问她:"打电话做什么?"

"帮我打听一个在那里上班的人。"

"'打听'是什么意思?"

"他现在不在东京总公司,所以我想知道在哪里的分公司上班。"

正木明白她为什么要找自己帮忙了。她自己曾打电话过去,了解到那人不在总公司。但下一步打听就没办法凭借自身的力量突破了,所以才来求助的。

"叫什么名字?"正木问她。

"三角哲彦。"

"这是谁啊?"

希美没回答他。

"年龄呢?"

"四十五岁左右。"

"这个人你很熟悉吗?"

"嗯。"

"你跟他认识很长时间了吗?"

这时有车辆缓缓驶近了,他们能听到汽车发动机的声音和轮胎滚过干热路面的摩擦声。有一辆送快递的货车和一辆私家车相继从正木的身后驶过。车上的喇叭鸣响了两次。路边有一条狗也叫了一声。

"老实回答我。"

"嗯,我认识他。"

"多久以前认识的。"

希美还没来得及回答。

"这个叫三角哲彦的到底是什么人呀?"

正木有点不耐烦,自言自语地嘟哝了一句。然后他缓缓地点了两下头。

"不管这家伙是什么人,我还是帮你问问咯。不过,直接照着这上面的号码给公司打电话是没用的,人家不会理你。你不知道吧,这种时候大人都是要动用关系找熟人打听的。

小沼工务店也承包了这家公司的一些工程,是不是?……所以呢,他们的千叶分公司里我也认识几个人。我就装作没事顺便提一提好了……有时候编谎话也是一种方法是吧,比如我可以跟对方说,我在东京的时候你们公司有个年轻职员叫'三角哲彦'的……我跟他还一起喝过酒的,不知道他现在是不是还好,在哪里的分公司上班呢……就像这样的。"

在草帽的阴影下方,她的双颊显出一抹红晕。

正木的眼睛没有错过她脸上的红晕和绽开的笑意。当他自己提到承包工程、千叶分公司、编谎话想办法之类的话时,正木感到自己中计了。这个孩子是算计到这一切以后,才来找自己帮忙的。她从一开始就知道我有门路才找过来的。在阳光下站得太久了的缘故,正木的脸也被晒得很烫很红,那红晕比孩子的脸颊还要浓重。他看到这孩子露出的天真笑容,不由得感到可气。这是因为嫉妒。她在寻找的这个叫"三角哲彦"的男人令他嫉妒。

"琉璃。"正木这样叫了一声。

这一次这句咒语也没起作用,但正木并不在乎。

他抱着一种信念对着亡妻说,"听我说,琉璃。"

"这个叫'三角'的人你是怎么认识的?到底在哪里认识的?喂,我说你别装了。你就是琉璃,我很清楚呢。你就显出自己的本相了吧,大大方方地,就按琉璃以前的方式说话。你跟那家伙是结婚前就认识的吗?还是结婚后认识的?"

希美吃了一惊,她抬起脸来看到了正木身边不知何时站着一个快递员,她的视线和正木的交错了一下,又垂下了眼帘。正木此时心里升起了一团迟到了将近二十五年的嫉妒之火,他已经看不清身边的状况了。

"到底是什么时候认识的?"正木提高了声音,"不管是什么时候,总之你跟那家伙上床了是不是?一定上床了。上床了是吧?琉璃,你回答呀。你是瞒着我,跟那家伙搞上了是不是?"

希美始终低着头没有回答。正木气势汹汹,越发地得理不饶人的样子。

"好啊,原来是这样。我总算明白了!那张离婚协议书原来是这么回事。你死前放在包里那张离婚协议书背后原来是这样的啊。你这个女人真是水性杨花。你做得够狠的!琉璃。你知道那天警察把那东西给我看的时候,我是什么心情吗?你想想看啊!"

有一小会儿,太阳被云层遮住了,知了的叫声一下子都停住了。正木注意到自己身边站着一个年轻的快递员。

"什么事,你来干吗?"

这个身穿黄绿色工作服的青年看到正木面对一个小学生模样的女孩子并大声责问她"你跟那家伙是结婚前就认识的吗?还是结婚后认识的?"时,他就呆立在边上了,但并没有出声。他本来是想问正木能不能代收一下隔壁邻居家的快递,隔壁那家这会儿没人。

但是结果他说:"不,没事。我没事。"

"你一个外人,别管闲事。"

太阳又出来了,知了叫声比刚才更热闹了。

快递员挨了这个身穿运动服的大个子男人一记呵斥,他灰溜溜地走回到路边停着的卡车那边。青年刚刚目击到的这个场面,与他对现实的认知是格格不入的,估计过不了多久就会从他的记忆中排除出去。

"可是,我……"希美鼓起了她的脸颊。她细细的眼睛平常多给人没睡醒的印象,此时却因为眼角上吊显得目光犀利,一副不肯示弱的表情,好像换了一个人。

"你是琉璃。"正木逼近了一步,"你背叛了我,我不会原谅你。不,不只是你一个,还有你那个男伴也一样。因为你们的缘故,我的人生就这么给毁了。我不开玩笑,对你们两个不原谅,绝不!"

正木情绪十分激动,在他大口喘息的间隙,希美幽幽地反驳了一句:"要说背叛,那也是你先背叛的。不是吗?"

就这一句话,让正木的猜测完整了。他的现实人生与眼前这个少女的存在完全顺利地连接起来了。妻子那天的留条倏忽掠过了他的脑海,上面写着"安格妮丝·林来过电话"。

"过来。"正木抓住了希美的一只胳膊。

"如你所愿,我来打电话给你找到那男人。"

快递货车在马路前面调转了方向,又从门前慢慢驶过去了。驾驶座上的青年与希美的目光有过三秒钟的对接。

"你弄疼我了。别乱来嘛!"

"等我查到那家伙,咱们三人必须见一面。我要亲眼看看这人,找他算上一账。"

正木的双臂环住了希美的身体。

在她发出尖叫的那一瞬间,那粗壮有力的手臂已经把她整个人轻轻地拎了起来。她就像一个手提包一样,被他拎在腰际,带进了正木家的屋里。

于是,事件发生了。

这是正木龙之介制造的一个丑闻事件。

绿坂琉璃口中那个"八年前发生的事"指的正是这个事件。

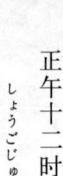

正午十二时半
しょうごじゅうにじはん

绿坂琉璃讲述了八年前那个事件——"船桥女童被拐事件"的大致经过，这件事曾在新闻上大肆报道过，小山内也有一些模模糊糊的印象。

事件中受害女童的名字以及罪犯的姓名职业等他全记不得了。不过，他还记得这事件发生在盛夏的暑热时节，还有罪犯是单身，他把拐骗到手的孩子关在车里，带着她东躲西藏了很长时间后才被抓住，然而结果很不幸，就在东名高速公路的某个服务区被抓之前孩子死去了。

小山内之所以会很清楚记得时间是在夏季，那是因为八年前这个绑架事件被报道出来时，他觉得自己与罪犯的境遇有些相似，在怎样对待孩子的问题上也很敏感，并且那时刚刚认识荒谷清美和荒谷瑞木母女俩。在他记忆中，一旦想起那个拐骗事件，母女俩那个夏天穿的服装也会一并想起来。

小山内记得刚遇见荒谷清美时她穿着一件无袖白衬衫,地点是在八户市一家超市的停车场内。只是最初来到小山内的面前跟他说话的不是清美本人,而是她的女儿瑞木。荒谷瑞木当时还是小学一年级的学生,也就是说跟遭到拐骗的女童年龄相仿,不过她大概是踢足球的缘故皮肤晒得黑黑的,头发也剪得短短的,乍看会错认为是个男孩,说话快嘴快舌,一点都不怕生。

(叔叔!)她这样喊自己。(你看到了吧?)

小山内正不知该怎样应答,她做出了更令他吃惊的举动,这个陌生女孩竟然抓住了小山内的手腕,继续追问他:叔叔,你看到了是吧?刚才逃走的那辆车,看到了吧?她当时穿着一件浅蓝色的短袖衬衫和半长裤……不,那应该是足球队的球衣而不是便装。

小山内刚从超市买完东西出来,尽管老父老母在家里等着但他却不想急着赶回去,他在停车场边上的一条长凳上坐着抽了根烟来打发时间。由于一直在发呆,直到那女孩告诉他,他才意识到自己看到了那辆车在停车场里撞了别人还逃走的全过程。看到这小手抓着自己的手腕还不停地摇晃,小山内心里闪过了一个不道德的想法:在船桥被变态狂拐走的孩子也正好是这个年龄、这般身高吧,像这样一个不怕生人的女孩子,的确不用花大力气就能轻易骗走的吧。这时,荒谷清美从后面赶来了,走得慌里慌张的。

"怎么样?"绿坂琉璃问他。

这女孩在她的母亲离开座位去打个长电话的工夫,对小

235

山内讲了八年前的这个拐骗事件,让他找回了一些模糊零碎的记忆,随后又突如其来地问他"怎么样",这让小山内不知如何回答。小山内中断了关于八户的回想,半是自言自语地回答说:"正木龙之介就是那个事件的罪犯吗?"

"是呀。"

"……罪犯开车带着还在上小学的女孩到处跑。他坚持说女孩是自己的妻子,警察都没能说服他。"

"就是呢。还上演了警车追逃犯的场面呢。"

"警车追逃犯?"

"我说小山内先生,你明白的吧?正木他没说希美是自己的妻子,准确地说,他坚持认为她是自己死去的妻子。这下你该懂了吧?我也是到今年才知道的,说是八年前的电视还有报纸都把正木描述成一个萝莉控,一个变态狂。被抓后,还有人给警察和媒体提供有关他性格的证词。说他小时候IQ极高,后来却成了赌徒无赖什么的;又说他从事件发生之前就言行可疑等等。事实上,因为正木的反抗还导致了警察受伤,那些人是亲眼目睹了这个罪犯的古怪行径的,所以我想他很难为自己开脱了。"

"……那么他,正木琉璃的丈夫因拐骗罪和杀人罪现在关在监狱里吗?"

与绿坂琉璃坦率的直言相告比起来,小山内自知他的这句话是毫无意义的敷衍,不过对方很快摇了摇头,做出了否定的反应。

"他没被判杀人罪。因为希美的死不是被杀,而是由于一场事故。还有,正木龙之介已经不在监狱里了。"

受害女童死于事故是怎么回事呢?正木龙之介不在监狱里那又会在哪里呢?小山内有不少问题想问绿坂琉璃,但他又很犹豫。他感觉比起这些还有更需要了解的事。一些关键重要的事。

"那一定是小山内先生你记错了。正木没杀人。那是因为两人去名古屋的路上遭遇了事故。事故的原因在于希美的疏忽大意。正木有错,他不该对警察动手,但冲到马路当中去的希美也有过错。"

"……"

"为什么他们会去名古屋,这个你知道吧?"

"是因为八年前三角君在名古屋分公司。为了去找三角君,正木和女孩开车去的名古屋?"

"就是的呢。"

"我记得电视新闻上说,犯人胁迫孩子坐在车上,带着她跑了很长时间。他也没有目的地,离开船桥后除了到加油站停一停,就是一刻不停地在赶路。"

"那就是这新闻搞错了。八年前的夏天,他们查到了他在名古屋分公司工作的消息,这自然是正木打听到的,两人便开车出发了。说胁迫孩子,还说没有目的地,这些都是错误消息。出发前他们还往名古屋打过电话。是正木打的,等对方接了电话后,这边也换成了希美,让她直接跟他说的。"

绿坂琉璃讲述的是她经历过的事实。

她按照时间顺序一五一十地讲述了事实情况。

就像讲述一件八年前发生在自己身边的事。

她说"这边也换成了希美,让她直接跟他说的",这种叙述的视角很明显地反映了这一点。

还没等她继续往下说,小山内嘴里短短地叹了一口气。

八年前希美在电话里跟三角说了什么,这个不用问小山内也能想象得到。就像再往前退回七年,小山内的女儿琉璃从仙台打电话给他一样,希美一定也对他说了相同的话——琉璃和玻璃,太阳一照都发光。

小山内设身处地地考虑了一下接到电话的三角哲彦会是怎样的心情。

绿坂琉璃读懂了小山内的表情,她眯起了眼睛,似乎又在说"就是的呢"。小山内也感受了一种鼓励,感到对方认可了自己的思路。琉璃和玻璃,太阳一照都发光——希美大概是这样说的吧。身在名古屋的三角接到一个突然打来的电话,还听到了这句话。这是他时隔七年第二次听到。在七年间他苦苦等待的一句格言一个讯号。

小山内的脑海里浮现了三角哲彦的样子。

这个男人平步青云一直做到大型建筑公司的总务部长,此时小山内的耳朵里似乎传来了他充满自信的说话声,用荒谷瑞木的话说,那是城里人的说话方式,干净利落。他当时对小山内说:我接下来要告诉你的不只是对过去的回忆。事实上他讲述的就是一个令人难以置信的奇迹故事。他自己是相信这个故事的。其实不管他信不信,在希美死去八年后的今年,她第三次出现了,不过这次换成了一个叫做绿坂琉璃的陌生少女。就在这一次,三角没有错过机会,他长年埋在心里的夙愿将要成功地改写成现实了。绿坂琉璃的出现对三角而言是第三次机会,从上一次以后又经过漫长的等待才等到的机会,正所谓事不过三,这一次不能再错过了。情况大概就是这样。不过,三角对小山内讲述的故事中,关于第二次接到电话的经过连同拐骗事件都被省略了。

不过,三角本人此时却不在场。约好的时间已经过去了一个半小时,他还没来。此时能够对小山内的心中所想表示赞同的只有眼前的这个少女,她会说"就是的呢"。

"两人要是顺利到了名古屋,事情就好办了呢。"绿坂琉璃淡然地对八年前的事件做了总结。

"在电话里他说如果希美来了名古屋,他会跟她见面的。如果在路上没出事的话,正木大概也不会被当成拐骗犯给抓起来了。希美和他,还有哲彦君如果能把情况跟警察详细说清楚的话……不过,是不是说了也没用啊?警察还有周围的人谁都不会相信吧?一个成年男子开车把一个女孩带到很远的地方,这就是拐骗吧。人们眼里只看到了这一点,就好像希美的妈妈报一一〇时一口咬定孩子被拐走了一样。话虽这么说,你也不好去责怪周围的这些人是吧。小山内先生你也是这样想的吧?"

"这事我头一次听说。"小山内感到自己说的这句话听起来像是在辩解,"关于拐骗事件,三角君和你妈妈都没跟我说起过。"

"你即便听说了也会认为那是编瞎话吧。一个并不相熟的人突然来到家里,还跟你说了那种话,别说你不相信,小山内先生说不定你都要生气了呢。比如你听他说,那个著名的拐骗事件中的犯人精神正常,而周围其他人都是脑子不开窍,所有的指责都是误解,那你会怎么想?所以呢,我妈妈说要去八户时,我是让她别去的。因为我觉得这是我和哲彦君的事,没有必要把小山内先生你牵涉进来。可是,妈妈不听。妈妈她说……小山内先生这不……"

此时绿坂琉璃少有地口齿不利索起来,看她欲言又止的样子,小山内猜测她要说的话恐怕是自己不爱听的,所以他做好了思想准备,垂下了眼帘。这个少女大概会点明她和自己两人之间是什么关系吧。

(……小山内先生这不是琉璃的、琉璃还是小山内琉璃那会儿的父亲吗?)

"小山内先生那可是,"少女重又开口了,"那可是妈妈从前的好朋友的爸爸呢。"

小山内抬起眼皮看了看绿坂琉璃。她喝了一口杯子里的水,一只手碰了碰用包袱布包裹着的那幅油画,挺了挺身子,将视线投向了小山内的背后。

小山内被她带着也扭头看了一下。煲电话粥的女演员还不回来。

"要我说呀,"绿坂琉璃又开口了,"琉璃刚刚想到的,说不定小山内先生你是从一开始就明白这些事才来这儿的吧?你装作什么都不相信的样子,实际上你是相信的吧,所以你才会找出这幅画来,跟我来见面的吧?"

"这画是偶然找到的,在一堆旧东西中。"小山内并不在意对方说的话,他只是据实相告,"跟你妈妈见面时,她告诉我琉璃上高中时应该画过一幅油画,不过我也没去找。是我母亲偶然找到的。"

"可是,我听妈妈说,"绿坂琉璃很快回了一句过来,"小山内先生对那些有前世记忆的孩子也比较关注吧。妈妈去见你时带去的那本书你应该也读过吧。"

那本书在你妈妈建议之前自己已经看到了。不过,那也只是在工作单位的图书室里碰巧看到了,才花几天工夫大致通读了一遍,并不是因为特别关注它才读的。小山内本来还想继续实事求是地告诉她这些情况,但少女说出的下一句话让他犹豫了。

"你知道吗?那本书跟正木读的是同一本。"

"……?"

"世界上有不少孩子都说得出自己的前世是谁,自己是什么人的来生转世。那本书上写的是这些内容吧?"

而且,她还正确说出了小山内看的那本书的书名。

"……你是说正木他也看了?"

"嗯。同一本书,他读得很仔细,到处还贴着便笺纸。要我说呀,小山内先生和正木应该属于一条道上的,嗯,那个叫什么来着?"

绿坂琉璃用了一个并不贴切的词来形容,继续追问不休。

"叫做一丘之貉吧。"

的确不贴切,但小山内并没去纠正她。

"……正木是看过那本书以后就相信希美是自己妻子的来生转世的吗?"

"这个,是不是这样呢?"绿坂琉璃歪着脑袋,没敢肯定,"他与其说相信来生转世,倒不如说从一开始就接受了自己的亲眼所见,应该是这样吧。我觉得正木的这一点是很厉害的。他的头脑不是榆木疙瘩。他开始看那本书是在那之后。小山内先生你呢? 你的顺序是倒过来的吧?"

顺序倒过来,那岂不就是榆木疙瘩了? 小山内的心里隐隐掠过了这样的念头。那还不如被说成一丘之貉的好。

"既然接受了亲眼所见,之后为什么还要看书呢?"

"谁知道呢!"这个转世出生的少女开始不那么认真回答了,"他是想获得勇气吧,来证明自己不是孤独的。只要知道了世界上有些人有着同样的经历,并能理解接受这些经历,那么即便得不到那些榆木疙瘩的理解,他也就觉得自己并不孤独了。"

"于是,正木他就……"小山内稍稍有点气愤,冲动之下刚说了个开头,后面他便不知道自己到底要问什么了。于是,正木他……他怎么了呢?

"他大概不读那本书也能理解的。"少女朝着正确的思路引导小山内,"他是接受了希美就是琉璃的来生转世这个事实的。那可是琉璃的第三世了。小山内先生你也懂的吧? 在地铁事故中死去的是第一世琉璃,从她数下来的第三世。这样说来,我就是第四世的琉璃。"

这些话小山内权当作没听见,他问了一个别的问题:

"那么正木呢？他现在在哪里？"

"这个说不上来。"

"说不上来是什么意思啊？"

"说不上来就是说不上来啊。小山内先生，我也是琉璃呢。琉璃和玻璃太阳一照都发光的琉璃。你没听见吗？"

"你回答我，他在哪里？"

"我没法回答呀，死了的人他在哪里，我怎么知道呢。"第四世琉璃说得斩钉截铁。

"死后的世界是什么样的，我也不知道啊。"

站在桌边的店员拿着不锈钢的水壶想要过来给他们的水杯加水，但是当他听到这孩子说的话，不由得停住了动作，一脸迷惑地转头看着小山内。小山内眨了几次眼，一语不发地注视着这个孩子。

"啊呀，不好意思，我们就要走了。"这时边上传来声音，店员向这声音的主人看过去，脸上做了个不自然的笑容就离开了。

"对不起啊。"孩子的母亲站着就拿起了手包，把手机扔了进去，"我以为说两句就完事了呢，没想到这电话打了这么久。我们走吧？"

"真崎先生的'说两句'总是很长的。"女儿说。

"就是的。他这个人很烦。"母亲回应说。

"正木死了吗？"小山内问她们。

这位母亲是接受过表情塑造训练的，她听了小山内的话，不禁皱起了眉。

女儿简洁地做了解说,"我刚才跟小山内先生聊了正木龙之介的事。妈妈你没跟他说的那些事。"

被唤作妈妈的这个女演员绿坂夕依,她跟十五年前死去的琉璃曾经是好朋友,小山内直视着她的脸,又问了一句:

"你为什么没跟我说正木的事?"

绿坂夕依并没有避开小山内的目光,她只是对他说,我们先出去吧。

12

八月里刚过了御盆节,绿坂夕依就来拜访小山内了。

大概在三角哲彦来访的一个月以后。

这一天小山内也不在家。上午由荒谷清美开车一起去了购物中心,陪她买东西,吃过午饭又心血来潮带她去看了电影。看完电影进了一家咖啡店,本该是两人交流电影观后感的时间,不知不觉话题转到了晚饭的菜单上,他们商量着回家路上要到超市买一些蔬菜和肉什么的,因为小山内家的冰箱里已经没有了。随后便聊起了八年前在那家超市的停车场发生的撞车逃跑事件,以及两人因了那次事件而相识的场面,清美连连感叹八年的时光真是过得飞快,而从这里她开始聊起了另一个两人都无法回避的话题,说两人其实是包含女儿瑞木在内三人的关系今后不能总这样拖拖拉拉不清不白的了,完了又加了一句,再说还有你妈妈的事呢。小山内突然感到了疲劳。这时留在家里看家陪伴他母亲的瑞木打来了电话——绿坂夕依来家里了,她想跟小山内先生见面!她紧张兴奋的声音几乎吓人一跳,以为出什么事了呢。

小山内和清美回到家里,在门口就碰到了绿坂夕依。看样子也像是等得不耐烦了要回去,其实不是这样,据说是瑞木刚带她去了小山内家的墓地上坟回来。她对着小山内深深鞠了一躬,然后开口说出来的台词跟上个月三角哲彦说的大同小异。

"我只图自己方便,也没打招呼就冒昧地到您家里来了,十分抱歉。今天过来是有话想跟您聊一聊。能不能占用您一些时间呢?"

这是死去的女儿曾经要好的朋友,时隔十五年小山内再次见到她,发现快要认不出来了,当然她已经出落成了一名成熟的女性。只是,与她在电视剧、广告上面的形象相比,她的打扮是相当的朴素了,不如说她一身便装让人回想起她在仙台读高中时的样子。她身穿一条缀有带盖口袋的工装裤,短发,化着淡妆。周身也看不出有多强的气场,居然会引得瑞木大呼小叫。瑞木也许会说她很洋气,但在小山内看来,她的装扮与行走在八户街头的女人们并没有什么不同。

小山内和绿坂夕依在佛堂面对面坐下了,七月份他与三角哲彦也是在这里见面的。这次两人单独交谈了两个多小时。说是交谈,其实应该说光听她在讲,这期间瑞木几次开门进来。一会儿端来了麦茶和湿毛巾,一会儿送来水果,一会儿又来传话说小山内的母亲希望客人留下来一起吃晚饭。每一次绿坂夕依都会停下她的讲述,而且会在一瞬间将此前面对小山内时的严肃表情换作一副柔和可亲的笑脸,一边说着"谢谢啊,别麻烦了"之类的客套话,要么就看一眼手表说:还有时间的话我一定会的……而等瑞木一出去,她很快又挺直了身子,重新恢复严肃的神情来面对小山内。

七月份三角在谈话中已经提起过绿坂夕依和她的女儿,所以这次这个女演员的来访并没有让小山内感到很惊讶。他料到迟早会有这样一次突如其来的见面。他自以为也很明白女演员为什么事而来。她特地抽空来找自己,是为了证实三角讲述的故事,是为了给事实提供证词,换句话说,她是为了重复讲述那个在小山内看来难以相信的故事。毕竟,按照三角的说法,小山内的女儿琉璃是正木琉璃的转世,绿坂夕依的女儿琉璃又是小山内的女儿琉璃的转世。

小山内的预料不差,女演员果然讲起来生转世的事来。

她首先提到的是托梦这件事。她问小山内,这个您知道吗?小山内是知道的,但他没答话,态度上也没任何表示。她所指的托梦,是说来生转世的孩子会在母亲怀孕时托梦给她。

绿坂夕依说她在怀孕时,听到肚子里的孩子说自己名叫琉璃。胎儿是这样说的——我是你也很熟悉的那个琉璃,拜托你让我再做一回琉璃,重新来到你们生活的这个世界吧……那个梦不像是普通的梦,梦境十分清晰,而且我听到的那个声音,仔细辨认起来就是在仙台时的好友小山内琉璃的声音。

讲到托梦时,女演员的神情十分认真。说到最后她还加了一句:当时我丈夫还在一起生活,他对此只是一笑了之。小山内听完之后依然没说什么。接下来女演员开始讲述她给出生的孩子取名叫琉璃,一般用平假名书写;琉璃三岁的时候她与丈夫离了婚;然后到了去年年底刚过完七岁生日的琉璃突然发烧病倒了,但查不出原因;身体恢复之后,人却发生了明显的变化等等。说到这里,瑞木就端着盘子进来了,里面盛着削好的梨。女演员脸上僵硬的表情一瞬间消失了。或许是她使出演技功夫瞬间切换了表情吧。

小山内之所以听她说完还沉默着，是因为他拿不准该用什么样的态度来应对。他明白对方是个知情达理的正常人。这一点与一个月前见到三角时的感觉是相同的。即便跟对方隔着一张黑漆桌子相对而坐，并不觉得这空气与平常有什么不同。丝毫没有听人讲述那个世界时的毛骨悚然感。她很自然平静地讲述着，这无非就是一个极为正常的人在严肃认真地谈论她所经历过的异常体验。

小山内又想起了二十五年多前住在公司的稻毛宿舍的时候，妻子曾透露给他的一些事。当时才七岁的女儿琉璃竟然懂得很多东西，而那根本不是她出生后学到的。那时候小山内觉得妻子所说的有点吓人，他从一开始就不予相信，但现在看来那跟三角讲的事，以及绿坂夕依讲的事都有关联。甚至可以说，三者完全是相同的。说起来，妻子阿梢只不过是最初窥看到这个故事入口的人，到最后，三人都想告诉他的原来是同一个故事。照此看来——现在的三角和绿坂夕依如果说是正常人的话——当时自己的妻子不也完全是正常的吗？

但是小山内并不想说这些事。他对三角没说，对绿坂夕依也一样，不管什么事他都不想主动去提起。就算他说了什么，他感到自己的话也不会像端来水果盘的女中学生那样让绿坂夕依的表情发生变化。她大概还是会神情肃穆地说——您太太到底还是注意到了呢，跟我想的一样，我早就猜到可能会是这样的情况。

说真的，小山内的妻子怀孕时也有过托梦的经历。

她有可能做过这种梦的。

说是有可能,是因为妻子虽不曾使用过托梦之类的词眼,但她确实梦见过婴儿开口对她说话,而小山内清楚地记得妻子曾亲口告诉过自己这个奇怪的梦。那时琉璃还在妻子的肚子里,所以是三十四年前的记忆了,但小山内绝不会忘记。

为什么这么说呢?那是因为妻子阿梢曾告诉他说,梦见将要出生的婴儿把自己的名字给定了下来,而且这婴儿还说出了这个名字的来历,那是一句高深的格言;在梦中那女娃用汉字写下来并念给自己听了。阿梢看起来并没有因为梦的内容感到惶惑不安,她的口吻反倒像是为自己的孩子感到骄傲,言辞中包含着许多疼爱。与绿坂夕依的丈夫不同,小山内对妻子的这些话并没有付诸一笑。相反,尽管他的脑子里闪过了一丝对妻子是否得了妊娠忧郁症的怀疑,但他还是尽量耐心地去听妻子讲述,应答得也很诚实,不掺杂一点讽刺挖苦。

(你说是女娃吗?)小山内反问她。

(是呀。将要出生的是女娃呢。)

(是么,原来是女儿啊。)

(不错吧,是个聪明孩子。)

(那格言是什么意思啊?)

(这个她没跟我说。阿坚,你回头查一查吧。)

三个月后阿梢果真生下了一个女孩。

夫妻两人因为早有准备,意见也一致,立刻就给女儿取名叫"琉璃"。

琉璃和玻璃太阳一照都发光。琉璃的名字取自这句格言呢,从那以后小山内夫妇碰到来庆贺孩子出生的人,都会这么解说。

也就是说,尽管三十四年过去了,小山内至今依然记得妻子做过的那个梦,更确切地说,他还记得琉璃这个名字的来历,连同在词典中查到的那句格言的意思。给自己唯一的女儿取名字的过程,就算经过几十年,做父亲的也不会忘记的。

瑞木出去了,佛堂里又只剩他们两人时,女演员这次提到的是重复转世的孩子。关于这一点,小山内记得在书上读到过。简单地说,这个词是指同一个人格在幼年死去后,能多次来生转世的那种比较特殊的孩子——假定有这样一种特殊孩子的话。

绿坂夕依是想把这样一个词加到她自己的女儿琉璃头上继续聊下去吗?小山内有点怀疑,他喝了一口麦茶,取出一根香烟来,用芝宝打火机点上了。从一开始他已声明自己要抽烟。为此桌上已经放好了烟灰缸,小山内坐在面对院子的靠窗一侧。窗子打开了两扇,外面垂挂着褐色的遮光凉帘。

小山内一边抽着烟,一边任对方讲述,他的注意力却转向了那个曾经与三角相恋的女人身上。要说重复转世,那么正木琉璃她是最先一个琉璃。小山内琉璃是第二世。然后是绿坂夕依的女儿,她是第三世琉璃。可是正木琉璃死的时候不是将近三十岁了吗?本来么,什么叫做重复转世中的第二世琉璃?难道说跟妻子一同在事故中丧命的自己的女儿琉璃是第二世?这难道是说自己给她取名为琉璃并抚养长大的高中生琉璃不是自家的女儿吗？

"绿坂小姐。"小山内感到香烟只有苦味，便想掐灭了，结果烟雾飘进了一只眼睛，让他皱起眉来。

"什么？"

"别说了吧。"小山内说。

她说作为来生转世的孩子中的特例，有一类孩子能够不断重复转世，可那书上并没写到这一点。书上并不是说世界上有那种孩子的事例，而是说在幼儿死亡率极高的未开化地区，人们的头脑中存在着那样的观念。只不过是书的作者把那种概念称作了"重复转世的孩子"。小山内本想给她一个忠告，劝她不要曲解使用书上的话，但结果他也懒得说了。

"我明白绿坂小姐你想说什么。托梦这一类事，我也知道是有可能发生的。"

"噢。"绿坂夕依的回答很简单，于是又轮到小山内开口了。

"三角君也一样，"小山内忍着一只眼睛的刺痛继续说，"还有你绿坂小姐，你们相信人有来生转世，这个我能理解。"

"您说'理解'的意思是……"

被香烟的烟雾迷住的那只眼睛里渗出了泪水。小山内低下头去，用弯曲的手指背面擦拭了一下眼角，等待刺痛感的消失。

"您是说您和三角先生还有我一样，也相信人是有来生转世的吗？"

当然不是这个意思。但是小山内无言以答。如她所指出,自己到底理解了什么,怎么理解的?

小山内此时想起了前不久清美告诉他的一个老人的故事。这个老人是清美母女俩的公寓楼的房东,但他自己住在附近的一幢独栋屋里,年纪已过八十,精神还非常矍铄。只是他有一个怪癖,他给自己养的鹦鹉取了过世妻子的名字,每天还会让它停在自己的肩膀上带出去散步。清美在路上遇到他,跟他打招呼,老人也会应答。但他还是会立刻回过头来跟鹦鹉说话。我说呀八重,老人这样跟肩上的鹦鹉拉话。听人家说,这只鹦鹉不是从宠物商店买来的,而是老人的妻子死去的那年夏天,它自己不知从哪里飞到他家院子里来的。好几次想把它赶走,可鹦鹉就是悠然自得地在边上走来走去,老人不免思忖,这难道是……当他对这鸟儿喊了一声,是八重吗?鹦鹉竟然回过头来,回答了一声"是"。从那以后,老人就和鹦鹉一起生活了。他相信这鹦鹉是他妻子的来生转世。

"请您再听我说几句。"绿坂夕依说。

她还是想聊书上写的那些事吧。

小山内几乎能想象得到。比如来生转世的孩子开始提及前世记忆的年龄是几岁。有的孩子害怕被人知道,所以从不说起记忆的事。有的孩子是经过一次生病发烧后就恢复了前世记忆。有的孩子会用前世身边人的名字给洋娃娃和玩具取名。有的孩子则会显示出一些从未学过的技能知识。有的孩子会对前世死去的地方或比较相似的地方产生恐怖心理。也有例子表明他们来生转世后会继续成为前世亲人朋友的家人。书上甚至认为,有的孩子是主动要求再次投生到前世熟人身边的。

"其实我自己也不是打心眼里就相信来生转世的。"绿坂夕依说道,"您说嘛,这种事没法打心眼里相信吧。这一点上,我想小山内先生您跟我的理解程度大概是一致的。"

小山内眨了眨单只眼睛,抬起了头。

绿坂夕依从身边的手包中取出一本书来,小心地拿掉了书店给包好的书皮,对着封面注视了一会儿,然后把书转了个向放到桌上,好让小山内看清。

这本厚厚的书被她的手轻轻推过桌子的这边来。封面上有三行竖写的字,那是标题,小山内在心里默念了一遍:

具有
前世记忆的
儿童们

面对默默无语的小山内,绿坂夕依又说起来了。

"我女儿告诉我有这样一本书,我就试着读了读。这一本是来这儿之前我在东京的书店买的,我家里也有一本同样的。我是好久不读书了,这一本却读得很投入。"

当然电影的原作还是读的,她不失时机地加了一句,脸上露出一丝笑意。

你想说的是……小山内用眼神发出了询问。

"书里讲的就是标题显示的内容。其实有很多孩子是具有前世记忆的,这一点出人意料。书里提到了各种各样的事例报告。里面有的跟我女儿琉璃的情形比较相似,刚才我说的托梦的事,这书里也写到了。也就是说,有过托梦经历的孕妇,找一找其实也可以找出很多来的。"

小山内还是用刚才同样的眼神看着对方。

"不过,这本书中最让我信服的还不是那些具有前世记忆的孩子的实例,而是这本书作者的基本观点。书的前言中这样写着。您看一看吧?"

因为小山内碰都不碰这本书,绿坂夕依有点急了,她伸过手来,抓起书飞快地翻开书页,出声朗读了前言的开头几句。

　　本书的撰写目的是为了将我对一些可视作来生转世的事例所做的研究用简明易懂的方式告诉给普通读者。

小山内的第一反应是她的声音很美。口齿清晰,流畅动听。然后他突然想起来在仙台时,女儿琉璃曾夸过绿坂夕依,说她有表演才能。

"他说是'可视作、来生转世的、事例'。"

绿坂夕依把语句里的"可视作"特地加重音念了出来,提醒小山内注意。

"您注意到了吗?作者说的不是来生转世的事例,而是'可视作来生转世的事例',他把对这些事例进行的研究写成了书。这本书并没有主张说来生转世一定是有的,让人们相信。"

"唔嗯。"

"书上说,就算这本书的读者在读过之后对来生转世这种现象的存在深信不疑,这也不是作者的真正目的。我再念一念下面几句。"

> 希望那些以前从未考虑过来生转世的人们在读了这本书后,能够理解人的来生转世也有其一定的道理……

"就是这句话,让我信服的。他说'有其一定的道理'。这也就是说,我们没有确切的证据来证明来生转世的存在,这一点作者自己也无法证明,但是他提醒我们说,全盘否定来生转世的看法也是不妥的。为什么这么说,是因为实际上有不少孩子是具有前世记忆的。说不定他们就是其他人的来生转世,肯定是来生转世,因为只有这样考虑,我们身边发生的某些现象才能解释得清楚。我们的身边,经常会发生。"

"嗯,这一点我明白。"

"您明白对吧?"

"有一定的道理。这些我能明白。"

"那就是说,认为人有来生转世的观点您是接受的,对吧?"

"是啊。只是……"

"只是?只是什么呢?"

"要接受具有一定道理的观点,需要看到一定的现象,是吧?这种现象在我身边并没发生。"

"是这样的么?"

"三角君还有你来找我,跟我讲述你们身边发生的事,我只是听到了,这算我身边发生的现象吗?"

"不,我想说的是,有些现象小山内先生您也许错过了没注意到。或者您其实注意到了一些奇怪的现象,但也许随着时间的流逝已经忘记了。所以我把这个带来给您。"

绿坂夕依把书合上,重又放回到小山内前面。

"您能断定身边真的什么都没发生吗?不光是现在,在此之前还有过去,您能断定什么都没发生吗?我希望您看一看这本书,再仔细核实一下。"

不用说,小山内已经核实过一遍了。

然而,他已经错过向绿坂夕依坦诚相告的时机了。这本书是人家特地从东京带到八户来的,就这样推还给她有点说不过去。小山内装作头一回看到的样子拿起了书,翻开了封面,还翻到了刚才绿坂夕依念过的那一页,只做了个大致浏览一遍的样子。

现在怎么样姑且不提,要说过去自己身边也没发生奇怪的现象,那是绝不可能的。这一点他心里很清楚。在他的新婚时期,当时还住在公司的福冈宿舍,怀孕的妻子就做过一个梦。他们给自己的孩子取名叫琉璃是有原因的。在稻毛的那段时期,琉璃还是个小学生,她身上出现了种种令人不解的言行。把这些现象作为来生转世的标志来解释,这是有一定道理的,小山内在工作单位的图书室读到这本书时已经明白了。

不过,绿坂夕依来访的目的不只是为了让小山内认同其中的"一定道理"。她的任务如果只是为了给他送书,那就不会专程过来见面了。她还准备了另一个话题,让小山内吓了一跳。

"我知道这些事跟谁说,谁都不会信。"女演员继续对小山内说,此时他正假装在看书。

"别人不但不会信你,你甚至还会成为他们嘲笑的对象。如果是在网络上,那就要被拍砖了。而且这是上高中时我和您家琉璃之间的一个秘密,我知道应该把它深藏在心里。可是一方面呢,要是连您我都不告诉,我总感觉很可惜。您是那个琉璃的父亲,我相信您会站在我们一边的,只要我告诉您事实,我相信您一定会理解的,所以我要把它说出来。其实在仙台上高中的时候……"

绿坂夕依停顿了一下,等到小山内抬眼看她才继续往下说。

"我曾经从她那里听说过三角哲彦这个人。"

"是么?"小山内应声道,"……她怎么说?"

"她说那是她前世的恋人。"

小山内把书合上,封面朝下放回了桌上,他一时不知道手该放在哪里,于是就把胳膊抱在胸前。一声叹息强咽了下去。

"说是前世的恋人,一开始我还以为是她打了个比方呢。但她说不是。她说:我妈妈很爱我爸爸,妈妈自己还半开玩笑说两人是前世注定的姻缘,但我说的跟这个不一样,我们的情况并不是像我爸妈这样的关系,而是字面上的意思,我在前世就跟他是恋人。"

字面意思的前世恋人什么的,如今小山内听到这些话已经不再惊讶了。尤其在听三角讲过他的故事之后,他感觉事情的来龙去脉居然还对得上了。相比之下,他倒是对"我妈妈很爱我爸爸"这个情节感到很新鲜。妻子阿梢果真是那么深爱着自己这个做丈夫的吗?还说两人是前世注定的姻缘?小山内短短叹了一口气。

"那是上高二那一年。"绿坂夕依继续在回忆,"琉璃确实亲口跟我说过来生转世的事。下课后,在美术教室里,她跟我透露了她的秘密……"

"然后呢?你就相信了她说的话?"

"没有。"绿坂夕依随即回答道。

"你没相信吗?"

"当然不信了。您想,当时我身边还没发生任何现象呢……不过,她跟我说的这些话,我一直没忘记。我还始终希望她所说的都是真的。如果真的有来生转世,而我们却浑然不觉那就很可惜了。我甚至还以为,活在世上而对前世一无所知的人是很吃亏的。接下来就是……发生了那个事故,她突然去世了,从那以后无论过去多少时光,哪怕在我当上演员以后,也一直惦记着来生转世的事。她跟我在美术教室约定的话,我从未忘记过。她说,万一我要是哪天丧了命,还会来生转世回来。像月亮那样。就像月缺之后还会月圆一样。而且我会给你讯号提示,你要是注意到了我的讯号,那就请接纳那个转世重生的我。我跟她保证了我会接纳的。那时候我们许下约定时,估计两人都认为绝对不会发生这种事的。可是,从她遭遇事故死去的那天开始,在这漫长的十五年间,我就一直在等她的讯号。"

"是什么样的讯号呢?"

"我不知道。应该是某种现象,看到那现象我就能接纳一个转世重生的琉璃了。"

"不过,你现在不是已经接纳下来了么?"

"是的,差不多吧。"

"你说差不多?"

"离完全接纳还差一步。到了今年,我女儿开始提起三角哲彦的名字了,我一下子慌了神,不知该怎么办。这事没法跟别人商量,我就自己上网查一查,也浏览过一些相当不靠谱的网站,还找过一些内容离奇的书来读。可是,我女儿完全不顾我有多么紧张慌乱,她的记忆在不断恢复。她记起了很多从前的事,那都是一个七岁的孩子不可能有的回忆。我想您已经从三角先生那里听说了吧,我女儿她竟然自作主张跑到三角先生的公司去找他了。"

"嗯。"

"有一天,三角先生他本人联系到了我。我还在犹豫该怎么办,结果对方跑来跟我见面了。他是为了让我这个做母亲的,能够接受我的女儿琉璃是别人的来生转世这个事实。三角先生说她是三十四年前在一次地铁事故中去世的自己的恋人,名字同样叫做琉璃。可是遇到这种情况,不可能就简单地说一句'是吗?'马上就能理解接受的吧。你想,琉璃是我生下来的,她是我的孩子呀。你说是不是? 可是三角先生却说,不是这么回事,我说的恐怕跟这个是两码事,不在同一个层面上。跟什么血缘关系啦,生物学意义上的亲子关系啦,遗传基因啦这些我们熟悉的话题都是不相关的。那指的是什么意思呢?您能猜想得到吗,小山内先生,哪怕只是个大概?"

"不能。"

"三角先生说他也不懂。为什么这么说,是因为这需要人死过一次后才能明白。我们都没死过,所以不懂。因为对于死后的世界,我们只有在打破寻常观念的束缚之后才能理解,但人只要活着,是没法挣脱寻常观念束缚的……他这是在忽悠人吧。我总感到是一个能说会道的人贩子要把我女儿拐走了。可是,现实生活中我亲眼看到的又不是这么回事。我女儿琉璃并不是要被人贩子拐走,她是真正地依恋着三角先生。说依恋,不过是说得好听一点。她是从女人的角度想要他的。跟他在一起时,她就一直想往他身上黏,亲近不够的样子。一个才七岁的女孩子竟然会这么不顾一切地追求一个建筑公司的部长。我觉得她是想跟他上床的。如果不管她,她会跟那个人发生性关系吧……对不起,这种事我没法跟别的人讲,所以就……"

"咳,没关系。后来,那讯号的事呢?"

"对,还有这件事,"绿坂夕依平复了一下神情,"到了上周,琉璃又说出一个她不可能经历过的回忆。那就是我刚才跟您说的,高二时我们在美术教室里说过的话。我刚才说了,那次的约定我从没对别人说过,是藏在我心里的秘密。而我女儿却一五一十地说了出来。那会儿我跟她两人正在自家的起居室看电影,看到一半她突然说起这事来。那部电影是岩井俊二导演的《四月的故事》,讲的是……"

"电影讲什么故事都无所谓吧。关键是你女儿她是怎样回忆起那件事的?"

"不,电影的故事很重要。琉璃是在看电影当中突然说了这么一句的:这个故事和小山内家那对夫妇的故事一模一样呢。"

"……嗯?"

"也就是说,电影的故事正好体现了读高中时琉璃跟我说过的那句话,我还记得她说过,我妈妈很爱我爸爸。"

"不好意思,我没听懂你在说什么。"

绿坂夕侬的目光里第一次透出了不耐烦,她注视着小山内。似乎在怀疑对方是故意装不懂来打断自己。不过她很快又鼓起了劲头。她单手做成梳子状,把她那并不需要梳上去的短发从额前到后脑用力梳理了一下。

"对不起,是我没说清楚。这部电影的女主人公是松隆子演的,她是一个家在小城市的高中生,即将升入东京的一所大学读书。她之所以会选择那所大学,是因为她在老家时暗恋的一个学长就在那所大学。我女儿说这一点非常相似。她说小山内太太以前为了追小山内先生,硬是说服了父母,从八户来到东京的,这一段情节一模一样。"

"……"

"这一段故事我以前听您家琉璃说过,是知道的。所以我很惊讶。但是更令人吃惊的是,我女儿还提起了那幅油画。那会儿,琉璃每天都会留在美术教室里画画,她画过一幅肖像画。"

你等一等。小山内想让绿坂夕依停一下,他放下了抱在胸前的胳膊,却没发出声来。来生转世的孩子无论回忆起什么事情,他都不会感到吃惊。但是说到妻子,那是另一回事了。

她说自己过世的妻子阿梢在读高中时说服反对她去东京的父母,追着一个自己喜欢的学长考上了东京的大学,小山内不知道有这样一个故事。他也不记得妻子说过她喜欢的学长就是自己。这些话完全是出乎他意料的,对小山内而言这简直就是改写了自己的过去。因为他始终认为在老家上高中时两人互不相识,连名字都不知道;在大学的保龄球大会上经人介绍才认的同乡,一个学长一个学妹,但那是初次见面,然后就开始了漫长的交往,一直到结婚。然而,自己的过去真的需要改写吗?还是说自己的记忆已经模糊不可靠了?一瞬间他很难做出判断。她跟女儿一同遭遇事故死去是在十五年前。她高中毕业粗算都已有四十年了,那是很久以前的事了。

"我女儿说希望我看看那幅油画。"

绿坂夕依静静地观察了片刻小山内的样子,继续往下说了:

"我的记忆中那是一幅肖像画,画的就是您家琉璃说的那个'前世的恋人'。读高二时画的画,所以应该是十五年前或者更早的东西了,如果现在那幅画还在,我是很想拜见一下的。"

小山内无力地摇了摇头。

"这么旧的东西,我想家里是没有的了。"

"我的意思并不是说马上去找出来。就算要花点时间,如果找到了的话,希望能让我看一眼。其实自从我女儿说起这件事以来,我一直在想那幅画。您家琉璃画的那张男人的脸不知不觉间就隐约浮现在眼前了。当时我还以为那只是想象出来的一个人物形象,但事实上三角哲彦先生确有其人,现在我跟他本人还见过面,我也知道他长什么样子了。所以,如果那幅画上的肖像和三角先生的长相一致的话。"

"那就是说,琉璃跟你约定的讯号就是这幅画吗?"

"对。我女儿说希望我看看那幅画,我相信这是针对我一个人发出的特别讯号。"

还有,绿坂夕依歇了一口气,说出了最有杀伤力的几句话。

如果两张脸是相同的话,那就是说,过去在小山内先生您的身边也曾发生过奇异的现象,只是您并没有注意到,这幅画就是最好的证据。

下午一时
ごごいちじ

"你为什么没跟我讲正木的事?"小山内这样问绿坂夕依,但他同时又感到自己的这个问题毫无意义。

三角哲彦和绿坂夕依都来过八户,他们怎么都没提及正木龙之介的事呢?

答案已无须从两人口中获知,小山内都能想象得到了。

如果想让别人理解自己身边发生的事是来生转世的现象,那么正木龙之介的故事并不是合适的说明材料。因为正木引发的这个事件已经被定性为拐骗女童案件了。它作为报刊消息、网络新闻或者书刊内容已经变成了一条资料。也就是说,有人如果想要去调查这件事,越往深入调查,都只会走进一个事实的死胡同:认定正木这个人是社会的败类、是萝莉控、是拐骗女童的罪犯。这就是用常识架构起来的这个现实世界的公认观点,谁也无法推翻。已经没有余地去推测哪一种现象才是真实的,来生转世这种事连一丁点儿的道理都没有。反过来,三角哲彦讲述的事情,还有绿坂夕依讲述的事情当中还是有一定道理的,尽管还没法证明它们的真实性。如果他们讲述时提到了被贴有拐骗犯标签的那个人的名字,势必会招致听者的反感,使得他们的讲述中原本具有的一点道理也遭到质疑。所以,正木龙之介在他们想讲述的故事当中是个多余的人物。

东京站酒店二层。

从刚才喝茶的那家咖啡店 TORAYA TOKYO 出来,走向电梯的路上,小山内一直在考虑这一点。

然而真的会是那样吗?

不如说也可以作下面这种考虑。

就算他们对正木龙之介的事不加隐瞒,而是打破常人的思维将发生的事原原本本地告诉自己,自己果真会抗拒、会表示不理解吗?虽说刚刚那个少女毫不客气地指出自己与正木属于一丘之貉,但自从在公司图书室看到那本书而且一天天往下读的过程中,自己对于世上有些孩子的出生属于来生转世的这种奇迹,说不定还是乐意接受的呢。不,甚至可以说,本来就从妻子女儿命丧事故的那一年起,从那时开始,尽管他自以为接受了两人离世的现实,实际上在心底还保留着希望奇迹发生的一缕念想吧。就像清美讲的那个老人一样,不管是什么形式,鹦鹉也好猫狗也罢,哪怕蚂蚱什么的都行,总之他在期待她们能出现在自己身边,并且能发送一个表明她们来生转世的讯号给自己吧。假如八年前自己遇到了一个叫希美的女孩子——比如在超市停车场偶遇的是她,而不是清美和瑞木母女俩——然后认识了,自己恐怕也会对她产生难以割舍的感情吧,就像正木那样。牵着她的手对她疼爱有加,而在旁人眼里只会被看成是拐骗绑架的行为,自己也许会犯同样的错误吧。

或许他们在担心这一点吧,担心前世的亲人会深深相信了来生转世的事实,从而对绿坂夕依的女儿琉璃产生依恋不舍的感情。或许正因如此,他们才对正木龙之介这个比较极端的故事避而不谈,他们宁可让小山内半信半疑,只是希望他能相信其中是有一定道理的,然后去把那幅旧油画找出来。他们希望琉璃前世的父亲能够认同接受这个奇迹,但最好不要过于陷入其中。

"那个,小山内先生,"在等待电梯升上来的时候,绿坂夕依注意观察着他的表情对他说,"中午我预订的是一家中餐馆,不要紧吧?"

小山内没有转过脸去,他闭上了眼睛,努力想把纷乱芜杂的思绪集中起来。关键只有一点。现在自己心里对这个叫做琉璃的女孩有没有产生割舍不下的感情?就像那个老人用亡妻的名字来称呼飞进院子的鹦鹉一样,自己是不是也想对着这个初次见面的女孩喊她"琉璃",并把她带回八户的家里一起生活呢?

接受。

这个词,小山内记得自己说过好多次,但都是作为"断念"的同义词来用的。而且,这不是他自己对自己说的,而是为了劝说他母亲不要一直那么悲悲切切想不开。当他的妻子女儿去世时,还有他的父亲去世时,他劝解他的母亲——生活跟从前大不一样了,但活着的人只能接受这样的现实继续活下去。不过,三角哲彦还有绿坂夕依,当然还有绿坂琉璃以及正木龙之介,他们使用这个词都是有完全不同的含义的。

"一点儿都不要紧。中餐可以吧。"琉璃替他回答了。她胸前抱着那幅用包袱布包着的油画,"小山内先生吃东西不挑拣。"

"饿了吧?都这个时间了。"

"早咕咕叫了。都怪妈妈你那个电话。"

"你要这么说的话,就要怪真崎的那个电话了。"

"实在抱歉,"小山内打断了母女两人的对话,"还让你费心预订了餐馆,这真不好意思,可我好像没法和你们一起吃午饭了。"

"不会吧?我没听错吧?"琉璃大声叫了起来。

"您别这样啊。我想三角先生也很快就来了。"

"这个,我时间来不及。我已经买好回去的新干线车票了。"

"几点的新干线啊?"琉璃没等回答继续问他,"小山内先生今天过来难道就打算当天返回的吗?"

"一点二十分的车。"小山内回答道,边看了看手表。

距离一点钟还有一段时间。从新干线站台他花了三十分钟才找到这里的,回去不会再迷路了。大概只要十五分钟,就能走到飞隼号列车的出发站台吧。

绿坂夕依与琉璃面面相觑。琉璃歪着脑袋,一脸不满的神情,从鼻子里喷出一股粗气。别做这种难看的表情!少女的母亲换成了训斥的口气。小山内突然陷入了某种情绪中,他感到眼前的景象似曾相识,而且还不止一次地看到过;不过他说不清这种类似乡愁的情绪,到底是缘自于他对久远以前失去了的家人的思念,还是因为联想到了八户的荒谷清美母女俩。他决计不再去追寻这个答案,而是提醒自己在回去之前不要忘记跟绿坂夕依问清两件事。

电梯从一层往二层升上来了。

第一件事。

"绿坂小姐,"小山内叫了一声,他加快了语速,"关于那个正木龙之介,当然,我想自己查一下也能知道,他是什么时候死的?"

电梯到了二层,响起了清脆的提示铃声。

门开了,里面乘着两个中年女人,还有一个专心玩手机的年轻男子,其中一个女人注意到了绿坂夕依,表情立刻发生了变化。她下电梯时,转头看了一眼身边的女人,还用胳膊肘轻轻撞了撞人家。年轻男子大概玩游戏玩得正带劲,一直埋头在看手机。

他们三人坐上电梯,就背对着那名刚才在二层错过下梯的年轻男子站下了。谁都没说话。电梯经停楼层地下一层和一层的显示灯亮着,一层是小山内刚刚毫不犹豫地按下的。

自己的问题如果她没工夫回答,那也没办法。大概调查一下也能搞明白。想想呢,其实也不是什么非得查清楚的事。

不管怎样,一点二十分的飞隼号列车是不能错过的。他不想让母亲、清美、瑞木她们知道自己今天去了东京;尤其是清美,她对于之前绿坂夕依的来访并不像瑞木那样热情欢迎,反倒还面露不快,说,"那个女演员来干什么?她是给你死去的太太女儿上坟来的吗?怎么现在才来?"所以这次更不能让她误会,以为自己瞒着她偷偷去东京见了绿坂。还有第二件想问的事,其实现在再跟绿坂夕依打听,恐怕也得不到什么结果的。

"小山内先生,我可以再到你家去找你一次吗?"电梯快到一层的时候,绿坂夕依压低了声音说道。

电梯到了,提示铃声响起。

小山内把女演员的台词当作是礼貌得体的道别语,他微微低了低头,说不清是表示应允还是单纯地示意告别,然后走出了打开门的电梯。

一走出电梯,就发现已经到了酒店一层的大堂。他花了几分钟时间才找回了方向感。不过还不至于迷路。只要沿着两小时前的来时路回去就行。面对着酒店大堂的话,应该向左走,小山内很快找到了前进方向。

通道走到底再向右拐。那里有一道自动门,来时也经过的,门的那一侧就是东京站丸之内南口。穹顶天棚的下面,来往行人的脚步声、此起彼伏的叫喊声、行李箱脚轮的滚动声、东西碰撞的声音、咳嗽声、站内广播还有背景音乐都混杂在一起,而小山内正置身于这一片喧闹当中。

此时,女演员的声音从小山内身后传来:"我想大概是几年前了。"

小山内已经伸手在西服内侧口袋摸他的车票了,听到这话感到有点意外,于是就停住了脚步,转过头来。

"小山内先生等一等。"

只见琉璃一只手拎着那个打了结的包袱,另一只手拉着她母亲的手腕,她母亲正要回答小山内先前的问题。小山内向自动门那边退回了几步,在一块标着"东京站酒店一层"以及一个大箭头的指示牌前面与她们俩再次面对面站定。

"详细情况不太清楚,"绿坂夕依先开了口,"我想大概是五六年前了吧,听说是在拘留所内去世的。还说是留下了一封很短的遗书,里面只有一句话。他是怎么去世的,遗书写了什么内容,这些我都不知道。我是从三角先生那里听说的。"

"是么。"

"是的。所以,您如果想了解得详细一点的话,说不定三角先生是知道的,要不您还是再等等?"

小山内又看了一次手表。他做出了一个老花眼费劲看表盘的样子。然后他开口了,"绿坂小姐。"

这是他想问的第二件事。

"你说的那个是真的吗?"

"您指的是……"

"你来我家时,提到了一部电影是吧?你说电影的女主人公考大学时选择学校的理由与我的妻子很相似。那部电影的女主人公上高中时就对她的一个学长有好感,后来又跟着这个学长考上了东京的大学。讲的就是这么一个故事吧……"

"……噢,那部电影啊,您已经看过了吗?"

"唔嗯。不过我也就是确认了一下,因为跟自己的记忆好像差得很远。你说我家琉璃还在上高中时,曾经对你讲过我们夫妇俩的事,那个……怎么说呢,就是说我们怎么认识的吧,这是真的吗?"

"是的,是真的。您太太上高中时就喜欢上了您,当时您是她的学长,她为了追到您,就考了东京的大学。跟电影里的故事一模一样。"

"我说妈妈,"琉璃扬起下巴抬头对她母亲说,"这件事,小山内先生是不知道的。"

"是么?……啊,对哦。"

"前不久我不跟你说了嘛,小山内家的太太从未对人讲起过的。"

"是的是的。电影里也是,学长并没有注意到女主人公对他的恋情,是吧。还是默默暗恋的好呢。这一点也与小山内先生你们的情况相同的。"

"嗯。要说相同呢,电影里的两人在东京相遇后故事就结束了,而这边呢接下来就开始交往了。所以说,小山内先生和太太的结婚就好像是那部电影的第二季吧。"

"对,是续篇。如果把那部电影的女主人公塑造得更加积极主动一点,那就是小山内太太了。"

"对,就是阿梢小姐。"

看着这对母女这么一唱一和,小山内又感到自己被晾到了一边,无法融入她们的对话中。

"你是说产生了恋情?既然这样,恋情为什么要隐藏起来呢?"

他有点不耐烦地把自己的疑问抛向了绿坂夕依,又不等对方回答,转过头来冲着琉璃。

"如果是电影还好理解,可是现实生活当中,我妻子为什么要将这样的感情隐藏起来呢?有必要吗?"

"为什么呢?"琉璃抬头看着小山内。

"为什么呢?"绿坂夕依异口同声地说道。

"不好意思,我问一声,"这时一个过路人的声音强行插了进来,打断了他们的对话,"你是不是绿坂夕依小姐啊,那个演员?"

"……是的。"

"果然是的!"中年女人赶紧向她的同伴报告,"就是绿坂夕依呢,她就是。"

听到这个声音,旁边经过的人有的放慢了脚步,也有人停下了脚步。一个人、两个人一停下来,很快便招来了一堆人,边上渐渐围拢了一个貌似外地游客的团队。起先的那个人要求跟女演员合影。也有人过来是为了寻找酒店的出入口,周边很快出现了一堆围观的人群。

不知道是被人挤出来的,还是他们主动突围避难的,小山内和少女两人不知什么时候已经站在人群外面了。

他手里拿着那个包袱,弯着腰,与身穿连衣裙的少女面对面站着。他也不记得她是什么时候把东西交还给自己的。眼前这个少女笔直地站着,两手握拳,说了句"你等等",随即就闭上了眼。小山内按她说的等着,只见少女双眼的眼皮开始不断地抽搐。抽搐了几秒钟后停止了,然后又抽搐几秒钟,又停止,又抽搐几秒钟。小山内怀里抱着那个油画包袱,静静地等着。

过了一会儿,少女睁开了眼睛,她仿佛要让紧张的肌肉完全放松似的,把嘴张到最大程度,脸部表情都扭曲了,随后冲着小山内微笑了。

"为什么呢?"少女开口了,"为什么妈妈要对爸爸隐藏自己的感情呢? 那是因为,如果她告诉了你……"

她把嘴凑到了小山内的耳边,小声说出了一个秘密。

她显然在模仿别人的说话腔调。

她略带夸张地模仿的是妻子特有的说话语气,小山内至今还记得。就好像很久以前,还在上高中的女儿琉璃也曾用同样的方式让他感到又好气又好笑。

  要是说出来的话,爸爸就要嚣张起来了。

刚一说完,她就忍不住扑哧笑出声来,小山内的耳朵都感到她喷出的鼻息了。

她的嘴唇离开之后,小山内依然感到恍惚。两人还是面对面站着了,一次、两次,她使劲儿地眨了眨眼睛,从唇间飞快她吐了吐舌。

这是一个结束的暗号,随后她又恢复了原来的少女模样。在小山内眼里,似乎看到了自己的女儿琉璃用他熟悉的方式跟自己说完话后,又回到了这个名叫琉璃的少女体内。

"你懂了吗?"琉璃问他。

"这就是理由?"小山内嘟哝了一句,"就这吗?"

"是啊。就是这呀,这不是很重要吗?这是让夫妻生活长期保鲜的秘诀呢。她要是总把'我爱你'挂在嘴边,那就算真的很爱很爱你,你也会渐渐感觉不到了吧。难道不是这样吗?"

"如果你说的是真的,那我就是被骗了呢。"

"又说这种话。什么骗人啦被骗啦,你不要这么想。人家是为了年老后给你一个惊喜,才有意不告诉你的。她是想着要跟小山内先生你一起慢慢变老,两人成了老爷爷老奶奶之后,再来重温旧事好让你吃一惊。阿梢她以为能一直陪在你身边,所以压根儿没想到会遭遇那样的事故。年轻时候她恋上了小山内先生,抱着试运气的心情来到东京,这些事她想着有朝一日要讲给你听的。有朝一日……我还记得阿梢她自己就是这么说的,所以一定会的,有朝一日。"

突然,琉璃打住了话头。她似乎感觉到了某种小山内感觉不到的空气,向身后扭过头去。

跟随着她的视线,小山内也抬眼看去,看到前方站着的是绿坂夕依,她已经把那个游客团队打发走了,此刻正在一边静静地看着他们两人。

在她身边,站着一个五十多岁体格魁梧的男子。

男子向琉璃轻轻举手示意了一下。然后在小山内的注视之下,对他毕恭毕敬地鞠了个躬,尽管不断有行人从他们之间穿过。小山内长长地舒了口气。

琉璃回头对小山内说:"跟哲彦君就聊几句再走吧?"

"不了,没时间了。"小山内连表都没看直接回答了。

"好不好,小山内先生?"

"你去吧。"小山内把用包袱布包着的油画给了少女,然后直起了身子。

"那下次我可以给阿梢去上坟吗?跟妈妈,还有哲彦君一起?"

小山内没有回答。他已转身对着检票口方向,从西服的内侧口袋取出车票,正要往前走去。

"小山内先生!我告诉你一件好事吧。"少女的声音从身后传来,"来生转世的不只是我一个人哦。"

她的语气有点像是在开大人的玩笑,小山内感到没必要为此回头。但是他向前迈出的步履有些犹豫了。琉璃又改了一下说法。

"不只是我一个人,也许哦。"

"……"

"我是因为总想着哪怕来生转世,也要再跟哲彦君在一起,所以才有今天这样的呢。如果是这样,如果说这需要以深爱为条件的话,其他还有很多人是具备来生转世资格的。小山内先生的太太也一样啊,她对你爱得那么深,一点儿都不输

275

给别人,是资格人群中的一员呢。"

小山内迈出脚步前,就那么一次,他回头看了看琉璃。

虽说小山内回过头来了,但他的脸上并没有像琉璃期待的那样神采奕奕。他好像刻意保持了严肃神情,至少,他并没有因为得知自己的亡妻有可能来生转世而显得高兴。

"你想想嘛,像她那样死去,死了也不甘心的吧。"琉璃的态度认真起来,"小山内先生你是她高中时期的初恋对象,她想着有朝一日要把这个秘密告诉你,却没来得及说。所以嘛,阿梢她一定也希望能够来生转世的。她会希望转世之后,重新来到你的身边。就像我在十五年前的车祸中死去的时候一样,就算来生成了别人家的孩子,就算变成了另外一个人,也想着要去找到自己心里的那个人。这都是有可能的。而且不只是可能性,说不定真的已经发生,小山内先生说不定你已经碰到了阿梢了呢。只是你自己还没觉察到,你死去的太太,说不定已经转世成另外一个人就在你附近呢。"

小山内皱起了眉头。

"嗯,也有一定道理。"他说道,"其实,你说的这些事已经发生了。"

"你没骗我吧? 真的吗?"

小山内的一只手插在裤兜里,另一只手里拿着车票挠了挠头,说:"怎么可能是真的呢。"

"……什么呀。看你一本正经的样子,原来是在开玩笑!"

"琉璃小朋友,"小山内最后这样称呼了这个少女,"小孩子不该戏弄大人的。"

然后他毫不犹豫地迈出了脚步。

没等他走出几步,就听到少女在身后喊他,"阿坚!"

她喊了他的名字,看来还不肯轻易罢手。

小山内没有停下脚步。

"阿坚。要是有女生这样叫你,她可能就是真的呢。"

小山内没有回头。

九之内南口检票口的穹顶天棚下响起了少女的喊声。

不要忘了!吃过铜锣烧的事!

小山内通过了检票口。

他时不时地看看手表,还有路边的方向指示牌,想要回忆起十五年前,不,应该是更早以前的事,却发现头脑失灵了。他想不起来什么时候跟妻子女儿三个人一起吃过铜锣烧。平平淡淡度过的日子,又没发生什么新鲜事儿,想要从那遥远过去的某一天抽取出那么一个场景,这谈何容易。

反倒是和荒谷清美、瑞木三人第一次吃饭的事还想得起来。从刚才——在琉璃面前皱眉的时候——开始,小山内一直在心里惦念着过去的某个场景。到底是什么让他放心不下,他自己其实也不太明确,就是无来由地想翻检一下记忆。

那是在八年前。

八年前的初秋。清美当时在一家药妆店工作,小山内时不时会去那儿买东西;那年夏天在停车场发生撞车逃跑事件时,他俩都作为事件的"目击证人"接受了超市店长还有警察的问话,从那时起他们就认识了,碰到时彼此会打个招呼。那天晚上,小山内下班比平时晚,七点多钟他顺道去了一下药妆店,是为了给父亲买纸尿裤。收款的店员是清美,她还给他的积分卡上盖了个戳,而在收银台里面的小房间里,她正上小学的女儿在等她下班。小山内跟往常一样与清美简短地打了声招呼,目光也与瑞木对视了一下,她看起来刚练完足球回来。看到小山内,瑞木就一下子从圆凳子上站起身来,迅速朝他们两人跑过来,然后就……

然后就在家庭式餐馆一起吃了晚饭。

买好的纸尿裤吃饭时放在哪里了,三人分别点了什么东西来吃,自己有没有担心过回家要乘坐的公交车时刻,是不是清美开车把自己送到了最近的公交车站,这些细节小山内都想不起来了。首先一点,自己怎么会和她们一起去了家庭式餐馆,这都想不起来了。能想起来的有一个场面,剩下的只是些表情和台词。

站在收银台前的清美脸上一般没什么表情,而那会儿她的嘴角浮现出笑意,似乎在为自己的计谋扬扬得意,显得调皮活泼。小山内记得她告诉自己,第一次认识你、知道你的名字并不是在那个超市停车场,而是在更早先的时候。他还记得当清美说到"这孩子比我更早记住了小山内先生你的长相"时,一本正经在旁边吃东西的瑞木激灵了一下,像一只怕人的小鸟一样突然转头朝向她的母亲。被她这么一说,小山内当时也想起来了,傍晚从公司下班顺道去这家药妆店时,好像是在收银台边上看到过一个身穿球衣的女孩子;而且她们知道自己的名字也并不奇怪,因为他记得办积分卡时填写了姓名,如果她们想知道应该很快就能查到的。停车场上发生撞车逃跑事件时,瑞木跑过来跟自己说话,一副见到熟人的样子,这恐怕是因为自己是她认识的顾客吧。小山内的脑筋当时是这样解释了这个谜团的。

结果下一个瞬间,瑞木老大不乐意地皱起了眉头,边叹气边像个大人般地责怪自己的母亲:"说好了不准说的,你还说……"

被自己还才七岁的女儿咋舌抱怨,清美脸上的笑容也换了一种意味,似乎在说:这孩子没大没小是吧,你别介意,她总这样。这让小山内心生同情。

不过这还没完。小山内还能记起一些更细微的情节。在此之前不曾留意的一个场面、无心听过的一句话。

那天晚上瑞木在家庭式餐馆吃完饭,从座位上起身时问了他一句。

"小山内先生,你的名字就一个'坚'字吗?"

"是啊。"

"那,以后我就叫你'阿坚'好吗?"

东京站中央大厅内。

小山内渐渐放缓了脚步,终于他停了下来。

来往行人的脚步声、说话声、通道两边的商店里传出的喧闹声,似乎一下子都离他远去了。不光是这些像顽固的耳鸣般的杂音听不到了,而且他眼里看到的景象也似乎变成了一张平面,他感到自己置身于一幅无声又色彩绚丽的画面中。小山内久久地呆立在通道中央。

那是在八年前了。

今年已是初三学生的瑞木当时还刚刚上小学。

那天晚上三人第一次一起吃饭,也就从那天晚上开始,瑞木称呼自己母亲的交往对象为"阿坚"。

——可能性。

来生转世的不只是我一个人哦。

其实,你说的这些事已经发生了。

就在刚才,九之内南口检票口的那一头,小山内用玩笑话来回答了琉璃,当时他克制住了,他认为这可能性有一定的道理,不,按说是不可能的,然而这可能性,这会儿开始把他紧紧缠住让他不能自拔。

妻子和女儿死于事故是在十五年前。

假定妻子在那年就来生转世,后来又顺利成长了的话,今年就是十五岁了。如果来生转世了的妻子像其他的转世儿童一样在七岁那年恢复了前世的记忆,也像其他人一样寻找前世爱人的话,那么算起来应该从八年前就开始了。也就是说,正是瑞木出现在自己身边的那一年。

所有的事都一一对应了吧?

实际上自己跟瑞木相识并不是因为偶然的相遇,而是她主动来接近的吧。

她利用了一次偶然发生的撞车逃跑事件,然后又利用自己的母亲清美,就是为了接近自己前世的丈夫吧。那天晚上提议在家庭式餐馆一起吃饭的大概也是瑞木吧。她突然叫嚷肚子饿了,问小山内,"你吃晚饭了吗?"这恐怕是她有意让大人心血来潮请她吃饭的吧。她显然了解自己前世丈夫的性格,知道他不善于拒绝别人,所以事态都按照她设计的脚本发展的吧。

然而,假设情况就是这样,那么瑞木为何要隐瞒这一点呢?

小山内想搞清楚这个可能性。他拼命地思考,努力想找出一个解释得通的道理来。

找到答案其实出乎意料地简单。

因为她想到,就算自己说出真相,也无法让"阿坚"理解这种情况的。

她断定自己对他没法说清楚,他只会把自己说的话当作是精神不正常人的胡思乱想。就像过去,不,前世有一次曾经下过的断定一样。

小山内感到一定是这么回事。

关于遥远过去的一段回忆、一家人住在稻毛时的那个夜晚、那个情景还是让他不能忘怀。妻子跟自己说起女儿身上出现的种种异常。末了她还颇有点稳操胜券的样子,拿出琉璃的汉字练习本给自己看,而另一边是对妻子的精神状态充满担忧的自己……女儿琉璃则在外面的过道上目睹了他们夫妻俩的对话。

假若三角哲彦所说的是事实,大抵是事实吧,那就是说自从那夜以后过了十一年,阿梢为了帮助女儿琉璃,打电话给三角的姐姐,从她那里打听到了他的联系方式。然后也不把情况告诉自己突然就死去了。也就是说,阿梢从那一夜以后,跟自己这个做丈夫的不再谈论此事,而她自己则从某个时候开始就接受了自家的女儿是别人的来生转世这个事实,她的这种接受能力恐怕比任何人都要强。一个是来生转世的女儿,一个是接受了奇迹的妻子,她们两人估计多次花时间商量过未来的事。而在商量过程中,大概也做出了最终的决断,那就是先对爸爸保密。

……你想嘛,对阿坚说多少遍他都不信。琉璃你也知道的呀。你还在上小学时,曾经离家出走到高田马场去找过三角是不是?那时候,你爸爸就不理睬我说的话。关于你身上发生的奇怪现象,不管妈妈多么认真地跟他谈,他就是听不进去。我爱的这个人啊,脾性就跟他的名字一样,十分坚实却是个头脑顽固的常人。所以说啊,这件事先不要告诉他。还有妈妈上高中时偷偷暗恋学长阿坚,并且追随他一起去东京上大学的事,所有这些先都对他保密吧。等以后老了再说给他听,也好让他惊喜,现在呢先把它们锁进记忆的抽屉里好了……

小山内站立的位置差不多在通道中央,他跨立在一根黄色引导标志线上面,有人拖着行李箱从他的身边走过,行李箱的脚轮在路面上辗过,发出吱吱咯咯的声音。有几名旅客从他的两侧经过,突然,小山内叫了一声,他感到脚踝处一阵剧痛,随即就蹲了下来。他听见有人说话了……啊,喂!你刚刚撞到这个人的脚上了,快给人家道歉。又听到有另一个人应答道:别管他!谁让他站在这种地方发呆呢。

左手揉着脚踝,捏着车票的右手撑着地面,小山内蹲着挪到了靠墙的通道一侧去避难。那里正好是一个拐角,他依旧有点茫然地伫立在那里。那里能看到一块标志牌,上面用英文写着Central Street。他记得来时也看到过这块标志牌。但是,当时是沿着这条通道一直走到约定位置的呢?还是在这里迷了路,绕到丸之内的中央口才出来的呢?……差不多两小时前刚发生的事,他的记忆已经模糊不清了。小山内靠着身后的墙壁,脚踝的阵阵作痛不禁让他龇牙咧嘴。

这种事情可能发生吗?

瑞木真的是阿梢的来生转世吗?

哪怕现在她已转世成另外一个人,她依然认为我这个人无法接受眼前发生的现象,这是真的吗?

她自己主动前来接近,但是面对自己的目标"阿坚"却又不能说出心里的秘密,难道只要进入到小山内的家里,她就目的达成就心满意足了吗?

这种情况可能吗?

好像在"萝莉控"这个词起源的那部小说中,主人公是个中年大叔,他为了能和一个少女在一起,就去接近这少女的母亲,甚至都跟她结了婚。现在瑞木,不对,应该说是阿梢,她设计并正在表演的剧本难道不正是那个故事的翻版吗?扮演少女母亲角色的荒谷清美,还有扮演恋人角色的自己,两人的一举一动难道都只是在阿梢的导演之下吗?

这是可能的。小山内倚靠在墙上一边咧嘴忍着痛,心里这样想着。

让人匪夷所思的奇特想法,一个充满无端怀疑的故事,正在被他脑补生成。

公司的图书室内。

看腻了翻译小说,有一天他在日本小说的架子上找到了一本书——《具有前世记忆的儿童们》,这本书是被错放在那里的,看起来还从没有人翻过,一副崭新的样子——现在回过头来想想就觉得奇怪,到底是谁把那本书放在那里的。图书室里没有图书管理员。更没有购买图书的经费预算。从公司老板到职员,大家把不要的书捐赠出来,便慢慢丰富了这里的藏书;不过一个月充其量也只有几册普及读物或者文库袖珍本被扔在整理用的箱子里。很难想象公司里会有人把这本看似刚从书店买来的大部头的书,故意炫示似的摆到书架上。

做这件事的该不会是瑞木吧?这个推理虽说有点不着边际,但是假定有人想让自己读到这本书而把它放在那里的话,那只有瑞木会这么做吧。她是出于什么目的想让自己读这本书的呢?是为了让我做好心理准备吧。先给我植入一种认知观念,让我觉得来生转世现象是有一定道理的,这样能使后来我与三角哲彦以及绿坂夕依见面时的谈话进展得顺利一点。这是她设置的布局,目的是为了让榆木疙瘩脑袋的人能够面对身边发生的奇迹,并把它作为事实接受下来。但这里有个问题,就算瑞木是阿梢的来生转世,也不至于预测到绿坂夕依的来访吧。在见到真人之前,她应该没法知晓第四世琉璃的母亲就是绿坂夕依吧。不过也是呢,难怪那天瑞木打电话告知绿坂来访时的声音那样兴奋激动。瑞木之所以会如此兴奋,不是因为来者是有名的演员,而是因为她是自己认识的人,在前世是自己女儿的同学。

离奇的想法还在一个接一个不断地冒出来。

这么说来,瑞木喊"阿坚"时的语调和发音方式,是不是跟阿梢在很久以前、还在大学的南部班里刚认识时用南部方言搞怪喊他"阿坚"的声音有点像相似呢?不会就是对那个叫法的模仿吧?还有瑞木在停车场碰到撞车逃跑事件时,竟记住了逃跑车辆的类别,她提供的证据比大人们的还要有力可靠。她对于汽车还有驾驶都充满兴趣。这跟阿梢一样。清美是不是曾说过瑞木很烦人,总想坐到驾驶席上?也没人教过她,但从上小学开始,她似乎凭直觉就知道车子是怎么开的,要是不给她管束住,都叫人担心她会自己把着方向盘把车开走了。这些话清美是不是都说起过呢?这些话自己当时都随便听过而已,没往心里去吧。还有一点,瑞木经常跟男生混在一起踢足球。现在再来考虑这一点,不免让人联想起上大学时的阿梢,在社团活动的足球比赛中她曾经展示出发达的运动神经,令人意外。

说起来,瑞木这个名字与阿梢这个名字难道不有点相似么?可能也说不上相似,但也不由得叫人猜疑瑞木是对"梢"字进行了伪装的结果。说不定清美在怀孕时也梦到了阿梢给她自己取名字,但她的要求只是用平假名书写的三个音,而且中间一个是"ず"①。这就意味着,清美也是有过胎儿托梦经历的。在过去,清美和她分了手的男人之间有没有过像绿坂夕依和她前夫之间那样的对话讨论呢?从现在起算的八年前,七岁的瑞木有没有莫名其妙地发过烧,病好以后有没有一些异常的行为举止?这些关键内容是清美对自己隐瞒了吗?还是瑞木不许她说出来?记得三人第一次一起吃饭时,瑞木咋舌嗔怪母亲"说好了不准说的",其中大概也包含着这一层意思吧?那时挨了女儿的批评,清美脸上浮现的暧昧笑容大概就表示这层意思吧?

喂!你没事吧?

是哦,原来是这样啊?这八年间自己压根儿没注意到,阿梢原来转世成瑞木一直待在自己身边啊!偷偷溜进公司的图书室,把那本书放进去有意让我读到的就是阿梢的来生转世,也就是瑞木本人。这个推理是有些离奇,但是找不出其他的作案人了。阿梢一定是在稻毛的时候或者搬到仙台以后的某个时候在书店里发现了这本书,然后瞒着丈夫偷偷读过了吧。读了这本书,她对琉璃的来生转世一定更加确信不疑了。这一次,阿梢自己也来生转世成了别的人,所以她想到要让自己前世的丈夫"阿坚"也来读一读这本书。随着时间的过去,总

---

① 用日语平假名书写,阿梢标作"こずえ",瑞木标作"みずき"。

有一天她要自己说出真相,她这是在为以后作准备。专门设计一个让人惊喜的布局。

你身体不舒服吗?

有个男人在大声呼唤他。

小山内回过神来,他抬头发现眼前有一名身穿蓝色制服的警察,只见他正两手撑着膝盖躬身弯腰在观察自己的样子。

"你是不是头晕了?能站起来吗?"

然而当他仔细看时,发现对方不是警察。这个男人头上戴的是一顶棒球帽,身上穿的是一件深蓝色的短外套,里面好像穿着工作服。还是那种白色的工作服,上面有一些明显的油渍污垢。他大概是某家餐饮店的员工。这个年轻男子是偶然经过此地,他发现一个年长者瘫坐在墙边,便出于关心过来询问。

小山内意识到了自己身处的境况,就在那一瞬间,他头脑中的胡思乱想消失得无影无踪。那都是胡思乱想。

"谢谢。我没事。"

"真没事?"

小山内一只手捏着车票,胳膊肘撑在身后的墙壁上,一使劲就站了起来。脚脖子的疼痛已经减轻了,他试着缓缓地跺了两步。

"身上没什么感到麻木的地方吧?"

"没有。只是……"

"你怎么了?"

"我想去坐东北新干线,但是找不到方向了。"

"噢,是这样啊。这你就沿着这条路一直走就行了。"

年轻人笑眯眯地指了个方向,小山内转头朝那边看去。

"过会儿你就能看到新干线的指示牌了。车是几点的?"

"一点二十分。"

"时间足够呢,来得及的,你不用那么着急。"

小山内向年轻人道了谢,朝着他指的那个方向迈开了步子。

没必要着急。只要坐上了一点二十分的飞隼号,四点多就能到八户。出了站,去投币行李寄存柜那儿拿回上班用的拎包,然后看时间坐上平时坐的那趟公交车回家就可以了。这样,今天去东京的事就不会被任何人知道了,包括母亲、清美还有瑞木。再不然,自己也可以当做没这回事。

你走好啊! 有人这样对他喊。

小山内立刻朝声音传来的方向转过头去。

但是头戴棒球帽的那个热心青年的身影已经不见了,只有来来往往的人群。他十分小心地避免撞到其他赶路的行人,所以无暇顾及道路两旁的商店,最终没能确认到声音来源的位置。

小山内作罢了,他迈开了脚步。

朝着东北新干线的站台方向。

他根据客流的方向,还有带着箭头标志的"新干线"指示牌确认了几次,知道自己的行进路线是对的,然后坐上自动扶梯,下来又走了一段路;走着走着突然脑子里又出现了一个幻象,他感觉自己要回去的八户,跟早上出来时不同,已经换上了一副别样的面孔了。

这是刚才那些胡思乱想的继续。

小山内甩了甩头,预想了一下回到八户后的现实情景。

傍晚六点,自己回家时母亲会在外面等着了吧。厨房里瑞木在帮忙做晚饭吧。八点过后,清美会开着她那辆小车过来吧。跟往常没什么两样吧。

……只是,还能像以前一样跟她们相处吗?

自己和荒谷清美还能像以前一样继续交往吗?如果能继续下去,大概在不久的将来,两人会和自己的老母亲以及清美的孩子瑞木一起组成四口之家。

照此下去,自然会出现那样的结局,但是自己还能像以前一样把清美的孩子当成孩子来看吗?瑞木称呼自己的一声"阿坚",听着还会像以前一样自然吗?自己还能像以前一样看着孩子的眼睛说话吗?

小山内为了把这些绵延不止的胡思乱想驱赶走,再次甩了甩头。

东京站内中央大厅。

小山内朝着东北新干线的站台方向走去。

他朝着在八户等待着自己的现实世界走去。

还有许多朝着同一个方向行进的旅客,他夹杂在这些人当中不停地往前走。

看到新干线换乘口的指示牌后,他加快了脚步。

当然，他与之前稍有不同了。与大约两小时前刚到东京站的时候相比，此时的小山内身上有一点点变化了。

比如，等他回到八户后，他能做到不问她们任何问题么？

他感觉自己可能会半开玩笑地问一些让人联想到来生转世又不着边际的问题。他的脑子里已经不断在闪过这种多余的担心了。小山内一边抚平手里车票上的褶皱，一边走上台阶去。清美和瑞木听了自己提出的不着边际的问题，她们会一语不发面面相觑么？这时候她们的沉默该如何解释呢？自己能给出一个正当的解释么？小山内没有把握。实际上，自己不会问她们什么问题。不会问吧。所以说，他知道这担心是多余的，但即便如此，在沿着通向新干线检票口的台阶拾级而上时，小山内心里还是有那么一点点的不踏实。就那么一点点。

13

大约在三角哲彦到八户来找小山内的一个月之前。

六月——东京从早上开始就在下雨。

她这时候心里有点胆怯了。

她不是很清楚自己站着的这个地方到底是哪里,这一点最令她不安。这儿的地名她认识,"中央区京桥";刚才还在撑着伞仰着头入迷地看这座高楼的外观,现在她知道自己已经在这座楼里的一层了;可是她不能断定自己是否来对了地方,从这里进去是不是能让她顺利达到目的,还是选错了入口?从周围的景象她无法做出判断。

首先一点,周围的景象之类她是不怎么看得到的。从她的身高、视线的位置而言,能看到的或者说能感受到的东西,无非是把外来者拒之门外的冷冰冰的空气、与外部气候隔绝充斥着人工光线又一尘不染的宽阔空间、大人们窃窃私语般的说话声、时时传来的清晰入耳又感觉遥远的透亮乐音——从上层下来或者是从下层上行的电梯到达提示铃声,此外便只有大堂巡视员大叔身上的古龙香水气味了。现在站立的这个地方的屋顶有多高,她搞不清楚。这么高这么深的空间究竟在哪里怎样划分成许多房间的,走廊的尽头又在哪里,这些她都无法想象。

大人们的对话中断了一会儿。

接待总台的电话打到了位于高楼层的总务部长办公室,

但看起来没能转给总务部长本人。难道是秘书听了总台的报告不肯转给本人听吗？还是部长听了秘书的报告自己拒绝接听呢？或者是总务部长正在开会？外出了？

她站在来访人员接待柜台的边上，心里渐渐颓丧了。

巡视员大叔一手按着她背上的书包，一直把她带到了靠窗的沙发那边，那里空无一人。这把沙发座面平整又很长，像她这样的小学生差不多能坐下几十个，人家让她在沙发一角坐下了。

巡视员命令她：你就在这儿等着。

这个巡视员与刚才在楼外跟她打招呼的那个不一样，这个人说话像刻板严厉的教导主任。两人都是高个儿，都穿着同样颜色的西服，但外面跟她说话的那个要和气得多。那个人简单问了她几个她料到的问题，并把她带到淋不到雨的员工入出口那边去，对她说："你等一下。"就在她等着的时候，一会儿那人带着另一个巡视员来了，并把她交给了同来的那个年轻同事。

年轻的巡视员似乎有点为难的样子，他同样问了她几个问题，内容跟那个年长的同事问的差不多，然后他又叫来一个穿制服的人，这人显然不是公司的员工，而把她交给了这个人。"小姑娘，"中年的保安在她面前略微弯下腰来跟她说话，"你叫什么名字？"就这样，经过多次转手询问之后，人家让她走进了这幢二十几层的大楼，最终她被交到了那个用命令口气说话的男人手里。她出门时是一副准备去上学的装束，所以背上还背着红色的书包。她原本穿着一件崭新的连衣裙,这件无袖连衣裙的上半部分更像一件小背心,所以肩膀露得比较多;可是从东京站走过来时遇到了大雨,淋湿了,新衣服也完全不成样子了。脚上是她穿惯了的 New Balance 牌子的球鞋,这会儿全湿透了,变得很重。进楼时交到别人手里的雨伞也不知去向了。

她遵照那人说的那样,乖乖地坐在沙发的一角等待。等着等着,她回忆起了从前的失败经历。

她有两次失败经历。一次是在高田马场,一次是在浜松町。高田马场的录像带出租店没有了,寻找哲彦君的线索从此消失。在派出所等待父亲前来迎接的时间里,被那儿的警察谆谆教导了一番。浜松町那次跟这一次的情况很像,被大人们推来搡去几经周折,不知何时他们还叫来了警察,通知了船桥的家中。又是父亲过来接走了自己。总这样的话,恐怕只会一次次重复失败。这次是第三次,大概家里的外婆会来接吧。

一想到这是第三次了,她不由得感到后背一阵发凉,寒意不断往上冒,脑袋麻木了,还轻微眩晕了一下。她把书包解下,身体靠在沙发的扶手上。从前的事、现在的事、家人学校还有朋友的事,只要她把这些记忆一样样区分开来,感觉弄明白了的话,身体总会出现不舒服。

不知道是自己的眼睛,还是映照在眼睛里的世界,总之她感觉到有一样东西在旋转,这种症状在这半年中她已经体验过好几次了。而且她还发现每次发生这样的情况,总会有某些记忆复活——包括一些微不足道的记忆,一闭上眼睛,就会有画面从黑暗的远处一页页滚动过来,就像抽奖摇号箱里不断滚出的红色彩球一样。只是,她没有时间去仔细鉴别这复活的每一页记忆是不是真的。她的妈妈对她说,慎重查验很重要,但她不这么认为。比如在记忆中,小山内琉璃一直慎重地等着,直到高中毕业,然而她的愿望没能实现。她一心想要与三角哲彦重逢,却转眼便离开了这个世界,留下无限遗恨。她当时的心情一定跟现在的自己是一模一样的。

你要是两个星期老老实实待着,暑假里就给你买个智能手机。妈妈对她许下这个承诺后就去九州出差了。仙台老家的外婆就过来代妈妈来照顾她。外婆跟现在已荣升至总公司总务部长的三角哲彦是相同年代的人。外婆一定马上会把事情告诉给妈妈。正在佐贺县拍电影的妈妈估计今天就会飞回来。想象一下妈妈慌乱焦急的样子,她有一种走到穷途末路的感觉。

今天这一次失败,如果也失败的话,付出的代价要很高了。不光智能手机的承诺要化为乌有,妈妈对自己也不会像以前那样宽容了。虽说她最近在看那本调查来生转世儿童的书,甚至比读电影剧本还要起劲,但是自己要是被送到了警察那里,这就非同小可了;要是继续听任女儿这些奇怪反常的言行,她自己作为演员的职业声誉说不定要受损。在回来的飞机中她也许已经在反思了吧。

她大概会后悔听信女儿的说辞,还专门上网查到了三角哲彦这个人,以及他们总公司大楼搬迁的消息;也许会从文件夹中删除有关八年前那个拐骗事件的报道文章,把那本读了一半的书也扔掉吧。她还会找出理由来反驳说：你想啊，你说有什么来生转世，可是说起来呢，你是在我的卵子受精的一瞬间来到这个世上的，这跟小沼希美那个女孩子死去的日期时辰又不完全一致咯？说到一半，她也许还会发挥一点演技，苦恼地抓着自己的头发问女儿，"来，你说说吧，这究竟是怎么回事呢？琉璃，你给我说清楚啊！"这台词表演足以让绿坂夕依的粉丝惊倒。

像她这样举出"受精的瞬间"之类的话来辩驳，我也没办法了。我就是一次受精的结果，现在正活着，和这个世上所有活着的人一样还没经历过死亡；就算有旁人追问说"你是来生转世的人，应该有过一次死亡经历"，但自己到底还是不知道人死后的世界是怎样的。处于死和生之间的应该是灵魂的阶段，但灵魂的记忆我想不起来了。也许我也经历过灵魂的阶段。我出生以后长到七岁，过去的事一件件都想起来了，但我能够发誓从今往后绝对不会忘记的就是三角哲彦的样子。我们初见时他手足无措的样子。他害羞的样子。认真的样子。他的笑容和笑声，悄悄耳语的声音，喊"琉璃小姐"的声音。哲彦君头发的气味。他的汗味。他的T恤的气味。那件T恤上印着的一句英文。自己想跟他再度重逢的心情。自己坚信他还在等着自己的信念。从正木琉璃到小山内琉璃、再到小沼希美，她们想与哲彦君重逢的心愿还不曾实现过。我也要为了她们继续努力，下决心不达目的不罢休。

她感到不能在这儿泄气，于是就从沙发扶手边上直起身子来。脑袋已经不晕了。如果这样老老实实等下去,可能警察很快就来了。

不可以不动脑筋重蹈覆辙。不要胆怯。要用自己的双脚站起来,用自己的话语来说明情况,必须用自己的声音打电话给哲彦君。我想听到他的声音。想见到他。我要跟他见面说话。如果是这样,光这样等着是没用的,困难必须自力更生去排除。也为了在过去的人世中不走运的她们。不对,应该说,为了在过去的人世中不走运的我们。现在,我要去完成我应做的事。这不只是我一个人的心愿,也是她们,这些不幸死去了的人们的心愿。说不定还不只她们几个,而是从更遥远的往昔由许许多多的死者像传递接力棒那样一直传递下来的夙愿吧。这种传递也许会永远继续下去,直到每个人的心愿成真。我们的心里总会有个想念的人。也许人们都是还没来得及见到想念的人便从这个世上消失了吧。

她捏紧了小拳头在沙发扶手上敲了一下,跳起来就向接待总台那边跑去。从正面隔着桌子她看不到对方的脸,于是就从旁边绕过去,对一个胸牌上写着"古川"的女职员开口了。

"姐姐,"她说,"你能不能帮帮我,再给三角哲彦先生打个电话吧。这次让我来说。"

古川似乎被这个孩子的目光镇住了,有点不知所措,她朝旁边的同事看了一眼。但同事正忙着接待其他的来访客人。

"那个,古川小姐,求求你了。你刚才那样通报是不行的。你刚才说的是'住在高田马场的亲戚绿坂家的孩子来访',是吧?不应该那样说。我又不住在高田马场,再说哲彦君也不知道我姓'绿坂'啊。说是亲戚,也是因为你们问我跟他的关系,我出于方便随口说的,其实也不是亲戚。你这样通报吧,就说以前在高田马场认识的琉璃小姐在下面等着,她想见你,哪怕在电话里听听声音也好。对哲彦君来说,不是绿坂,而是琉璃这个名字才有意义,所以嘛,你就这样说。"

她一刻不停地说着,几乎忘了呼吸,差点儿喘不上气来。她的胸部剧烈地起伏着,正在大口大口地吸气。

"对了,再加一句,就说琉璃小姐,那个'琉璃和玻璃,太阳一照都发光'的琉璃小姐求见。"

古川自己都没意识到,她脸上浮现了浅浅的苦笑,她什么都没回答。一个七岁的孩子嘴里说出的话听起来让她感到了一种莫名的异样和不快。

这时,大堂里传来了一群人的皮鞋声。

她觉察到危机正在迫近。从接待总台的角落探出头去,她看到刚才那个大堂巡视员一手拎着她的红色书包走在最前面。他的身后跟着几个人,好像是他的下属和从最近的派出所叫来的警察。这个巡视员看到她了。

"啊,站住!"巡视员大声喊了起来,因为她要从那里逃走了;她条件反射似的拔腿就跑,瞄准的是电梯大厅的方向。因为从那边断断续续听到了电梯到达的提示铃声,她估计那里应该有几台电梯。正在拼命奔跑的时候,她灵机一动,想到一个主意:只要跑到那里就能坐上电梯,到上面的办公室去,逃到哲彦君的房间里(如果可能的话)。

大人们纷乱的皮鞋声,还有巡视员手上提着的书包晃动的声音,从她的身后追了过来。还没等她的视线捕捉到电梯,她就被人抓住了手臂。不过,对方看她是个孩子,抓她的时候手下也没使狠劲儿,而她是一心一意地反抗,居然轻易就从那人手中挣脱了。

"啊,站住!"刚才那个巡视员又大喊了一声,他自己跑过来抓住了她的胳膊。这次是毫不留情了。她感到上胳膊和肩部被抓疼了,于是就尖声大叫起来,这叫声相比她感到的疼痛程度,是夸张了好几倍的。她奋力挣扎,想从那人的掌控之下逃脱出来。

在她不停挣扎的过程中,那人另一只手上拎着的书包落到了地上。缝有肩带的一面朝上被甩了出去,牛皮书包在光滑铮亮的地面上滑出去几米远,撞到一个人的鞋尖才停住了。那边能看到好几双黑皮鞋。电梯附近聚集了一些看热闹的人。即便如此,这个男人依然抓着她的手臂不放开。到后来把她的另一只手也按住了,把她整个人紧紧抱在散发着古龙香水气味的西服胸前。这时,她心里充满了屈辱,几乎要哭出来。她别过了脸去。别碰我,放开我,别把我当小孩。她含着泪水终于放声大喊了起来:

求求你了!让我见一见哲彦君!

男人的手突然放松了。

围在两人身边的大人们都愣住不动了。

不一会儿从围观的人群中出来了一个男子,他拾起书包,走到瘫倒在地上的少女身边,屈膝蹲了下来,跟她说话。

"你没受伤吧?"他问她。能站起来吗?

她站了起来,跟他四目相对。

时间无声地流逝了片刻。

她想到了一些话,正要开口说,他递过来一块叠得整整齐齐的手帕,于是就默默地接过来,擦了擦脸上挂着的泪水。

然而这泪水不管擦多少遍,还是不断涌上来。

"这是我亲戚家的孩子。"他对周围的大人们解释道。这孩子是我的亲属,我来负责处理。大家都散了吧。都回去干活儿吧。

"你知道吗。"她再次开口,只是刚说出几个字,他就转过头来直直地注视着她的眼睛。

她本想说下去的,被他这么注视着,就感到呼吸有点紧张,竟然语不成声了。该说的时候却说不出来,这让她懊恼不已。说真的,她心里不知藏着多少想要告诉他的话呢!

你还记得吗?那天也是像这样的下雨天呢。

你拿了一件T恤给我当毛巾用,是吧?为了表示感谢我送了件T恤给你,你让你姐姐从八户快递煮草莓的罐头过来,这些都还记得吗?我们俩还看电影了是吧?两人一边走一边聊天,一直走了好远是吧?

结果,这些她早就想好的台词一句也没说出来。

看着少女喘不上气,喉咙哽咽,话也说不出来的样子,他面带笑容冲着她点了点头。这笑容在少女看来就好像是对自己的鼓励,他似乎在说:不要紧的,什么都不必说,我已经懂了。少女的耳畔传来了轻轻的呼唤声:"琉璃小姐。"

"我一直在等着你呢。"他说。